凸凹
文集

03 · 随笔

沉潜与言说

凸凹 著

北京日报出版社

图书在版编目（CIP）数据

沉潜与言说 / 凸凹著. -- 北京 ：北京日报出版社，2017.6

（凸凹文集）

ISBN 978-7-5477-2505-4

Ⅰ. ①沉… Ⅱ. ①凸… Ⅲ. ①随笔－作品集－中国－当代 Ⅳ. ①I267.1

中国版本图书馆CIP数据核字(2017)第070374号

沉潜与言说

出版发行：北京日报出版社
地　　址：北京市东城区东单三条8-16号东方广场东配楼四层
邮　　编：100005
电　　话：发行部：（010）65255876
　　　　　总编室：（010）65252135
印　　刷：廊坊飞腾印刷包装有限公司
经　　销：各地新华书店
版　　次：2017 年 6 月第 1 版
　　　　　2017 年 6 月第 1 次印刷
开　　本：880 毫米×1230 毫米　1/32
印　　张：12
字　　数：300 千字
定　　价：30.00 元

目录

“妄谈”与迷思

读书杂感

与写作有关

序

难能才显可贵

毛志成（首都师范大学教授，著名学者、作家）

我很少给人做序，因为我既厌于说虚话、套话，又懒于说“学者话”“学问话”。两年前不慎，为一位很有才气的青年作家（兼学者）的集子写了个跋，不期惹恼了一位自认为是名家其实我对他又颇陌生的人物，在报上登文斥我，说是要给我这个大小也算是教授，并且与他的某些恩师也时时称兄道弟的人，进行写序、写跋的“启蒙”。不过看他的行文，看他行文中闪露出来的隐意，是嫌我的文字不够“古典”，不够“文牍”。

老实说，要玩弄那一套古文把戏，他似乎还差着不小的资格。

但我之所以不玩那一套，就在于我不是职业的或狂热的为人做序者。偶尔为之，所选的对象一定是我既识其文，又识其人的人，说白了就是颇有一点相知的朋友。

写在友人书上的话，何必玩“模式”、玩“套路”？例如眼前这本随笔集的作者，笔名凸凹，原名史长义，就是我亲眼看着成长为作家的人。对他的成功之路，我早就用四个字形容过：难能可贵。

说其难能，首先是因为他生活在“农业空间”，且又久栖“基层政界”。但他没有像大多数乡土作家和文学爱好者那样，一涉写作就很惯性地匍匐在“乡土”上，醉倒在“村俗”中。他的作品，有的是研磨历史，有的是冶炼哲理，有的是对现实生活的多工序蒸馏，有的是对人生真谛的多层面思考。

这叫出手不凡，难能一也。

久栖政界而未“官化”，思维习惯和语言习惯都未落入官场模式，保持着文学思考、文学语言的鲜明个性。

这叫才情足备，难能二也。

综观作者这些年的文章，依据时间顺序如实地看一看，由朴拙到浑然，由粗疏到精致，由直白到多彩的轨迹是很鲜明的。这得力于作者边写边学，在“输出”的同时不忘“汲取”。也就是说，他纵横笔墨的前提，是涵养学问，做到腹笥充盈。这对于一个写作者来说，不仅是个优良习惯，也是注定大有作为的首要前提。

这叫大器意识，难能三也。

作者的这部著作，我愿推荐给读者，是对读者负责的。为了证明我的话言之有据，不妨拉来一个佐证：就我所知，书中的许多文章，被收入了各种权威选刊、选本，堪称经典。

临末，愿向作者进几言：

在这文海如潮、作家如鲤的气象多变年代，文学成功者的出现与消失都是瞬间的事，存在比出现尤难。既已难能，就要可贵，可贵无它，只在于：

不骄不躁，锲而不舍！

滴水足可穿石，不仅在于它持之以恒，而且在于它目的始终如一。愿以此与作者共勉。

是为序。

自序

书写心音

我之于散文写作，已经足够三十年，累积下来，有三四百万字之多，仅随笔类文字，也有百万余。无聊时翻检，多少还有些成就感，感到人生未尝虚度，心底看得起自己。这一点很重要，人而为人，说到底，还是活给自己的。

反省一下，少时就有写作欲望，崇拜作家并心向往之，对金钱和地位反而看得淡。这影响了自己在“实生活”中的发达与发迹，虽然满肚子诗书，除了一个饱满的面相，被人高看的地方很少。常孤独寂寞以致失眠，甚至悄然垂泪。但是从来没有后悔过，因为“活在词语中”，业已成为一种生活方式，有不可剥夺的自足自适，能时常感到自我。人间冷暖，均转化成内心的温暖，悲悯着小我，也悲悯着这个世道。

我是个沉得住气的写作者，写作活动少功名、功利的成分，多是为了表达内心所思所得，娓娓地道出对身外世界的看法。外界的评价很不重要，快意于文字本身。这一点，与孙犁和汪曾祺仿佛。

也是这个原因，我的写作，主观色彩很强，不太愿意作纯客观的叙事，也耻于渲染式的抒情，也不发人云亦云的议论，与流行文字远些。所以，写了这么多年，门前依旧冷清。我常劝慰自己，香火繁盛的庙宇，多是小徒在弄机巧；寂寥深山中，才有彻悟人拈花而笑的静虚守护。这种守护，才真正属于精神。

这不是在标榜自我文字的品位，而是说，甘于寂寞，不做欺世文章、不说欺人之语，是真正的“门徒”应该具有的最起码的品格。

我追求文字的“复合”品质，学识、思想和体验，不露声色、自然而然地融会在一起。我觉得，只有学识，流于卖弄；只有思想，失于枯槁；只有体验，败于单薄。三者有机地结合在一起，就丰厚了——前人的经验，主观的思辨，生命的阅历——知性、感性和理性均在，这样的境地才是妙的。其实，天地间的大美，就在于此“三性”的融合与消长，使不同的生命个体都能感受到所能感受到的部分。文章若此，适应了自然的律动，生机就盎然了，对人心的作用——换言之，与心灵遭遇的机会就多了。

收在这个册子里的文字，正是体现着这样的思路，也许道行不深，难以致远，但用心是真切的，可请读者明察。

另外，需要说明的是，书名定为《沉潜与言说》，即是状我生活与写作的态度，耐得住寂寞，不被世风俘获，并沉下心来思考，从容地书写一己胸中所有，不卖萌弄巧，更不装腔作势、欺人欺世。

此种意识，是我创作的动力；虽笔力不逮，但从不敢懈怠——苦心经营多年，终有所得，亦欣喜，亦惭愧，堪可谓悲欣交集。

欣喜的是，自己的努力在心仪的友人那里得到呼应，温暖之余，倍增自信。

譬如著名散文家韩春旭说——

作家凸凹是我近二十年的心灵之友。

其实，超然于物质之上而不断地寻找人的意义，或者说对探究真理有极大热情的人来说，心灵的相约是不可缺失的，以至是生命相互连接的光。

我欣赏凸凹，是因为他在写作中，从不满足于一个作家惯性的思考，创作和出书，他的心一直在寻找、寻找，追问自己，经验着灵魂的飞升。

他深陷过灵魂的孤独和困惑，我相信也一定经验过软弱和虚无。但恰恰成为他不可缺少的创作旅程。从而，他的创作充满了人性之光。一种向往未知世界的挚爱真情。成就为敏锐的洞察，将生命个体与万物与人事，生动地关联，奇妙地展示在他的文字世界中，深刻、缜密、纯粹、睿智。

在创作中，他臣服于自我心灵的飞升。他忍受孤独、寂寞的目的，就是不断地积累生命的智慧，直到能真实地听到心灵的声音，把隶属于精神的所有元素融汇为生命的甘甜之水，滋养自己，也滋润别人。

他在作家中是极其独特的。他有着特殊的视觉、听觉和触觉。由此，我总在他的作品中、他的眼神里，以至于他的举手投足中，感受到一种高贵的品质。那是作家本应有的“深我”，既入世又出世，洞明而练达，充满了源源不断的生命活力和生命能量，让生命智慧呈现出普世的精神意义。

著名散文家、评论家刘江滨也说——

凸凹先生是一位多栖多产的作家，是当下散文界被人称为“新文人”群落的代表人物之一。他的小说，如钱钟书氏之《围城》、柯灵氏之《十里洋场》，可归入“学人小说”“文人小说”，气象纷繁，意蕴深刻。他在散文随笔写作方面，允称雅人高致，颇具思想者风范与文人气度，广为人称道，影响深远。

惭愧的是，友人们的评价，虽能抚慰冷心，但也多有溢美之处，让人不敢坦然承领。因为自己知道，笔下的风景，离他们眼底的风致还有一段不小的距离，权作他们对自己的殷殷期待，更可作为今后的创作标杆，警醒着，全力而为，便是了。

是为序。

凸凹

2016年5月5日立夏日于北京石板宅

生活启示录

关于家园

许多作家写过“寻找家园”这个题目。但什么是家园呢？至今尚未有人界定清楚。

不是不想界定，而是不好界定，家园是个主观上的概念，因人而异也。所以，人们写寻找家园，多写“家园情绪”，或“归家情绪”，宣泄一番之后，不了了之。

对家园的认定，不是一个恒定的东西。比如，有一刻，我疯狂地爱上了一个女人，便咬定，心爱的女人便是男人的家园。无论你漂泊到哪里，只要夜半醒来，摸到相爱的女人在身边躺着，便有一种居家之感。男人是飘动的枝叶，女人是根须，只要不失去爱情，便未失去家园。后来我变了，因为爱情是那么的不可把握，她把你弄得遍体鳞伤之后，竟会飘然离你远去，把你扔到荒芜的大漠：脚底无一抔“家园”的泥土，头上无一片“家园”的屋瓦。我哭了。

家园啊。

冷静下来，感到家园首先与生养你的那块土地有血脉联系，即“家园”与“故乡”或许是一种等同的东西。我离开故乡已经很久了，回忆它的时候，已模糊不清，只留下沟壑纵横、荒草漫漫的大体印象——

这几乎是北方山区共有的特征。

一想到故乡，便想到那株柿树。

那柿树，长在石板小屋的背后。柿树很高大，将小屋整个荫盖起来。这是我至今唯一看到的，远远高于同类的一株柿树。在故乡的地盘上，能够攀上这株柿树的，只有父亲。树和它的主人像有一种宿命的关系在。于是，便不担心人为的损失：柿子可以放心长到很深很深的秋境，直到霜降将来临，不得不摘下来。

柿子结得很多，果实长得很大，大得出奇，称“磨盘柿”。

摘柿子的时候，我坐在小屋的顶上，看他如何作业，从第一只柿到最后一只柿。

父亲攀柿树的技巧，清晰地印在我的大脑深处：他用摘柿子的长竹竿把长长的大绳挑到树的中干，用力抽一下绳身，活扣便系牢了。他双手抓住大绳，双膝紧紧夹住树身：手往上攀一下，双膝便也往上挪一下，是一个同步。若不同步，那绳子便会把人荡起来，荡来荡去，将人荡晕了头，重重地摔到地上。往中干上爬时摔到地上，只会摔断脚，无生命之虞。人已到了相当的高度，绳子是万万不能荡起来的，若荡起来，其后果：一、摔断腿脚；二、摔断脖颈；三、摔碎心肝。

攀树之前，父亲叮嘱说，无论有多大的惊险，决不可叫喊。谁若叫喊，谁便是盼他死去。那么，有谁敢叫喊呢？所以，看他上树，心里不是滋味。他攀上树膛之后，坐在树杈间，抽一袋莫合烟，然后脆厉地咳一声，开始摘柿子。他摘完一只，再摘一只，不急不躁。果实到手，急什么呢？

这个过程写得太长了。但不能不写得长一些，这个过程诞生了故乡的意义：

在故乡，或许什么都没有，却有一株奇异的柿树。由于这株奇异的柿树，便产生了一个有异样秉性的父亲。我的幼年，只能同一株柿树联系起来，而不会是一条船、一只风筝、一匹骆驼……

去岁深秋，回了一次故乡。柿树依旧茁健，果实正期待着收获。在回归的儿子面前，父亲意气风发起来，他要再攀到柿树上去，收取荣誉的果实。

他攀到树的中干，夹紧树干的双膝便颤抖起来。他用力并拢膝头，一块树皮脱落了（柿树老了），他随绳荡了起来。下意识地，我心中怦地响起一个声音：故乡老了，家园衰颓了！

父亲跌下的时候，被我托住了。我想替父亲攀到树上去，双手却怎么也拽不拢那摇荡的绳子——我根本不能开始那最初的攀援。

父亲白了我一眼，在膝头上裹了两块兽皮，吃力地攀上去了。

我忽然感到，无论如何，那株柿树，只能属于父亲。待他不能够再征服它的时候，他会依偎着它悄然死去，它也会因为他的消失，变得毫无价值。而我只能远远地望着它，任它孤独地伸向岁月的深处。

于是，故乡之于父亲，才具有永恒的意义。之于已远离故乡的我辈，故乡这座家园便只是一个心相，一个回眸。

故乡是父辈的家园。

那么，我辈的家园呢？

为了栖身，在工作的小城，要了三分土地，盖了几间房子，整了一个庭院。刚住进去的时候，我整夜睡不着觉：我觉得我枕的是一块异地的土壤，除了给我提供一个栖身的场所之外，它无法填充我无边的心灵落寞。这种落寞是远离故乡的一种伤怀，是远离根系，无依无靠的一种恐惧。

伤怀之下，从故乡弄来一些马齿苋和谷头蓟的种子，在庭院之中开了一爿小小的田园，将种子撒下去。很快就长出幼芽，一周便长成完整的植株。割下嫩茎，沸水浸渍，凉拌之后，不改故乡滋味。一周之后，二茬的植株又异常繁茂，若不割采，便老了，老得菜茎如柴，割下丢弃，令人叹息。于是，即便是出远门，也要叮嘱内子，莫错过采割佳期。

后，又植了一株香椿。香椿幼株，遇雨疯长，几天之内便长出一尺开外，若不打尖，只长主茎，不生旁条。而香椿的食用芽，均长在旁条之上，只长主茎，于人何益？便遇雨打尖，悉心调理，感到它的成长，责任在我。

奇怪地，在小田园里侍弄久了，竟不再有异地之感，心里充满着对马齿苋们的多情牵挂，落寞的影子亦跑得不见踪迹了。

我的马齿苋谷头蓟啊！我的疯长不息的香椿啊！

所谓家园，不正是生长属于你的植物的地方么？寻找家园，不正是在寻找一株牵系你的植物么？

这不是荒谬的叹息：土地是人类的母体和出发点，我辈虽然不会完全拥有父辈垦殖的植物，亲近土地的情结却是血脉相承的。远离故乡之后，不再有父辈家园的依靠。若不作漂萍，便要开辟自己的家园，翻耕脚下的土壤，种下属于自己的植物。

这不是简单的植物啊，是家园的根系。

城市人，有钢筋水泥构筑的屋舍，却没有属于自己的土壤，望着华丽的墙壁，望着满室的豪华电器，觉得自己不过是一个看护夫，一个匆匆过客。以一个过客的心态生活着，冷漠自己亦冷漠他人，空虚自己亦空虚他人，便是自然的事。

正是疯狂发达的物质世界，渐渐把人类挤出自己的家园。

梭罗远离物质的都市，到林草丰沛的瓦尔登湖畔，给自己造了一座小屋——他亲近土地，亲近风雨，他活得很健康，用人的神经叩问自然，叩问心灵，便培植出了一株茁健的属于自己又属于人类的心性的大植物——《瓦尔登湖》。

他找到了自己的家园，亦指给人类一条找到家园的路径。

1995 年 7 月 10 日至 12 日

表演的光荣

一

在美国历史上，第一个废奴主义者，不是林肯，而是一个叫罗伯特·哈代的工人。

哈代是个技艺娴熟的箍桶匠，当时年仅三十岁。他孑然一身，脸色苍白，体形瘦弱，少言寡语，为人拘谨，似乎甘愿接受命运的安排。但是，他耽于幻想，酷爱读书，神情独异，因此不被人接受，觉得他不是一个健全的人。

就是这样的一个人，突然有一天，宣布自己是个废奴主义者，而且是毫不掩饰地、公然地宣布了。人们大吃一惊，感到他大逆不道，纷纷要求用私刑把他处死，是一个卫理公会的牧师说了一番富有情理的话，才使他免遭一劫。牧师说，哈代精神失常了，不能对自己说的话负责——因为主张废奴是一桩滔天大罪，精神健全的人是不会说出这样的话来的。

人们相信了牧师的话，不仅允许他继续胡言乱语，而且还把他当成一个笑料，开心逗趣。这让哈代难以承受，他恳求众人相信他是个精神健全的人，是诚心诚意主张废奴的。然而他越是认真，人们越是觉得他可笑。他终于忍无可忍，痛切地说："你们如果不体恤黑奴，并采取行动恢复他们被剥夺了的权利，要不了多久，就会出现杀人事件，就会血流成河！"

人们置若罔闻，以更为顽劣的心态忽略他。

一天，一个黑奴从几英里外的县城帕米勒逃来，在依稀的曙光中欲乘独木舟去更远的地方寻求自由，却不幸被一名村警抓住了。哈代闻讯，毫不犹豫地前去营救。在格斗中，警察被误杀了，情形变得不可逆转。哈代在帮助黑奴渡过密西西比河之后，依然返回，独自前去自首。

人们再也笑不起来了，因为他们终于明白了真相——他平日所说，不是胡言乱语，而是他心中真实的信仰。

在审判中，没人出面为哈代杀人作证。人们的虚荣心，使他们不甘于这样做。

哈代终于被判了绞刑。整个审判过程，哈代是唯一的证人——他自己证明自己有罪，自己把自己送上了绞刑架！

新闻界最大程度地报道了哈代事件，使一个寂寂无闻的箍桶匠成为南北议论的焦点，甚至在许多人心中，他成了英雄人物。哈代原来的生存环境更起了微妙的变化——跟他一起干活的箍桶匠们发现：他们不是变得更重要起来，就是被人不屑一顾，这全要看他们与刚刚崛起的那位名人关系的程度而定。有两三个确实跟他关系密切的箍桶匠成了众人敬慕的对象，使同事们大为眼红。

一个名扬天下的殉道者自有其不可抗拒的吸引力。不到一个星期，哈代居住的小镇上就有四名游手好闲、资质平庸的青年人也宣布自己是废奴主义者。为了引人注目，他们公开结社，且采取更为极端的手段，包括限制居民活动，暗杀反对派，爆破教堂等。令人发指的暴力事件使他们终于成为人们关注的中心。一个对教堂实施了爆破行为的叫乔伊斯的青年，也在绞刑架前学哈代的样子发表了言辞生动的演说，欢叫一声：“我终于出名了！”

对此，马克·吐温在《一个奇怪的历史片断》中议论道：

> 往往可以肯定，率先向人们奉为圭臬的制度发难的人是真心诚意的，但他的追随者和模仿者则可能是一些江湖骗子和抱有个人目的的人。只有他本人是出于至诚——他的整个心灵燃烧着抗议之火。

然而，在民众眼里，这种本质上的区别他们是看不到的，他们看到的是，无论真诚的信仰，还是作秀的表演，都是可以博得大名的。他们敬慕每一种荣誉，对每一种声名都津津乐道。

其实，拿破仑早就说过：“庄严与滑稽之间，仅有一步之差。”

二

1898年9月10日，奥地利皇后兼匈牙利女王伊丽莎白（茜茜公主）在日内瓦被暗杀。

消息传来，人们既震惊又茫然——

女王是个天大的善人，从没有开罪过人，这样的厄运怎么会落到她的身上呢?

在性格上，女王集天下女性的温柔于一身，被广泛崇敬和爱恋；在品质上，她趣味高尚，心地善良，怀有崇高理想，悲悯天下众生。虽有至高无上的地位，却保持着朴实无华的禀性。一位英国渔夫的妻子说：“当得知有人遇到困难时，她不是派人去帮助，而是亲自来帮助——天哪，要知道，她是一国之王啊！”

在国民眼里，皇冠被女王用来装饰抚恤别人，而她自己却使皇冠生色。

这样一位圣母式的完美女性，无论如何是不应该暴死街头的！

而最后的真相，加重了事件的悲剧色彩——

因为凶手并不是女王的政敌，也不是一个什么了不起的人物，而是一个没有受过教育、没有起码的是非标准、没有丝毫的个人信仰和政治用心的荒野草民。他曾是一名平凡的士兵、一个蹩脚的石匠和一个无能的跟班，他的动机简单得不能再简单：我想出名。

他说：“王位和王室是人们注意和议论的中心，对女王下手，可以暴得大名。”

人们唏嘘不止。

但是，当凶手被惩办之后，悲剧马上就转化成了滑稽剧，人们只保留了极短暂的愤怒，之后是不平，是嫉妒，是对杀人犯莫名其妙的敬慕——

市民公然说：“国王之所以成为国王纯粹是出于偶然，不当国王的人之所以不当国王也纯粹是出于偶然，我们都是用同一种泥土制成的，凭什么就我这抔泥土这么差劲？”

司令官说：“他在我的军团里，这是不会错的。”

上校说：“对，他是我团里的人，一个野汉子，我记得很清楚。”

中士说：“你问我认识他吗？嘿，就跟我认识你一样。”

如此等等，说的人兴高采烈，听的人啧啧称羡。所有的人，不论地位显赫还是卑微，凡是曾经跟那个杀人犯有过接触的人都在暗地里沾沾自喜，且都要急迫地说出来让大家知道，就像让人分享一种莫大的光荣。

难道皇后不再是人们心中的圣母？不，依然是的。

既然如此，为何赞美小丑？嘿嘿，这有什么关系？

两种情感居然会并行不悖，让人不可思议。

在法国历史上，有个民族英雄，人称圣女贞德。1428年，英军占领法国北部，并围攻通往南方的要塞奥尔良城。在举国颓丧的危急关头，这个仅有十六岁的农家少女主动请缨，率军六千，迎头反击，重创英军，扭转了战局，谱写了一阕千古传奇。然而，就是这样一个民族功臣，却被本国的封建地主出卖了，在战斗中身负重伤，被英军俘获。按当时的规则，法国教会支付了一笔赎金之后把她赎回。事情的性质从这一刻起发生了不可思议的变化——教会并没有把她树为爱国的楷模，而是诬为女巫，判处火刑。单纯的少女深感震惊，在法庭上她指着那面她曾高举过的战旗激动地说道："这面旗帜领受过重任，赢得过荣誉。"

这就是她被宣判的原因。

作为一个十六岁的少女，她生活在文明世界边缘的一个破落的小村庄里，她没有去过任何地方，也没见过什么大世面，也没接触过任何大人物；她从没有骑过马，没见过兵器，也不知道士兵的模样；她没读过书，也不识字，一本《教义问答集》所灌输的的内容是她全部的学识。就是这样一名村姑，居然会领兵打仗，在战马上驰骋，且足智多谋，屡建战功！这不符合常理，因此，她没理由不是女巫。

依审判者的逻辑，在国家和历史的舞台上，有资格表演的应该是教会和皇族，她的出现，是个异类，是僭越者和剥夺者。

因此，她陷落于自己的大德，她全部的罪行，就是自己的天才、义举和对民族的至爱。

卑贱的表演赢得荣誉，高贵的义举反而遭到构陷，庄严与滑稽之间，岂止是仅有一步之差，有的时候，几乎就是同一种东西。

茜茜公主与圣女贞德，均是"表演"的牺牲品——

恢宏的剧目得不到嘉许，卑劣的杂耍当然要寻隙登场。

三

经典里的智慧和生活中的经验都证明了这么一个事实——在人世间，没有任何一个人具有纯粹而健全的心智，人人都有精神上的缺陷。集中到一点，就是人人都惧怕寂寞、都惧怕被遗忘、都要拼命地去表现，以期得到人们的注意，得到人们的认可。

马克·吐温把这叫作“玉米面包观点”。

他在《玉米面包观点》一文中解释道：生活中的人们，对自己的认同，并不是依据自己的实际观察、独立思考和内在价值，而是依据周围人们对自己的反应，包括人们的评价、认可和关注程度。这是个普遍现象，包括孩子。每个孩子都乐于引起别人的注意，为此，不少任性的孩子，为了吸引家中来客的注意力，往往会弄出令家长难堪的乖戾举动。

孩子毕竟是孩子，他的举止即便乖戾，因为没有机心，还来得率性和直接。到了成年人那里，表现就复杂得多了，且辅以种种包装和掩饰，具有极大的欺骗性。

芥川龙之介的《东京小品》中有一篇名为《镜》的短文，很耐人寻味——

芥川居所的邻居太太，女儿都五岁了，可她本人还像少女一样漂亮。一日她带着女儿来芥川家中拜年，两个大人谈论之际，叫千枝的小女孩颇感无聊，芥川正想着找点儿什么东西给孩子玩，结果她的母亲拿出一面镜子给了小女孩，并说：“只要有了这个就不会觉得无聊了。”芥川问缘故，邻居太太讲述道，自己丈夫有一段时间生病，她经常带着孩子坐电车来往于医院和家，路上孩子一直不安分，结果给了她镜子后，她就安静地照镜子，做各种表情，跟镜子玩去了。邻居太太说了一句“果然还是个孩子呢，只是看到了面镜子，就把什么都给忘了”。芥川听完此话，心中对这位太太生出些许恶意：他觉得这位太太和自己的女儿并没有什么区别，在镜子面前一样是把什么都忘了。

芥川先生是个智者，心地敏感，他察觉到，邻居太太说自己的女儿喜欢镜子，而其实自己更痴迷于镜子和打扮，热衷于在这个世间伪装和表演，却不自知。

帕斯卡有一个著名的警句：“假如克里奥帕特拉的鼻子是歪的，世界历史或许将是另一个模样。”

克里奥帕特拉不是一般人，而是埃及最后一个且极具影响力的女法老。这个警句便有了这样的含义：位居权力中心的人，或者是掌握了绝对话语权力的人，他（她）身上的一点一滴变化，都会左右社会的状况，影响历史的走向。换言之，拥有绝对实力的人，自然就成了人们关注的焦点，无须再进行额外的表演。

正是这种效应，使普通人陷入无路可走的境地——如果你既没有高贵的出身，又没有茜茜公主的嘉言懿行，再没有圣女贞德的天智奇才，甚至连芥川家的邻居太太那种最起码的美貌都没有，而且不幸地你又不安于寂寞、不甘于被“边缘化”，那么，你就只有走上表演之途了。

更不幸的是，在一般的“表演者”那里，往往是既没有罗伯特·哈代那样真诚的信仰，也没有刺客那种铤而走险的勇气，因此他们不会上演激烈的剧目，比如正剧、壮剧，甚至悲剧，只能上演一些闹剧、荒诞剧、滑稽剧，甚至是一些叫不上名目的荒郊野剧。

但是，普通人一般都好面子，都特别注重名节和礼数，所以，明明是低级表演，却也要有堂皇的理由、庄严的阵势、优雅的面容。高明一些的，会迎风拉一面先锋的大旗，逆势发一篇另类的宣言，或暗箱操作，迂回取胜；质素中常的，则巧立名目，卖弄乖巧，粉饰包装，自我标榜；智力平庸的，因拙于心计，不工运作，便像孩子一样使气弄性、发飙弄狠，制造出一些突兀的怪音，拨弄出一些烦人的惊悚——一旦被问责，会立刻露出委屈和无辜的表情：我本率性之人，何错之有？

总之一句话，既想出名，又要名誉——表演的光荣，就在于欺世盗名。

然而，事情远没有这般简单——自以为是的我们，因为并不具备芥川龙之介的那份智慧和敏感，所以，往往会在不知不觉中沦为表演者最忠实的看客，迷醉地欣赏，真诚地鼓掌。

更多的时候，是善良的人们，加重了表演者的砝码。

四

有一个人群是最懂得表演之道的，那便是文人阶层。

偏颇离奇的思想、疯狂怪异的举止、阴郁暧昧的容颜，种种表现，无不与表演有关。

马克·吐温说，疯狂是文人最常见的表现形式之一。

雪莱说，疯，即是与众不同。

文人知道常态的写作容易被人忽视——即便常态写作往往是健康的，是人性的自然流露，也要反其道而行之，做非常态的文本表演。

他们往往置人类朴素、真实而健全的生活与情感于不顾，极力呈现变态、无限放大私密、竭力表现虚拟，且美其名曰“难度写作”。

他们贡献的文本，文字泥沙俱下、情感荒诞不经、思维混乱不堪，但是，你不能说不——因为在他们眼里，他们传达了上帝的声音，文质高贵奇绝，美轮美奂。

你也可以兀自说不，但是，你要有勇气背上不懂文学、不会写作、水准低下的恶名。

你承受了这样的恶名之后，事情并没有完。他们会对你穷追不舍，以文坛指导者的身份给你传经布道，逼迫你接受他们的所谓标准。也就是说，你要甘于当他们的提线木偶，与他们同台表演。否则，你的文章就不能在他们把持的刊物上发表，你就不会得到公平的评价，你就不能安静地在文坛上立身——他们不仅要诋毁，还要铲除。

这不禁又让人想到了贞德的命运——

在火刑柱上，当火焰从贞德的脚下燃起，而她恳求让即将死去的嘴唇再亲吻一下她视为神圣的十字架时，答应她这可怜的请求的人并不是朋友而是敌人——是一个监视法国教会法庭的英国士兵。这个英国士兵，感于她法国同胞的冷酷无情，把一根棍子在膝盖上折断，扎成她如此热爱的那个象征递给她。

我们对文学的尊重和真诚，给我们招致了仇恨——你不参与表演，你就是敌人，你就得下课，而且，你没有资格得到应有的理解和体恤。

这种莫名其妙的屈辱毁灭了多少文学的赤子！

我们之所以还顽强地写作着，即便悲愤，即便绝望，也摇摆着不肯倒下，还是缘于对文学的信念。我们还有最起码的理性，知道那些表演者，最终的旨归不过是出名而已。我们遥望着匈牙利女王茜茜公主的余影——皇冠被女王用来装饰抚恤别人，而她自己却使皇冠生色——文学被我们用来悲悯众生、涵养人性，而我们自己要使文学生色、赢得荣誉！

还有一点，我们毕竟不是那些表演者认为的那种白痴，不多不少的生活阅历，不多不少的思考能力，使我们还具有着最基本的判断——他们的所谓标准，不是什么公理，更不是能让人圭臬行之的绝对真理，而是他们的一相情愿、畸形嗜好、私人趣味。

马克·吐温从时间深处支持了我们的观点。他在《关于烟草》中说——

以我几十年的吸烟史来看，我喜欢吸的烟，并不是真的好烟，之所以认为它最好，是因为我喜欢。所以，不存在任何品评的标准——至少是没有真正的标准。每个人自己的偏好就是他唯一能接受并服从的标准。

2005年6月1日

生活随想

生活有生活的逻辑，个人之于生活，常处在一种无奈之中。首先，一个人的出身，很大程度地决定了他的人生走向和人生高度；其次是环境，环境造就人，或人是环境的产物，已非唯心之妄说，系有识之士生活经验积累的结晶。

焦大不会爱林妹妹。出身与环境的制约，人很难产生超越自己生存空间的现世情感。这是亘古以来的识见。

所以，人们打破生活的原有秩序，追求全新的生活，即追求固有生活之外更诱人的生活，其实就是一种冒险。这种冒险，要么新生，要么死亡，要么回落——

新生是全新的获得，是人人都企望的胜境；死亡，是一种甜蜜的解脱，并非人人都可以享受到，便不为大苦。倒是回落，几乎是众生普遍的命运。这种回落是一大人生尴尬，求生不得，求死无门，便陷入两难境界。这是人生的夹缝：因为，回落后之人，已有生活的觉醒和对个人命运的不甘，便不会再回到原有的“平静”；但又未突出旧时空的重围，无安身之新天地。便困厄与无望交织，激愤与无奈交进，备尝生活的多种味道，使人步入死井一般的沉寂！莫不如从来就不觉醒，蒙昧的心性，倒可以得到昏盲的快乐，无自身之怜，便亦不察他人之怜，天然地不受伤害。

人的生活，莫不在这三种境界中。

这三种境界之于一人，呈循环交替状，且不可避免。因为生活本身便是无止境的，另，还有内外两大诱因：一是缘于大环境的不断变幻，二是缘于个体生命内在活力的消长。

今天的新生活，也许就是明天的旧环境；今天的幸运儿，或许便是明天的倒霉蛋。生活是一种必然，又是一种偶然。这种偶然是一种巨大的存在，不由你不正视它、面对它。

有了这种体悟，在追求新生活的冒险中，心境便会坦然些，更平静些，对失落的恐惧便会减少些。其实，人不怕死，怕的是死前的痛苦；人也不畏苦，怕的是没有承受痛苦的心理准备。

实际上，这三种人生境界对生活个体本身，并未改变生命的本质，在此境之中生活未必就比在彼境中生活高贵。生命的品位，取决于处于这三种境界中人的人生态度。

追求的成功，乃人生大愿。但有了新生活，未必就有了新的人格档次。比如暴发户，一夜间成为显富，便以为自己天生就是富人样相，便耻于与穷人为伍，并且鄙薄原来的环境，役使原来的友朋；又比如文坛新贵，本以精神文化为依取得了物质，却反污精神无用，且为文人生态作刻薄嘲戏……种种，种种，一下子便透出人性的蛮昧与俗恶。金钱和物质，并没有带给他半点文明的善性，倒是在华丽的服饰之下露出了未曾进化的那条尾巴。

追求走上绝路，即死亡，这是人生的个例。大智者，会在死亡的阴影中，平静地写下“穷途末路”的人生教训和生命体验，给后来者一种路标、一个惊警。大勇者，面对死亡，无怨无悔，正如蒲松龄笔端的刀下客，头被砍下来，一边滚动，一边还大声赞叹刑者的刀法“好快刀”，从容地走上来世的征途。败亦荣耀！

追求的失利，使人回落——有人从此视一切为虚无，任生活把自己放逐到任何境界；这与其说是回落，莫不如说是堕落，自己把自己排除在人的生活之外。这是自轻自贱的一族，可以理解，却不能同情；同情会助其沉沦，失去自省的转机。有的人，舐舔着伤口，以冷厉的目光看着迎面而来的一切，卧薪尝胆，“十年磨一剑”，预备着东山再起。这是悲壮的一群，沉雄不可挡的一群，是人类生活的阳光。

有一群，有明白的自知，心性既已觉醒，生活便不会再回复到原来的位置。对命运我奈何不得，生活的方式，却要重新选择，便有“游戏人间”“过把瘾就死”“让我一次爱个够”。这不是回落到原地，而是螺旋式的人生循环中的一种不明显的上升；虽然尚是原有的生存环境，但内在的生活秩序已经重新组合，“再也不能这样活，再也不能这样过”是也。这系“后现代”群落。

还有特别的一群，任你一切依旧，我变换了看生活的视角，取“玩味”生活的态度。正如用山木挖带花纹的烟袋：山木是常见的质材，但用来挖烟袋而不是其他，再打磨出花纹，不仅可以实用，更可以作为艺术品进行欣赏。这个取向，把山木提升了两个层次——生活不仅要过，还要过出情趣，并且还要反复玩味。这便是以艺术的视角对待生活。在庸凡的生活中，竟产生出那么多的艺术家，概因为此。

以上二群，虽不高贵，亦过得自尊。在灰暗冷寂的生活中，自己给自己点上一抹亮色和温馨。

无论如何，生命的本质，便是让人自尊地生活下去。

1995 年 4 月 12 日

灯下小悟

一

人的日常生活，常常是无序的。在无序的生活细节中，人的头脑常在无意间被“触头”触着，倏然生出一些小念头、小联想、小杂感。所谓“触头”：或是几节精彩的文句，或是与友人谈话时的某次撞击，或是某种情绪，或是撩拨眼眸的一束小花，等等，不一而足。

人人都有这倏忽间的小念头，但大多的人并不曾留意它，任其自生自灭了。

而有一种人，特别敏于这种小念头，会备一支笔，几张纸片，将小杂感随手记下。其小杂感虽芜杂，但埋头展玩，也会看到几丝思想的微光：正如把流萤装到瓶中，光芒虽不亮丽，却也氤氲出一片小光泽，使凝滞的夜色摇曳起来；夜色摇曳着，便有生的气息、人的气息了。

这种人或许就是市井人所称的作家。但我不管他们叫作家，我只把他们看成特别注意生命体验的人。他们固执地把人的痕迹保留在生命史上，使生命的原野，少几片荒颓。

二

我们不会轻易地拜访一个铺着红地毯的家。

不是因为我们的鞋子沾着泥点，袜子有异味；而是感到物质对心性的挤压。心性在草坪上会变得很活泼，在沙滩上会变得很恣肆，在山岗上会变得很豪放……那时我们的脚虽也在物质的接触点上，却从未感到物质的存在：人是那么喜欢独自占有，却又那么惧怕独自占有，这也许是一种唯一合理的解释。

一个拥有红地毯的朋友说，这是因为拥有地毯，需钱。

一个钱字，使物质有了属性，即自我性。物质的自我性，在人与人之间树起了一道篱墙，一边是我，一边是他。他望着我，眼里闪着莫名的光，是一种觊觎，是一种非分，须防备他。但眼前能保护我的只是一道篱笆，一种脆弱的东西，他会随时啸叫而来，我便很恐惧。人类居然惧怕同类，心开始忧郁。

一个异国诗人便说："贫穷而听着风声也是美丽的。"

并不是真的贫穷，而是怀念那种一无所有的无牵无挂坦然处之的心境。物质场里残缺的寄求于精神去圆满。

风声，给心性送去一对精神的翅膀。

三

写出一个体验：

你走进一个贫穷的家。那个家里的摆设到了简而不能再简的极限。但你发现这个简陋的屋室被主人擦扫得异常整洁：石头地板泛着青白的光，仅有的电器——一台老式收音机上罩着素白的帕子，空气中没有一只飞蝇……你便顿生一种素然的心情，你不忍任意践踏脚下的地面，甚至下意识地折出门去，抖净脚上的浮尘。主人为你点上了烟，眼前却不见烟灰缸的踪影，便不敢大口地吸下去，怕该死的烟灰掉到地上。

主人说，请随便，不过陋室耳。

主人不提醒还好，一提醒竟更不好意思；索性把烟掐灭了，才稍感一丝轻松。

这是一种怎样的情境呢？是自尊的具象。自尊，原来是一种有形的、不可侵辱的东西。

贫穷而自尊，令人生大敬畏。

另，人天生有轻贱他人的意向，亦天生就有珍视自己的意识。这两者的同时存在，才让我们感到了他人自尊的分量。

便可以说，将轻贱他人的意识渐渐地从心中驱逐出去，才会渐渐地尝到自己自尊的甘甜。

无他人的自尊，是一种虚妄。

1995 年 4 月 17 日

废园心态

不管承认不承认，在现代人中，存在着深刻的价值危机。

正如米兰·昆德拉在他的《小说的艺术》中所说：“人处在一个真正缩减的旋涡中，胡塞尔所讲的‘生活世界’在旋涡中宿命般地黯淡，存在堕入遗忘。”

在这个缩减中，爱情缩减为性，友谊缩减为交际和公共关系，大自然缩减为室内的装饰风景，读书和思考缩减为看电视，人类的公共事业缩减为金钱，文化缩减为大众传播媒介……

缩减，仿佛是一种宿命。

缩减的结果，是一切精神价值都被实用价值所取代。具体的一方面，一切严肃的作家和严肃的读者受到挤压——文化人从“圣坛”上跌落下来，对人类生存的根本价值的探索，被视为一种不合时宜，甚至是一种奢侈，“媚俗”将是一种时尚。

然而，严肃的作家和读书人，是不肯在根本价值问题上随波逐流的。当前，他们面临价值失落的根本性困惑。

面临这样的失落和困惑，如何找到自己的心理平衡呢？

汪曾祺说，他对金钱，无动于衷。他老了，自然地流入淡泊。

钱钟书说，要进行人格的自我铸造。钱钟书有一个一般文化人不可企及的、过于宏阔的精神世界。

平凡的我们，该怎么办呢？

想到了朱湘的一首诗，便是《废园》：

有风时白杨萧萧着，
无风时白杨萧萧着，
萧萧外更不听到什么。

野花悄悄的发了，
野花悄悄的谢了，
悄悄外园里更没什么。

毫无疑问，“废园”曾繁盛过，甚至繁盛得令人眼红。眼下，“废园”已被冷落，已远离市井颜色。但它寂寥而不怨艾，有风无风均“白杨萧萧”，孤独而不荒颓，野花“悄悄的”谢了又发。无论世态如何变化，它终究是一个存在。而且虽被人遗忘，不自我遗忘，“不要人夸颜色好”，只管白杨“萧萧”，花儿发得“悄悄”，生命不竭。

于是，不自我荒颓，不自我轻贱，不自我“跌落”，一切便有希望。

这是“废园”的一点启示，一点精神。存这样的心理，直面“媚俗”的世态，曰“废园心态”。

存“废园心态”，是价值失衡之后，面对失落的一种心理疗治。不是消极的悲观，而是悲壮的现世把握。

它使我们平息无用的疾愤，沉去惯性的浮躁。以沉潜的心地，坚忍的毅力，在人和世界的本质这一存在层面上，默默地探索，默默地积累。面对市井，“废园”也许是一种荒疏，观照内心，却是不竭的一种生命热情。这要吃多少苦头啊！但明白要“背时”，要吃苦，却依然去做，便悲壮！

云烟本是过眼客，俗媚乃是心灵空虚的花哨饰物。没有不过时的时尚，却没有消失殆尽的真理。

不被时尚左右，存一种不动摇的信念，在被人遗忘中，悄然做真理的探索，是大人格。

于是，汪曾祺的“无动于衷”，钱钟书的“自我铸造”，存的莫不是一种“废园心态”。

不同的是，大家是在对“市声”的无动于衷中，以不变的人格，向俗媚开战。普通的我辈，面对俗媚，八分恪守，两分无奈，洁身自好，自我完成。两者都好。

1995年7月15日至25日

独处四昧

一

在独处时，你最接近你自己。

周围除了雪白的墙壁，就是如砥的桌面……柔和的灯光，照着毫不争持的静物，你完全被静寂和幽秘包裹着。

你感到极端的放松。

凡尘给你的一切虚名和饰物，此时，已失去效力，你不再膨胀。

旁人给你的一切讥讽和鄙视，此时，已决然远去，你无须自惭。

因此，你可以静静地谛视你自己，准确地找到你的优势和误区。于是，你自己给自己找到了罗盘，绕开一些该绕开的，采摘一些该采摘的，走向远方那一片明媚。

二

独处时，你的心灵最为平静。

时空要你安心地坐一坐，让你远离了欲望和诱惑。你的双眼或澄澈如水或温柔如雾，双耳也清廓如谷，于是，你便听到了微弱却真实的心的声音。

而思想正是心声的凝聚，独处则使思想从微弱到强烈，从朦胧到清晰，从无形到有形。

若适时地拿出一支笔来，作忠实的记录，便是捕获了思想的结晶。

独处使心声颤动而凝聚，是思考的过程，而记录思考，正是创作的过程。

哲人和作家，是最懂独处妙谛的人。

三

独处时，你的情感最真诚。

浮躁培植了夸张，熙攘培植了矫情，而在人际中，情感则往往出现“怪圈”和断层……一切皆缘于在人群中甩也甩不掉的那一份功利。而独处时，面对的仅仅是你自己，如果你不是害神经的人，你甘于自己欺骗自己么？

于是，思念时独处，会知道思念的淡与浓；崇拜时独处，会辨别崇拜的真与假；成功时独处，会认准追求的无边；失败时独处，会懂得人生的厚度……

四

独处时，你最会做梦。

这里说的，是那种叫幻想的白日梦。

这时，如果你是丑的，可以把自己想得极其美丽，罗裙之下，也有高贵的王子执袂；如果你是懦弱的，可以把自己想得极其雄健，在傲岸的巅峰上，你双手举起燃烧的日头……独处，使你用幻想弥补生活的遗憾，缝合心灵的残缺。

于是，女人因幻想而生动；男人因幻想而深沉。

是幻想为人类拓展了生存的空间；是幻想诱发了将来的一切。

不会幻想的人，不会创造；不会幻想的人活得太累。

于是，哲人说，动物与人最根本的区别，在于人会独处。

于是，在市声喧嚣人欲芜杂中，会独处的人，是多么有福啊！

须特别提到的是，独处与孤独不是同一概念，孤独是一种无奈，独处却是一种积极的生活。

1995 年 7 月 15 日至 25 日

情爱的视角

可以说，情爱成就了最殊胜的人生故事。又因为情爱的不可捉摸，人性便更不易捉摸；这种不可捉摸，便给人生平添了一层神秘色彩和宿命色彩。

于是，便从中得到一种启发：一些难解的人生命题，取情爱的视角视之，或可以找到答案。

周作人在十四岁的时候，在花牌楼遇到一个十三岁的姚姓女子，未妍的情爱就突然间无声地开放了——“每逢她抱着猫来看我写字，我便不自觉地振作起来，用了平常所无的努力去映写，感觉一种无所希求的迷蒙的喜乐。”他在《初恋》一文中记下了这种感觉。其实这很难说是初恋，这是他接触的第一个异性，不曾和她谈过一句话，也不曾仔细地看过她的面貌与姿态。但他从此便对她的命运，生出一种不可言说的牵挂。此番情境，其根由在哪儿呢？作者给了一个答案：“（虽然她）并没有什么殊胜的地方，但在我性的生活里总是第一个人，使我于自己以外感到对于别人的爱着，引起我没有明了的性之概念的对于异性恋慕的第一个人了。”

这是一个极为准确的认知。这“第一个人”，使得一个少年走上情感生活的路径，开始以一个成人的面目进入人群。眼下，许多学校都在为十八岁的青年搞“成人仪式”，其实，这也只能是一种仪式，一种法律上的程式化的认同，并未有实际的意义在。一个人进入成人阶段最本质的表征，应该是情爱的觉醒。所以，对那些所谓的“早熟”的青少年，若给他们以最切实的人生指导，便首先要把他们作为成人对待之。如是，一些棘手的社会问题，便找到了解决的路径。

周作人第一次东渡日本，拘谨地跟在长兄鲁迅的身后，强烈的异乡之感，迫他进入身心紧张的状态。他们进了伏见馆，应声而出一位十五六岁叫乾荣子的日本少女，给客人搬皮包倒茶水。周作人只向她投去一瞥，便怔住了——他看见的竟是一双赤足，轻盈地自然地在屋里走来走去。他立刻想起了故园水乡的妇女，她们是常常赤着脚的；清代张汝南《江南好词一百首》中的词句也同时浮现：“江南好，大脚果如仙。衫布裙绸腰帕翠，环银钗玉鬓花偏。一溜走如烟。”周作人禁不住笑了，紧张好奇均在瞬间消失，感到自己并没有漂洋过海来到陌生的异国他乡，而是仍留连在家乡的亲人之间，且情不自禁地想到了眷依的郦表姐，对乾荣子亦生出一种撩乱兴奋的情感。

这是多么不可思议的一瞥！这一瞥使他产生了一种“撩乱兴奋”的情爱；这一情爱，顿时将异国他乡化为温馨家园。这一份情爱积郁成浓浓的“单相思”，伴他走进时间深处。以至于和睦相处五十年的羽太信子，晚年对他多生猜疑，指责他东游时有外遇，并吵闹不休，他虽大不快，亦不辩解。说他东游时有外遇，他虽明白这纯属莫须有，但因为确有对乾荣子的梦恋，他在反驳信子时不能做到绝对的理直气壮，其间的滋味是外人所不能体会的。由此，便可以作一种说法：周作人对日本少女的这种情爱，使他对日本文化与人情有了一种宿命的亲和感，这种亲和是一种隐隐的力，他的最终“走向深渊”，虽系环境所迫，其实亦是一种必然。

想起一个真实的人间故事。一对男女在大学里相爱。女子有极具天赋的歌喉，男子便把女子歌唱家的梦幻作为自己的梦幻。毕业后两人都分到了一所乡村中学，女子便很难再接触到音乐的环境。男子在城里正有一个神通广大的公子哥朋友，便将女子托付给他。女子终于成了歌唱家，也嫁给了那个公子哥。男子并未去指责女子，只是珍藏着对女子的那份爱，在平淡的日子里，品味孤独。他觉得既然爱她，就应该默默地承受这一切。命运对人的压迫，对她对自己都是无可奈何的事。后来，那个公子哥死于意外，亲友劝女子再嫁给那个男子，以图一种报答。女子不同意。她认为，她生命最美好的东西已随时光流逝了，她已不是原来那个纯美的女子，用这种世俗的方式去报答他，简直是对男子那几乎是圣化了的感情的玷污。况且，情爱的大恩德，亦是无法报答的。他们终于没有结合。

这个人生故事有许多不合情理的地方，这是用常人的眼光，但对于情爱，不合理处恰恰是最合理的人生气象。情爱是一种人生机缘，是一种神秘而特异的力量，拂逆着惯常的思维、识见和伦理，做兀然的独行。所以，对人对事，一经进入情爱的视角，因袭世俗的标准，就变得很是无用。就须调动自己的人生体验，用心智的直感，去“感同身受”，再作谨慎的观照与评判。本质上，对他人之情爱，谁也无力，干脆就是不能，从主观上做出客观的评判。善待情爱是也！

曾读过一篇小说《蜂戒》，内心感到一丝震颤——尹柳枝生于大户人家，其父为盐商，钱庄马老板便将女儿马兰儿主动许配给他，以得势力的扩展。尹父遇难，马老板不仅吞下尹家资财且又悔亲，痴爱马兰儿的尹柳枝痛不欲生，便于一个夜晚潜入马家找马兰儿讨个说法。不料，话语无几，马兰儿就大喊抓强盗，把尹柳枝吓得落荒而逃。尹柳枝被迫当了土匪，发誓一旦捉住马老板便实行“狼戒”，捉住马兰儿实行“蜂戒”。蜂戒，便是用毒蜂将人活活蜇死。果然捉住了马兰儿，蜂戒也。待到马兰儿将要咽气的那一刻，尹柳枝笑着问：“怎么样，还好消受吧。”马兰儿低微却清晰地说：“你该这样做，不过我死前要告诉你，那天晚上，我见你缠着不走，而家父正安排好要害你，我只有喊抓强盗吓你走，以图救你一命。”尹柳枝听罢，大叫一声，顿然昏厥。

将小说示与友人，友人说这是一个令人心碎的惨烈悲壮的情爱故事，其悲剧意义丝毫不逊于莎士比亚的情爱悲剧。我点点头又摇摇头：点点头，若取情爱的视角，这确系一个最合理最动人的解；摇摇头，若跳出情爱的拘囿，取社会的视角作冷静的审视，这未尝不是一个典型的复仇故事——

尹柳枝为情爱而复仇，落情仇之窠臼；

马兰儿以情爱而复仇，系手法的超然出新。

我心不毒。面对人性的复杂，不得不存一点点对情爱误人、情爱杀人的警惕。请好心人原谅。

对难解的人生命题，尝试取情爱的角度，往往会得一种豁然的解。但偏倚于这个视角，会不会自己给自己设下障眼法，走入思维的误区呢？也未可知。

1995 年 6 月 24 日

辩证四种

一

有谁不希望美丽常在呢？然而，一朵花开得最艳丽的时候，也就是花朵将要凋敝的时候；有谁不希望欣赏到美丽的全部呢？然而，时空的阻隔和人类认识及眼界的局限，人们看到的，往往是美丽的局部。

于是，有人叹息，有人忧郁，甚至于无奈之后，沦入消沉和虚无。

其实，花朵之后，便是果实。果实是美丽的另一种存在，是更沉雄更蕴藉更质朴的一种存在。旧的美丽在一个瞬间消亡，而新的美丽在另一个瞬间诞生；美丽是变幻而不息的过程，我们只需报着不泯的希望和恒在的信念。欣赏不到美丽的全部，的确是一种遗憾。川端康成半夜醒来，发现海棠花在夜间开放得最动人最忘我，便感叹道："自然的美是无限的，人感受到的美却是有限的；人感受美的能力，既不与时代同步前进，也不伴随年龄而增长。"但川端康成并未因此而黯然神伤，而是自言自语地说："看来，要好好活下去。"

于是，我为哲人的豁达而感动。时间会让我们看到美丽的全部，关键的，要永远热爱生活！

二

有谁不喜欢朗朗的白日呢？温暖的阳光下，可以看到一张张生动的笑脸和一幅幅奇异的风景。然而，黑夜总是悄然而至，幽暗了道路，幽抑了心灵，使伟岸的失去了身影，使灿烂的失去了光泽。

于是，有人叹息，有人忧郁，甚至于无奈之后，沦入消沉和虚无。

其实，强光会使人睁不开眼；烈日下，植物会收拢了叶片，最能显示自然界勃勃生机的，却是光影交替的清晨和黄昏，还有幽静的夜晚。蟋蟀的鸣唱单薄而微弱，在夜晚却嘤嗡如潮；卑微而低垂的玉米，在晨光熹微中，其拔节之声却铿锵如鼓……自然界于晨昏的雅静中，成就着高亢和谐的大合唱。

那么人类呢？一个作家写道："这是一个没有晚霞的黄昏，夜色正一层一层地笼罩着大地，天显得很黯淡，像被一个漫不经心的画家涂出来的褐色；这倒也好，这种色调能使人在归巢的鸟叫、悠悠回栏的老牛的漫步中忆起许多许多如烟往事，让人感到岁月的温馨。"在美好的回忆中，感受到岁月的温馨，乃一种醉人的情调；而只有晦暝的夜色才会孕育这样的情调，能说夜色不好么？！

噢，还有人类的梦，在夜幕下，激活生命、美化人生、赋予憧憬的人类的梦。

三

有谁不希望春光永驻呢？不要说春天里花的开放、爱情的萌发、青春的灵动，单说那一片片春草，绿绿的，茸茸的，静时如毡如帛，动时如歌如蹈，看一眼，便顿消心中块垒，生一种莫名感动。然而，又有谁能留住逝去的春水呢？"一江春水向东流"，乃自然之法则。

于是，有人叹息，有人忧郁，甚至于无奈之后，沦入消沉和虚无。

其实，又有谁不热爱夏荫之宏阔，秋景之丰盈，冬雪之妩媚呢？痛苦的犁刀一方面割破你的心，一方面又掘出新鲜的血液，人类总是有新的所得。

如果春天是希望，那么，夏天便是绸缪，秋天便是品格，冬天便是抗争。希望、绸缪、品格和抗争，是人类摆脱命运束缚的必备四品。没有希望，便没有欲念，便不会有行动；没有绸缪，便没有韬略，行动便失之盲目；没有品格，便没有纲纪，行动便常常误入歧途；没有抗争，便没有在痛苦中的最后冲刺，便一事无成。

于是，如果只有春天，仅仅有希望，人类将始终是幻想国中的一株美丽却无用的幼芽。

四

有谁不愿长生不死呢？然而，一切生命最终都要死去。

于是，有人叹息，有人忧郁，甚至于无奈之后，沦入消沉和虚无。

其实，死亡是另一种美丽。贫穷的、富有的、高贵的、低贱的，一切生之不平等，在死亡面前都归于平等；人类平等的法则，大概缘于死亡的昭示。而且，衰老的躯壳总不如婴儿更新鲜；腐尸上的花朵远比腐尸美丽……而世界的空间极有限，该死亡的而不自行消亡，倒是一种罪过。

讲一个悱恻的故事。一个老人坐在一个陌生姑娘身边，都无言地低着头，周围一片寂寥。突然，老人紧紧地握住姑娘的手：“别害怕，姑娘，我已经没有了欲念，只因你长得与死去的她太像，我想再把握一下已逝去的那一份情感。年轻时没有学会珍惜，认为什么都会再来，可什么都不会再来。”说完，老人便婴儿般地哭泣。姑娘正是一个恋爱中人，一下子明白了些什么，也紧紧地握着老人的手，呜呜地哭起来。

我们明白了什么呢？死亡最大的功绩，便是让我们懂得了珍惜，珍惜现在，珍惜我们已拥有的生活！

1995 年 3 月 30 日

浑噩中的警醒

鲁迅在他的名篇《文床秋梦》中说，春梦是颠颠倒倒的；夏梦也正如莎士比亚的剧本所绘，亦是颠颠倒倒；而秋梦，因中国历史上有“秋后处决”的传统，便应该是“肃杀”。春梦颠倒，夏梦颠倒，秋梦肃杀，那么，冬梦呢？以文人的情怀揣度之，便应该有所持悟，或有所期冀，或有所表达，至少应该有所警醒。

从浑噩中警醒的第一个惊问，便是——谁是上帝？

我们是无神论者，宗教信条中的那个上帝对我们没有意义。尼采说，上帝死了，人的意志寄寓于“超人”。而这个“超人”亦是极抽象的，是不可触摸的。不可触摸的东西便是虚妄的东西，不可太认真。

退回来想到人，想到人在这个世间的位置。

人在宇宙间处于最优越的位置——所食稻谷与菜蔬，均系植物界的精华，是植物饱纳阳光之后，生命在时光中最甘美的结晶。所啖之肉，亦是动物界的精粹：动物在自然法则的淘汰中，在生物链的终级，还是走上了人类的餐桌。至于人类的居停，均选择于风光水气调和丰赡之地，系“诗意地栖止”。那么，人类占尽了宇宙“阴阳五行”之极，也享尽了生命世界的价值供奉。世间万物差不多生来便是人类的

“牺牲”。

由此，人类自身岂不就是上帝？

从某种意义上说，被宇宙万物供奉的人类，没有理由不是上帝。

人即上帝，上帝即人。那么，人类自身就要自尊、自爱、自珍、自醒。这是作为人必须具备的要素。

具体地说，作为“上帝”的人，须具有两方面的操守——

其一，要有超凡的理性。

上帝的尊严在于掌握真理，在于能够把持自己的命运。由此，人至少应该具有追求真理的天性，就是说，即使不能“穷尽”真理，也要追求真理——离荒诞虚妄远一些，距客观规律近一些，求索于高拔的理想，超然于低俗的功利。既然上帝是主宰世界的，那么人类自身就不能盲从：不能盲从于个人及小团体的世俗利益，不能盲从于市井与时尚的价值取向。

从本质上说，上帝手中的“圣经”是崇尚精神的，字里行间鄙薄着物欲与肉欲。那么作为上帝而存在的人，便不应该沉溺于物欲与肉欲。躺在金银堆之上的人，只能想到消费；吃得太肥腻的人，只能仰倒睡觉；握着女人乳峰的人，首先想到的不可能不是性交……如此，还有几分上帝的面目呢？

于是——盲从的人，不过是不露奴隶相的奴隶；追逐时尚的人，不过是打着斑驳脂粉的小女人；着眼于世俗功利的人，正如一只饿狗眈视于一根尚有几点肉星的猪骨头……

作为上帝的第二个操守，便是要有博大的爱心。

在我们有限的经验中，哪个具有上帝身份的存在，不是拥有仁慈、仁爱的面目？耶和华为拯救人类，被钉于十字架上，是一种仁爱；玄奘西行，不忍伤一蝼一蚁，亦是一种仁爱。仁爱的具象，系要有博大的胸怀，要有悲天悯人的殷殷情结。

胸怀的博大，在于不自私、不乖戾、不冷漠，在于包容、宽容、真诚与热情。

自私者，人们避而远之，担心有限的一点拥有，被其巧立的名目不由分说地剥掠而去。

褊狭者，人们惧之三分，怕于无意中无因由地获罪。

冷漠者，人们亦敬而远之，你为冰我为炭，不但不能融化你，反而我熄灭。

于是，无大爱者便失了众。无众所拥的人，无论如何不会拥有上帝的荣光，只能是孤家寡人。

所谓悲天悯人的情结，系对宇宙万物的关怀与垂爱，系对弱小生命的同情与抚爱。人类既然消受宇宙的精华，便应视宇宙万物为我生命之所系，或干脆为我生命的成分。若要自爱，便要爱万物。爱万物，便要万物自由生息，并尽人类之所能给万物的生存给予养分与空间、温暖与雨露……于是，人类就不能没有环境意识、生态意识和宇宙意识。

一言以蔽之，既为上帝，便要给万物以福音。

当人类成为暴虐、专制的上帝之时，万物（包括人）或许不能作暴烈的斗争，却可作潜忍的抗争——

绿茵凋敝，还你以风沙；

良种退化，还你以秕谷；

水流枯竭，还你以瘦寒；

……

即便是一只弱小的狮头小狗，若被温柔地抚爱，亦会钻进妇人的被衾，温顺地与之耳鬓厮磨；若被愚汉痛打，亦会决绝地逃向山林，即便饿死，亦不会摇尾求和……

上帝的名目，是建立在平等和仁爱之上的。

寂寞之上没有更上的寂寞

作为社会中的人，常常会有这样的感觉——在酒吧中坐着，灯红酒绿的闹热中，会突然孤独得浑身发冷，感到那是别人的氛围，是别人调配的一坛盐水，而自己则只是一只带泥的萝卜，被腌渍之后，身上仅有的一些汁液，也被盐水虹吸出体外，抽缩得越来越小。便找不到自尊的影子。

偎在沙发的软窝中，厮守着一爿令人眼花缭乱的屏幕。屏幕像个魔镜，方寸之间，拨弄着整个世界的物与事、是与非，富足得遍地金银，生动得满目时尚。但是，渐渐地，无聊和寂寞弄得你无法忍耐，无论你怎么变换频道，懊丧总是锁定在心中。感到那是别人的风景，那铺天盖地的绚烂，让你无所适从。汪曾祺在《泰山片石》中说过类似的感觉——泰山固然伟大，但我是个体弱的小老头，横竖拿它没办法，便望而却步，便心存忧郁。

这也正如密密的雨脚之中，那远处的楼宇虽然有着阔大的屋檐，但给你的却是阴郁的忧愁，因为近处的你，当下的需要，仅仅是一把小小的伞而已。

如此说来，个体生命为何常感到孤独、寂寞、忧伤和无奈？盖因身外的世界太闹热了，环境的浮躁使人不能清静自守，煽起了人们多余的欲望。

然而世间遍地都是诱人的货色，且都在个人拥有之外。

于是，在迷惘中生出酽茶一般的凄怜便是很自然的事。在欲望中的人，谁能忍受自己拥有得太少？失落之中，一种叫卑微的东西，便如影随形了。

但有些人，却不被这种卑微所折磨，比如文人——

阳光汪在玻璃窗上，毛茸茸的，即便在房间的最暗处，也感到温暖。书册斜在架上，沉寂寂的，即便是在远处望上一眼，也有徜徉在字里行间的快感。不在于阳光有黄金的质地，也不在于书册有岁月的格调，而在于他们的需要比较单纯。

沈喜均先生有一首题为《夜读》的短诗，可作一例说明：

自有诗中趣味长，
爱它良夜好推量。
读深不觉时间久，
错认灯光是日光。

轻简的生活欲求，使文人不旁骛、不觊觎，其精神世界可自给自足，心中饱满，寂寞着也快乐着。

这种情形，给人一种有益的启示：身外的颜色再好，世间的诱惑再多，如果视而不见，不为之所动，潜心过属于自己的日子，所谓凄怜，所谓迷惘，所谓失落，也就远你而去。

年老体弱的汪曾祺对巍峨的泰山望而却步之后，并没有因此而自哀自怜，而是淡然一笑，拉着他的好友林斤澜在泰山脚下喝黄酒，喝得意气阑珊，心中温暖。看着艰难跋涉的青年人，他甚至很得意：你看，咱拿泰山没办法，可它拿咱也没办法，咱虽然没能得到攀登之乐，但咱享受到了饮者的趣味。

他当时说了一句俚语，即：人生在世，不能小鸡吃黄豆——强努。

就是说，人要有自知之明，处世做人，要量力而行，不强求自己能力之外的物事。

这是一种生活智慧。

安于自己的人生理想，安于自己的生活趣味，还有什么不可释怀的苦恼？

揣度一下，感到他的这种睿智，缘于两种途径：一是他本人的人生阅历，以及建立在这个基础之上的理性思考，通过读他的书，知道他是个喜欢“琢磨”生活的人；二是他饱经了书香的涵养，他是个能够静下心来读书的人，书页中悠远的文化信息，被他“化”为自己的生命细胞——不拥有森林，未必就不闻松香。

周作人在《自己的园地》一书旧序中说：“我因为寂寞，在文学上寻求慰安……得到了相当的效果了。反正寂寞之上没有更上的寂寞。”依照这样的逻辑，悲苦之上没有更上的悲苦，失意之上没有更上的失意——人只要定低了生活标杆，节俭了对身外的欲求，细小的所有，就是大有，些微之所得，便会得到大的满足。

海德格尔也说过：人诗意地栖居于世上之时，静静地听着风声也能体味到真正的快乐。他的话在一个叫梭罗的美国人那里得到验证。梭罗离群索居于一个叫瓦尔登湖的地方，在只拥有基本生存条件的情形下，居然快乐地生活了两年，写出了一部精神盛典《瓦尔登湖》，告诉人们，人，完全可以生活在自己的精神世界里！

在现世世界上，还有一群在生命本质上与文人一样的人——那就是清贫而幸福的农人。

为什么茅屋里有不断的歌声？朴质的脸上常堆着麦子一样灿烂的

笑容?

盖因为他们只索求自己真正需要的，没有过剩的欲望。

他们与文人不同的是：他们虽然“琢磨”出了生活的本质，却连一句多余的话都懒得说了。

2005 年 4 月 6 日

惊悚之玉

波裔美籍女画家塔马拉·德·莱姆皮茨卡（Tamara de Lempicka）是个时尚画家，她擅长画人体，特别是女体。从伊甸园中的夏娃、沐浴的苏珊娜到康复中的小女人，传说与现世、贵妇与仆女，各色女人她都画到了。但是，尽管身份不同，女体的特征却近于同，均是一团白皙、健壮与丰满，肉感欲滴。本是一个纯情少女，体态也是母妇的丰韵。可以看出，她欣赏的情调，是玉白与温润。与富丽、富有的肉身形成反差的是，人物的表情却像陷落在贫穷和患难之中不可自拔，满面凄楚、忧郁、惊惶与绝望。于是，这些女体即便是温润之玉，也是曾经跌落过的、险些破碎的惊悚之玉。

这反而强化了作品的艺术效果。

高贵的身体，一旦被驱之不去的不安笼罩着，便让人想到“伤害”这个词。而又有谁能忍心看到温香软玉被伤害呢？便加重了凄楚动人的成色，让人不禁寄予同情和爱怜。

西方人虽然很现代、很时尚，但在精神的表达上，却是很传统的——他们借重于东方的哲学内涵，具体到莱姆皮茨卡，她借助了中国男人的经典感情：惜香怜玉。

她的女人体，视角是男人的。所以她的画很受中国人的欢迎，许多时尚杂志，甚至许多艺术杂志都用她的画作封面。

这不禁给人一个启示：物质的流行，湮没不了精神的永在——人性往往不随潮流而变，一直在暗处发出温厚的幽光。

由这个话题，我想到了女人与玉的关系。

玉在中国人眼里，有清雅的品格，它腴润而沉静，美得含蓄，像淑女隐忍于闺阁，给人幽秘的诱惑，却也心存敬重。历代的诗文里，便都有咏玉的文字，且都是一些堂皇的文字。玉的物质属性就因此淡化了，很文化。

而金银就不同。金银里有遮挡不住的物欲色彩，仅仅一个“纸醉金迷”的字眼，便界定了它世俗的品性。就像万丈红尘中的美妇，愈是艳光四射，愈是与淫邪和流通有关。这风尘中的美艳，醉眼卑心，令正人君子遮遮掩掩，著不得诗文，仅留下私语。

所以，我不太同意四川女作家洁尘的观点，她说：“迷玉的人好像都是男人，女人不迷东西，她要迷人。”

女人是最在意品位的人，或者说她最在乎自己在别人眼里的品位——即便不是大家闺秀，最起码也应该是个小家碧玉吧。

如此，懂风情的女人，她是不能不迷玉的。

日本作家小海永二在《心声欲吐时》一文中阐述了他的一个见解：女性最美的年龄，当在三十五六岁至四十三四岁。只有在这个年龄，才可能具有女性特有的成熟美。因为这个年龄的经历，使女人有了相当的人生经验，有了女性的自我意识，不再被时尚所左右，也不再取媚于他人的欣赏眼光，一切凭着自己的心性。于是，举手投足间少了游移和仓皇，有了一种迷人的自信与雍容。

我理解小海永二话里的深意：女人到了这个年龄，不仅身体有了莱姆皮茨卡式的丰润，内心也变得沉实和丰盈了，有了从内到外的魅力。这种韵致，不同于少女的浮艳，它才真正耐人寻味。

这正暗合了玉的品质——玉虽然不属于时尚，但那温温润润的触感，总让人缱绻不止，品着品着，魂儿就被勾走了，而且，沉浸其中，不可自拔。

所以，迷玉的女人往往是成熟的女人，是懂风情的女人。

而小女孩太浅，太浮艳，太容易使气弄性抢风头，她们静不下来，所以，一般都迷金银，迷宝石钻戒，甚至迷香车、豪宅。再有，青春在她们眼里是一汪挥霍不尽的、无边无际的水，她们一定要迷那些可以挥霍的东西。

贾平凹也说，玉和人是一种互相涵养的关系。那么有隐忍魅力的玉，必然配有内在魅力的女人——成熟女人会使玉更加温润，沉静自适的玉亦会使女人更加心安——她从心里认可自己。

女人和玉相互涵养到最后，便浑然成一体了——玉不再是一块石头，而是女人的一块皮肤、一方操守，女人也觉得自己有了玉命，即便被人忘在了那里，也有不变的价值——在这个势利的年头，与其迷人，不如迷自己。

玉因此成了女人的魂儿。

这一点，首先也从自家女人身上得到了验证。

这两年她毫无征兆地就痴迷上了玉。不仅经常光顾大大小小的玉器店铺，而且还毫无戒备地跟形形色色的玉贩子勾勾搭搭。

我说："你得当心，那些玉贩子不仅骗财，更骗色。"

她说："你得了吧，你哪儿知道，现在倒腾玉的，也多是女人。"

不知不觉间，她弄回来一堆玉的小挂件儿。她喜津津地展示给我看，我总是蹙眉摇头，说："没一件上眼的玩意儿。"

她便跟我斗狠，更狂热地去搜求。

终于弄到一件上眼的货色，火柴盒大小的一块烟叶形的翡翠。

那翡翠的成色很打眼，我不禁心中一动，嘴上却说："颜色太油滑了，一看就是假货。"

她因此变得迟疑起来，让我陪她到菜市口百货商店的首饰柜台，那里有搞鉴定的专业人员。经鉴定，是一块真玉。她兴奋得脸都红了，脱口叫道："这翡翠买值了！"

因为柜台上有一块同样大小、同样成色的翡翠，标价六千八百元，而她的这块，玉贩子的出手价才两千元。

她的一声叫，吸引了许多人的目光。人们狐疑地看着我们。

我顿时有一种做贼的感觉，拉着她急急地走出了商店。

到了一个远离人群的地方，她想再看一眼那令她兴奋的翡翠，却找不到了。她的脸霎地变成一纸惨白，嘤嘤地失声而泣，挽着我胳膊的手，狠狠地掐进我的肉里。

那一刻，她那失魂落魄的样子，让我感到她很卑贱，很可怜——布衣荆钗的女人，能经受得了啥？

一阵紧张的搜寻之后，竟从她手包的夹层中，找到了。原来她受不了众人目光的注视，下意识地把它塞到了那里。那个地方，素日里是不装东西的。

玉找到了，她的惊魂却没有收束回来，依在我怀里瑟瑟发抖，不停地说："你这人真讨厌！"

她惊悚的样子，呈一种无依无靠、令人怜爱之美，我爱心大动，把她紧紧地搂在怀里。

我说："不就是一块破石头吗？要是把我丢了，你又该如何？"

她说："我会笑，因为男人是女人的累赘。"

她因此配了一条结实的链子，把那块翡翠挂在脖子上。每到一个时辰就从衣领里拿出来看一眼，一惊一喜，让人跟着揪心。

我说："你这是何苦呢？"

她说：“你懂什么？女人就是这个样子。”

奇怪地，有玉的牵挂，她的性情愈来愈温柔，对我的体贴也愈来愈周致。我开始明白，在女人那里，其实是既不想失去玉，也不想失去男人的。

后来又从那个说女人不迷玉的洁尘那里进一步得到验证。她在一篇《玉》的随笔中说：

> 一直迷玉，却一直没有玉。上珠宝店，逛文物市场，常常有机会看到玉，但从来没有下决心买，一是觉得自己不温婉，不是戴玉的人，再就是怕丢玉。我认定自己是个丢不了钱包却一定会丢玉的人……丢玉是一件可怕的事，像贾宝玉，玉丢了，魂也丢了。

原来她说不迷玉是口不对心，她迷玉，却忍受不了丢玉的那份惊悚。

然而我从自家女人身上体悟到：不经受丢玉的惊悚，女人哪会温婉起来呢？

2005 年 4 月 14 日

本性的力量

心有定力的人，肯定不会在红尘中飘摇，他懂得绚烂背后的真相，从一开始就过一种属于本性的、朴素的生活。

正如大地上的一棵树木，由于根须深扎在土壤之中，具有向上生长的本性，便可以从容地接受阳光、经历风雨，不担心倾倒，不害怕被遗忘。即便是被遗忘着，甚至是被轻贱着，也不影响它生长。

它自信也自足着，外界的熙攘，已无关它的痛痒。雨果的《欧那尼》刚上演时，被包厢里的贵族喝了倒彩，但雨果却不惊不恼，因为他知道这部剧作的成色和自己通过它要表达什么，便对自己说：喝倒彩有何用呢？将嫩芽捻碎就能阻止树变绿吗？

即便是被流放了，他的面色也有着阳光的质地，与流放者一道认真地过着每一天的日子，在这个特殊的群体中，他耕植同情和悲悯，让失意者心灵强大起来——身为奴，而内心为王。为什么？国王拥有今天，人民拥有明天。这是不能阻挡的自然法则：小树终究是会长大的。

他曾经是国会议员，但失去权力之后，他反而找到了生存的理由：只有当智慧和权力两种力量结合在一起的时候，社会才能得到公正的管理和统治。既然议员们只看重权利，而鄙薄智慧，所以就很难从这里输出公平和正义，所以远离未尝不是一种自救。

正如阿尔费里所说，专制下的秩序，是一种没有灵魂的生活。既然雨果是精神高度自治的人，他如果安于做一具行尸走肉，反而会让人感到不可思议了——既是参天大树的本性，岂能有葛藤之姿？

自由地向上生长就是树木存在的理由。树木蒙尘，却不蒙羞，风雨浇淋之后，是青翠欲滴的勃勃生机。

叶圣陶在《昆曲》一文中说道：“……人的癖性，往往会因为亲近了某一种东西，生出特别的爱好心情来，以为天下之道尽在于是（了）。”他道出了“人的癖性”，也就是兴趣爱好形成的真相：人的确是这样，他一旦在某种东西里浸淫得久了，就生出特别的感情，以为这种东西在世界上是最有价值、甚至是唯一有价值的东西了。由此看来，人世间的所求所倚，往往只是一种个人趣味，甚至是一种个人“偏见”，与事物本身的客观价值无关。因为来路不同，就会呈现出种种不同的“趣味”。因为都是“偏见”，就无所谓长短、高下。所以，作为一个独立的生命体，每个人都应该平静地看待周围的事物，在红尘翻滚中，坚守自己的“习性”，不为世风所动、不为他人所动、不妄自菲薄、不迷失自我，按照自己的“趣味”行事。楸树与松杉，各有品格，且不可取代，所谓贵贱，是身外的概念。大地上的树木之所以自得，原因就在这里。

读路德维希·维特根斯坦的《战时笔记》，得到进一步的验证：只有生活在自己的“趣味”中，才会有身心的安妥和应对环境的从容。维特根斯坦有着对哲学研究的特殊兴趣，所以当他被作为最低军阶的列兵送往俄德战争的前线之后，耳边的炮声，破碎的肢体，并没有让他惊恐不安。相反地，令他难以忍受的却仅仅是面对雪白的纸页而“不能正常地工作”。只有当研究工作不能正常进展的时候，他才想到了死。

为了平息内心的烦躁，他不停地做一件事——自渎——试图用肉体的疲惫拯救他的精神。

整个战争期间，别的士兵关注的是战争如何推进，如何开辟晋升的途径，他的兴奋点则始终是如何能得到一间能单独居住的房子，能把稍现即逝的观点定格在纸上。战争结束后，别人的肩膀上都增加了星豆，有的甚至成了将军，而他还是个普通的士兵。但是在别人的鄙视和嘲讽中，他笑容灿烂，因为他完成了期待中的著述。

他说："一个人的肉体是软弱无力的，经由精神他才是自由的。"

他告诉我们，一个人只有得到了自我本性的满足，才真正找到了生命的支撑和存在的意义，外界的价值评判，与心灵的愉悦无关。

由此看来，心有定力的人，往往是有着强烈的精神爱好（癖性）和沿着这个方向矢志不渝地追求的人。

梁漱溟说："在人生的时间线上须臾不可放松的，就是如何对付自己。如果对于自己没有办法，对于一切事情也就没有办法。"这是通透之论，对今人，特别是以文字为生的人，有太强的现实意义。在今天这个时代，物质的诱惑、时尚的喧嚣，太容易使人迷失了自己。用谢有顺的话说，多少人都拿自己没办法，远离了本心，失去了本原，不仅细小的利益可以动摇他的信念，随波逐流者更是不在少数。

信念或许是个过于空洞的东西，但是遵从自己的内心需要，坚持自己的个人爱好，是完全可以做到的。它是能够用来"对付自己"的没有办法的办法。世界的大局我们无法改变，个人的价值实现还是存在着种种的现实可能的。渺小的人力对历史的推进，往往是式微增长和积蓄的过程。关键就在于，我们是否能够用我们自己的方式有所作为有所贡献。第一次世界大战中的奥地利将军们，墓木已拱，尸骨已朽，但维特根斯坦的哲学思想却散发着永恒的光辉。

人的力量何其微弱，而人的欲望又何其蓬勃。这是人生痛苦的本质原因。

进入自己的内心世界，立足于精神自治而选定一种爱好，甚至形成一种“癖性”，或许是一种自救之途。因为沉浸在自己的“趣味”之中，会心无旁骛，一意前行。这样，就减约了欲望，因而也就远离了失落和不安，就会品尝到幸福的滋味。

对此情景，雨果说道：“我充分地享受了生命中的美好和温柔……到了不再有人爱我的时候，啊，我的上帝，我希望我死去。”

为何豁达到如此程度？真正按照自己的本性和意愿活过了的人，心中没有遗憾。

2006年1月21日

善待“过程”

一

人的一生，是不断承受痛苦的一生。痛苦与生命的关系如影随形，是与生俱来的。这一点，只要有起码的生活阅历，就能体会得到。

积四十年的人生经验，感到一劳永逸、根除痛苦的灵丹妙药是没有的，只有缓解痛苦的江湖偏方。人们所能做的，只能是做缓解痛苦的工作。真实的情形是，旧的痛苦被缓解了，新的痛苦又不期而至，人始终处在无奈的应对之中。于是人就变得从容了，抱着应对一会儿是一会儿的心态去做缓解痛苦的努力。然而，也正是这样，一会儿，一会儿，又一会儿，在“一会儿”的叠加中，人完成了与痛苦的最终和解，走完了人生旅程。

也正是因为在缓解痛苦的过程中，没有统一的中成药剂，人们拾取的都是在各自“属地”上能够撷取的药草与偏方——苦菊、地丁、车前子、茯苓草……各各不同。所以，人们就有着不同的生存状态，人生轨迹也就各自不同，便成就了丰富多彩的人间世界。

人们本性上是畏惧苦难的，世间所存在的各种各样的享乐哲学便是明证。但痛苦与生命的如影随形性质，就决定了无论对未来存有多么美好的期待，眼前的痛苦，正如脚下的路上所横亘的石头，是无法绕得开的——必须直面，必须想出解决的办法。这同时也反证了人生“过程”的重要性，它既不能省略，也不可减约，几乎可以说，是“过程”决定了人生。

二

在四十岁以前，看各地民俗，只是欣赏其中的趣味。现在不同了，更看重其中蕴含的道理，也就是有关人生的哲学。从这个角度看，各地民俗虽有不同的外在形式，但本质上却总有相通之处。

绍兴有一种“当当船”，尾巴翘翘，身子狭长，上面置备一面小锣。船一旦划起来，那面小锣就当当地敲着，急火火地往前赶。对岸虽然没有重大的期待，也是匆匆地到达。京西有一种“铃铛车”，在辕马和车身上都挂着铃铛，只要一上路，铃铛就尖脆地响起来，催得骡马像逃避虎狼的追逐一样拼命地往前跑。其实要做的只是凡常的农事，毫无急迫奔竞的必要。所谓“车动铃铛响”，简直成了一种招摇。

绍兴还有一种船，叫“航船”，篷大，船宽。摇橹的人，叼着一支长长的烟管，有一搭无一搭地摇着。船走得无声，船上的乘客也无旅人的行色，谈天说地，调侃谑骂，赏玩风景，其乐融融。京西也还有一种“小驴车”，驾车的牲口，只是一头低眉顺眼的小毛驴，赶车的人手里也没有鞭子，只是握着一柄长杆烟袋。人放任着驴子自己走路，人则晃荡着双腿，或品烟，或唱俚曲，或与遇到的熟人逗笑，一派怡然自得的样子。

以上两种风情，之所以有不同韵致，虽有种种生成因素，根本的，还在于人。

划“当当船”的和赶“铃铛车”的，很少有四十岁以上的人；而摇“航船”的船夫和驾“小驴车”的驭手，则很少有四十岁以下的人。前者总觉得前边才有好光景，只有迅速地达到目的，才算作真正拥有，便很难有耐心忍受当下的过程。而后者，已醒悟出了一些人生真相，懂得了“今天难得”的道理，便把心态放从容了，悉心品味“路上”的风景，享受“过程”中的趣味。

这其实就是人生态度的问题。把“到达”当成目的的人，不会有“到达”之后又如何的心理准备，一旦到达后的境界不像他们期待中的那样，他们会失落，甚至会陷落，至少会被灰色的情绪所笼罩。青年人有激情有活力，但也最容易患得患失，或许就是这个原因。把“过程”当目的的人，正如叶圣陶所说的那样，他们抱着“反正是个到”主义，知道“过程”也是生命的时光，也是不能被浪费掉的，便把“过程”当日子过，不紧不慢、有板有眼、有声有色。于是，即便“到达”之后很不尽如人意，他们也会心定气顺，面带笑容。因为他们已经“拥有”过了，没有更多的奢望了。所以，中年人沉稳的目光、老年人平和的面容，不是生理的现象，而是心理的特征。

一个西哲说：“大事不着急。”四十岁以前我不理解其中的道理，现在看来，这与叶圣陶老人的“反正是个到”主义是相通的。

三

然而，中国人的生存历史，是整体地忽视“过程”的意义的。这一点，作为教育家的叶圣陶在《双双的脚步》一文中有很“经典”的描述——

小孩子看见好玩的东西总是要的，他不懂得成人的“欲不可纵”的条例，“见可欲”就老实不客气地拿到手，否则便哭、便闹。家长们为了爱惜几个铜子，经过玩具店时，常常是牵紧了孩子的手，装作什么也没看见的样子匆匆地走过去。论理，到了手的玩具，总该忘情地玩一下了，但父母总会说：“你且当心啊，不要一下子把好玩的东西玩毁了，赶快收起来吧，藏起来日后再好好玩。只顾一刻工夫的快乐，忘了日后的，这是最没出息的孩子了。”于是，孩子便颓然地与玩具分了手。但是到了日后，孩子长大了，也做了孩子的父母，再拿出玩具，已没了赏玩的兴趣，通常地，是羞于做孩子式的赏玩了。送给自己的孩子，孩子们也没有兴趣，因为他们已经是新一代的儿童，时代赐给了属于他们的新型玩具。

平常人家总是要储蓄钱财的，理由是备“不时之需”。但当到了需要的时候，却犹豫了，对自己说：“现在还不是最需要的时候，留待日后吧。”屡屡地如是想，储蓄的理由就变了，变成看重存折上积攒的数目。人们成了储蓄的奴隶，不会想到，其实真正的富有不是有多少存款，而是实际享用了多少。

学生在学校里念书做功课，最初的动机是为着启蒙和立身的，学习生活本身就是意义所在。但在望子成龙的家长那里，学生的学习已不是生活，而是预备着将来做人、成事。他们只瞩目于遥远的将来，而抹杀学生当下的存在和正当的生活欲求——决不允许他们“过”生活，而只管埋头“预备生活”。这时的学生已不再是“人”，而是“工具”，人格的健全发育便无从谈起。从大学里走出来的许多高才生，往往是现实生活中的低能儿，原因就在于此。

述及种种，叶圣陶得出结论：心性高傲、自以为是的中国人，其实是不懂得生活的，正如吃甘蔗只啃一头而丢了中段一样，没有取得合理的“生活法”，因而中国人所过的日子，“其实只是一种极贫俭极枯燥的生活而已”。

叶氏的文章写于上个世纪的二十年代，我们本该作“告别式”的阅读，但稍一翻检今天的日子，发现今人还站在那样的起点上，本质上是没有多大变化的——生活的着眼点，依然是“预备生活”。

于是，便有反省一下的必要了——

昨天的玩具珍藏到今天，已成了背时的废品；昨天的金钱储蓄到今天，已大大地贬值；昨天的风华正茂积攒到今天，已成了人老珠黄……预备到最后，我们到底预备到了什么？

冷藏到缩水之后的蔬菜，不仅缺失了营养，也失去了固有的美味；放到明天的爱情，不仅钝化了激情，也错过了享受的心境；许配给彼岸的欣赏，由于没有携带此岸的底片，便对比不出美在何处……匆匆地到达之后，明天到底能给予我们什么？

以当下为不足道者，是信徒；以现世为不足道者，是佛士。而我们是什么？我们是血肉之躯，是羁于温饱、敏于苦乐的“人”。也就是说，真正属于我们的生活，不过是“过程”而已。

朱自清作过一首名为《毁灭》的长诗，这首诗虽已被众人遗忘了，却正适合我们在当下吟味——

> 从此我不再仰眼看青天，
> 不再低头看白水，
> 只谨慎着我双双的脚步。
> 我要一步步踏在泥土上，
> 打上深深的脚印。

就是说，我们要以入世的眼光，认真地过好每一天的日子，因为我们的每一份喜乐、每一份痛苦，即便再小，别人也不会替你承担。

况且，昨天是今天的过程，今天是明天的过程，明天又是未来的过程——既然一切都是过程，我们存有这样的态度，怎么就是形而下？怎么就会无所作为？

2006 年 2 月 10 日

地母

林徽因有大美。她不仅是杰出的建筑学家，也是卓有特点的文学家。小说感性、诗歌清奇、散文典雅，占尽了天地灵气，令人生妒。岂止人妒，天也妒她，仅活了五十一岁，且身体柔弱，大美之形，苦与忧并。

世人皆乐于吟味她与徐志摩的“倏忽人间四月天”，也慕叹她与梁思成、金岳霖的“金三角”，认为，像她那样优雅地盘旋于爱她的男人之间的女人，不乱分寸、淑仪有自，是不多的，是堪称楷模的。殊不知节制、自律的感情背后，是煎熬。

她本性是浪漫的，1934 年 2 月 27 日她在致沈从文的信中说：“没有情感的生活简直是死！生活必须体验丰富的情感，把自己变成丰富。”有这样“横溢奔放的情感”的人，却要隐忍，可以想见，她到底承受了什么。

是独自承受苦难、在无奈中有为，而成就了她的美丽。

她饱尝了“横溢奔放的情感生活”给自己带来的苦乐纠缠，到了“不难过不在乎”的境界。她说：“我认定了生活本身原质是矛盾的，我只要生活；体验到极端的愉快，灵质的、透明的、美丽的近于神话理想的快活。我情愿也随着赔偿这天赐的幸福，埋在悲痛、纠纷、失望、无望、寂寞中捱过若干时候，好像等自己的血在创伤上结痂一样！一切我都在无声中忍受，默默的等天来布置我，没有一句话说！”

世人只看到了她的大美之形，却没有看到她的大痛之实，误读了她。

这种误读，使她越来越美，美得像神话，像天赐。

便感到，不美的女性，不是“原质”的不美，不美之处，是不堪忍受美和优雅的背后那巨大的担当，一遇苦痛，便号喊、啼泣、忧怨、乞怜，甚至自伤、自颓，呈现破碎，披露败像，就丑陋了。所以，女性的所谓完美，实在是美在对待苦难的态度上的。

近读严歌苓的小说《第九个寡妇》，加固了这种认知。

王葡萄是个农村的小女人，寡居之时，迎来“土改”运动，为了使自己的公公免于被当作“地主”而遭受批斗，将其藏匿在红薯窖里，一藏就是三十年。三十年的生活空间是个巨大的黑洞，种种变数游弋其间，于一个小小的女人，那是个无法承受的境地。然而她承受了，且迎来了最终的灿烂。

她的承受之法，是依靠女性的身体和女性的耐力。

她知道，一为女人，也就只有这两种本钱；她也知道，倘要生存，是要付出的。

所以，她直面强暴，迎纳屈辱，更坦然面对自身的欲望。

男人们告诉她，我们之所以既轻贱你又尊崇你，是因为你身上的水儿多。她笑着对自己说，这很好，水儿，既可以溶化坚硬的东西，又可以融汇温柔的东西，生命的绳索是不会断的。

人们认为，这个女子不是个正常人，因为她身上缺一点东西，就是惧怕。

她也不争辩，只是说：“我可爱受罪了，我是受罪的坯子。”

这可不得了，到了最后，她已经感受不到痛苦，像林徽因一样，“默默的等天来布置我，没有一句话说！”经受过黑暗的洗礼，依然沉着，便愈加妩媚了——因接纳不公而心安，独享卑微而高贵，倒是让那些强势的人群发出感慨：她怎么能够活得这么好！

陈思和先生把她比为地母，且说：“地母是弱者，承受着任何外力的侵犯，犹如卑贱的土地，但她因为慈悲与宽厚，才成为天地间真正的强者。”

“地母”这个喻象很恰切。地母既是生殖力的象征，也是生命顽强和神圣的象征——她不仅旺盛地生殖生物意义上的生命，也蓬勃地生殖精神意义上的生存意志。

从另一个角度说，地母的姿态因为很低，就有了广阔的伸展空间——她可以吸纳污浊而呈现净洁，消解罪恶而供奉福祉，具有包容和宽恕的力量。便让人感到，雌性虽然有垂泪的姿态，但骨子里却天然地葆有着一股像“水儿”一样盈盈满满的佛性，这种佛性与佛家的哀生与悲悯相仿佛，既疗救自己，也照耀别人，便有了比男性更彻底的人性观照和更坚韧的生命质地。因此，苦难可以轻易地打垮男人，而对于女人，往往是无计可施的。这是实证，而不是臆断，对女人的种种不恭，是可笑的。也应该承认，因苦难而美的林徽因和王葡萄，因来路不同，呈现意义的方式是不同的。

林徽因除了“感性”的生活之外，还从原野走向内心（理性），把个人的苦难体验诉诸文字，去“反哺”他人。她说：“人活着的意义基本上是能体验情感。能体验情感还得有智慧有思想来分别了解那情感——自己的或别人的！如果再能表现你自己所体验所了解的种种在文字上——不管那算宗教或哲学，诗或是小说，或是社会论文——（谁管那些）——使得别人也更得点人生意义，那或许就是所有的意义了。”

她有人文意识，经历风尘和屈辱之后，还典雅，唇齿留香，耐人寻味。

而王葡萄依然游荡在原野之上，对苦难的承受，有草木的状态，“既然活下来了，就得活下去”。她的风范，即便是撼人魂魄，也只能是以心传心，传到最后，就走样了。就像动人的民间传说，是谁也不当真的，简单地品味一下，就遗忘了。这是多么遗憾的事，要知道，原野上的磨砺是真正的大苦啊！

所以，原野上的证明，付出的代价是更大的。血泪暗洒，落地无声。怜甚！怜甚！

但是，一个本纪，一个传说，二者都美。在相互映衬中，意义就伸展了。

总之一句话，经历了苦难的煎熬还泰然处世的女人，是不朽的。

2006 年 3 月 25 日

成人的生活智慧

梁遇春的《天真与经验》，是我的常读篇目。每读一次，都有新的感受。把这种感受原汁原味地记录下来，就是一篇比刻意的构制还要耐读的文章。所以，时间深处的经典之作，是思想的触媒，是诗文生成的母体。

就《天真与经验》的解读，我已写了三篇文章，都得到了文友的认可。所以，阅读经典的过程，就是承接灵魂之赐的过程。日前再读，竟又引起我对“天真、善与贞洁”的思考，且颇有心得，特抄录在此，以报答先贤之赐。

一

人，在机心与诡巧的生活中过得久了，感到身心疲惫，便呼唤天真。

然而，并不是所有天真都值得崇尚，应该弄清，我们到底需要哪种天真。

儿童的天真，是一种本性的东西，它缘于无知，缘于“少不更事”。

它是好看而无用的花朵，无须赞美与歆羡。而成年人的天真，是在深知人生况味，深知世道人心之后，而不甘沦入世故流于油滑，而常葆清纯率性的境界。正如梁遇春所说：“这个建在理智上面的天真绝非无知的天真所可比拟的，从无知的天真到这个超然物外的天真，这就全靠着个人的生活艺术了。”就是说，成人的天真是一种自觉的选择，是一种生活艺术。

成人的天真，是经验培植的智性之果，是一种“见花不采，看到美丽的女人，不动枕席之念”的天真，是一种纯洁智慧的生活方式。于是，是一种人生境界，改变着人生走向和生活质量，是我们的生活所依，亦是我们的圭臬。

成年人的印堂之上，为何闪耀着童子一般的净洁之光，盖因深知“天真”之味也。

二

同样，弱者之善，是没有力量的。善，是弱者赖以生存的保护网，他们企望善的荫庇，胆怯而自顾不暇地生活。所以，弱者之善是一种无奈，是一种被动消费。

而强者之善，才是真正有力的、有用的。强者之善是建立在实力与良知之上的，是自我觉悟之后的自觉给予。

正如梭罗所说的情形：一个善人，并不一定是不杀生的人。他先前可能是一个猎人，一个钓鱼的人。捕猎生涯，使他真正懂得了生命的可贵，内心播下了善待生命的种子。他找到最能表现善、维护善的方式，于是便毅然决然地把猎枪与钓竿抛诸脑后。

所以一个真正善良的国家与民族，往往是有实力的国家与民族。善的主体（或曰载体）往往是强者或有支配力量的人。

我们尊重弱者之善，但我们更呼唤与珍爱强者之善。于是，我们要自强。

三

贞洁与淫欲可共存于人的一身。

小仲马的茶花女是淫荡的，却又是最贞洁的，这是一个不争的事实。

是贞洁还是淫欲，并非靠外界的改善，而是靠人自身的调控。照吠陀经典的说法，能够控制我们的情欲和身体的外在官能，并常做好事，是在心灵上接近神的不可缺少的条件。一切的淫欲，虽然有许多形态，却只有一个后果，便是心神的昏盲。一切纯洁，虽然有许多表现，但亦只有一个镜像，便是灵魂的轻爽。

梭罗说，智慧和纯洁来自于力行，从懒惰中却出现了无知与淫欲。这是朴实而本质的论断——一个人，淫欲是他心智懒惰的结果，一个不洁的人往往是一个懒惰的人——他坐在炉边烤火，在阳光下沐浴，他没有疲倦，却要睡觉。如果要避免不洁，就应该热忱地工作，即便是收拾一下房间也行。饱暖思淫欲，这不是俗谚，而是真理。人，到什么时候，都要选择一两件正经事做，做正经事，才能做正经人。根本在于，做正经事，是对俗欲的有效克制。当克制成为一种惯性之后，正确健康的生活方式便成了一种自然习惯。读书人耽于读书，思考者勤于思考就是这个道理。

每个人都是一座圣庙的建筑师，他的身体是他的圣殿，在里面，他应该用他自己的方式来崇敬他自己的神。这个神，就是各自的操守。操守无高低之分，只要能使我们的内心贞洁起来。贞洁是人性的花朵，而创造力、英雄主义、理性与神圣等是它的颗颗果实。

创造力、英雄主义、理性与神圣，不是一些抽象而漂亮的字眼儿，而是伴着生命脉搏被灵魂受用的精神力量。

只有它们，才能抵御物质主义、拜金主义和享乐主义对人类灵魂的侵害与蚕食。

2006年5月9日

纯朴之香

一进三月，菜摊上就有了香椿。那时，天气还有很深的寒意，或许还有零星的雪飘下来。所以，摊位上的香椿，均是幼芽，一掬的样子，就卖到三十块钱。多数人都觉得贵，没有购买的欲望。而我，却像赴一个期待太久而终于到来的邀约，急迫地走到摊贩跟前，也不跟他砍价，径自买下。如愿以偿，心里欢笑。

这时的香椿，被大地涵养了一冬，风霜雨雪都化成了它的筋脉，物华入骨，不仅滑嫩，且香得浓郁，能荡涤心中的积郁。

不须热炒，清盐陈醋拌一下，就胜过膏腴与厚味。

到了四月，香椿就老了，一大捆的枝叶放在那儿，仅有数的几个钱。人们就更不屑于光顾，觉得这时的香椿，淡得仅剩余香，几乎算不得什么口味了。然而我还是毫不迟疑地买。拿到灶间，沸水焯过，冷水淘洗，刀截盈寸，还是轻盐陈醋地拌一下，便忘情地品味它的不香之香。这种香味，似有似无，却真实可感，且邈远绵长，一如不求婚姻的感情，清纯得平淡，却足可解忧，消减寂寞。

三月的浓郁，四月的清淡，虽然香得有别，但都是香椿这种植株，顺应天地的时序，自然而然呈现出来的口味。因为没有人工做巧，不紊乱内在的生长，没有突变基因，是健康的品质，不欺人的味蕾。换句话说，就像两类文章，虽风格不同，但都言之有物，有朴素的感情在其中，实实在在地对世道人心有用，便不分高下，均可读。

就自然而然地联想到我们的读书和写作。

过去的著作，为什么有的留下来了，有的随时间湮灭了？或许就与它是否呈现了真实的人性、书写了朴素的感情有关。

近读芥川龙之介的《文艺杂谈》，知道他也有类似的看法。他说——

在所有的文艺形式中，没有一种形式，能够像小说那样能较好地反映一个时代的生活。但同时，也没有像小说那样，随着生活方式的变化而失去效力的。不错，为了知道昨天的生活，必须读昨天的小说。但那也只是“为了知道”，未必能够感受到令心灵震撼的生命力量。过去的小说，或许还有一些可读之处，但是，只为了读那几行还洋溢着真实的文字就读破几百页小说是需要耐力的，而有这样强劲的韧性的人是没有的。为什么《源氏物语》《万叶集》能让我们常读不弃？因为它里边有最朴素的心情，比如男女相爱、老牛舐犊。所以，只有如实地表现出这种“朴素心情”的作品，才可以超越时代。

芥川龙之介说这话的时候，已进入暮年，是他一生的阅读与写作实践的切身体验，是可信的。

所以我想，勠力于故事的编织，用功于技巧的经营，往往是没用的。普通人读书，不同于专家的“为了知道”，并归纳出知道了什么，去“指导”别人，而是为了寻找对一己人生有用的东西，以补益于心灵，生活得好一些。其中，真实的人性、朴素的感情，正是他们寻求的滋补，一如冬虫夏草。

据说，有人爬梳了一下新时期的中国文学，认为真正立得住的长篇小说只有路遥的一部《平凡的世界》。其实路遥也是想像巴尔扎克一样做“时代的书记员”，写出恢宏的史剧。无奈他是个悲情人物，有太多的人生苦难，“猪洗干净了又滚进泥里，狗吐了又吃进自己的肚里”是他的生活常态。所以，他虽然从大处立意，但一下笔就陷进了小人物的喜怒悲欢。这就不一样了。因为小人物是在土地上生存的，类同草木四季，是真实人性、朴素情感滋生的地方。这样一来，几乎每个读者都能从中读到自己的卑微，因而欢情与愁绪，幻灭与新生，都是“我”的。

说到巴尔扎克，尽管他创作的《人间喜剧》被称为法国社会的“百科全书”，并被恩格斯称为“是对上流社会必然崩溃的一曲无尽的挽歌”，“他看到了他心爱的贵族们灭亡的必然性”。但今天看来，时代之大，大而无当，游笔之繁，泥沙俱下——与人隔处多多。如果没有葛朗台的吝啬，欧也妮的温婉，真是不忍卒读。所以，读巴尔扎克要“跳读”，拨云见日，在柳暗花明处徜徉就是了。

但是，这也正说明了现实主义文学的伟大。

也证明了一点，书存活于史册，与活在人心里，是不一样的。

从过去的著作可以看出，文学的生命，不仅在于“写什么”，更在于“怎么写”。

或可以说，其根本的原则就在于，不能主观臆断，不能观念先行，而要放低写作的姿态，贴近世道人心，按照生活的逻辑去思考，去写。便须有老实的态度，既不揠苗助长，也不人为矮化，写植株实有的高度。也须有对生活的敬畏，不能为了深刻、独特和所谓的“新体验、新价值”，就蔑视世间的原始生态，扭曲、臆造人性与物象，甚至刻意追寻变异、变态。变态的东西可能新鲜——龚自珍的病梅是景，但人病总是病。即便小病是趣（鲁迅语），大病绝对是灾难。

什么是生活的逻辑？

高崖下必有深潭，水深处才有奇鱼。

荠菜放花于春野，鸣蝉只属于秋树；冰天雪地才有银狐，暑热之中只有汗喘的豺狗。

老牛舐犊，必是己出之子；幼鹿失母，必于沙海长哭不已。

迎娶的爱情是平静，偷来的爱情则是惊悚。

谷崎润一郎说，即便是淫妇，也能被看作纯洁和崇高的，这是屡见不鲜的事情。但是，之所以把女人看得崇高，往往是与之相恋之时，其他时候，不可爱依旧是不可爱的。

又说，女人的风情是个奇怪的东西，有人与生即来，有人即使是煞费苦心地装点也终归徒劳，只能是东施效颦。有人虽花容月貌却了无风情，有人虽其貌不扬，然而声音、皮肤、体态都不可思议地透出种种风情。

富德芦花说，再美的音乐也让人愁肠百结。因为美的东西往往让人顿生柔情，内心脆弱。

又说，生命存于希望，幸福源于淡泊，感恩出于贫穷。

还说，人真是个复杂的动物——浮华之中思淡泊，淡泊之至慕红尘。

种种，种种，人之常情，物之本欲（象），自然递嬗，情同此理，便是生活的逻辑。

据此，有必要建立或者提倡一种与之对应的书写伦理，即自然的书写，或朴素的书写。这种书写，不是所谓的自然主义文学风格，也不是对生活的匍匐，而是以呈现真实的人性、本质的物象和朴素的感情为旨归、为珍重。

其实这样的书写是难的。

须浑浊之后的清澈，世故之后的天真，欲望之后的淡定，丰富之后的简单，繁华之后的简约，所得之后的放弃，匍匐之后的高远……

山巅之上，万物尽收眼底。

沧海横流，方显英雄本色。

也就是说，要想获得朴素书写的种种品质，要有眼界，要通透。此从何来？世事洞明，人情练达是也。

不言而喻，自然的书写，文字与技巧固然重要，但最根本的，还是生命的格局、心灵的品位和活着的功夫。

有了这样的底蕴，才一如香椿，当浓时则浓，当淡时则淡，不误时序，体恤人心，自然生发，其所贡奉，均是香的本质。

2009 年 5 月 16 日

过度而反

苦茶啜后，再饮白水，水是甜的。

啖过苦瓜，再嚼素馍，馍也甘美如饴。

蜜水饮多了，不仅不再甜，相反，还生出涩味，类似盐分摄取过量之后，嗓子齁在那里。

热恋中人，过度的耳鬓厮磨，会生出隐约的厌烦。只有分离之后，才会重新找到对方的可爱。

酷寒之下，金属的表面结一层毛茸茸的细霜，手摸在上面，会煞地缩回来，那感觉不是冻，而是烫。

困久了，反而失眠；睡久了，反而还困。

疾速的车辆，好像停在原地；河舟悠缓，转眼就到了对岸。

大痛叫不出，大悲却无泪，濒死的人反倒带着微笑，好像看到了新生的影子。

在暗夜里站久了，眼前竟有了光亮，四野都有轮廓，像行走在白日里。雪光盈眼，跨进门槛，便一片漆黑。

夕照如果绚烂于天，与日出无异；晨光熹微，与黄昏类同。

大旱的土地顿遇大雨，会生板结之态，反而拒绝渗透；大饥之后，反而饱，没有进食的欲望。

蛮夷之地的人不怕死，面对身边的死亡表情麻木。都说他们愚昧，没有生死意识。但稍一留心他们的历史，就会认识到，为了生存，他们频仍地争斗、杀戮不止——整天生活在死中，眼里就没有死了。

小水弄波，喧哗不止；大水却凝滞无声，譬如大海——丰沛到了极致，沉重到了无以舒缓，便只有沉默。

帕金森也说："我不怕喋喋不休的人，怕的是沉默不语的人——他一旦张口，往往会一语惊天，一如谶语。"

雪覆大地，一片莹白，点墨即污。戈壁浩瀚，虽飞沙走石，寸高不增。

水至清无鱼，人至真无友，山至高无树。

人尖子往往命运多舛，颟顸者往往福如东海。

人在顶峰，迈步就是下坡路；身在低谷，抬足就是步步登高。

寒风中久立，会钝化冷，反而精神抖擞；久居暖屋，会怕风，且莫推窗，一推窗，就有了感冒的症状。

战乱中人，渴望和平；太平居民，反倒屡惹事端。

大富贵者，往往淡化物欲，心存朴素；贫寒之士，反倒张嘴是钱，追慕奢华。

一如大地上的物事：沉实的谷穗，谦卑低垂；干瘪的稗草，反而昂首挺胸。

无节制的庄重，到了后来，会演化成滑稽；嬉笑到泪流满面，倒让人心情沉重，唏嘘不止。

一味地展示痛苦，接近娱乐，诱发变态的审美。反之，过度的同情，反而加重了痛苦的分量——同情者沦为痛苦制造者的同谋。而且，一味的同情，不过是宣布了同情者的清白与善，与此同时也恰恰证明了同情者的无能。

善于冥想，必怯于行动。正如西谚所说：谁也不能同时思考又打人。

还有，深思熟虑的谋反往往流产，一触即发的暴动反而能够成功。

过于依赖记忆，往往会远离了真相。记忆有过滤功能：趋利避害，喜乐忘疼。一如伤口是用来包裹的，锦衣是用来示人的，脂粉是用来搽脸的——隐显之间，本质都变了。

燎原之火是灾，星星之火是源。

绷得太紧的弦会断，思虑过度的人会疯。

填塞得太满的画幅往往笔断意断，留白的画面反倒让人浮想联翩。

不间断地阅读，近乎无书，因为它没给思考留下间隙。

刻意雕琢的文字，往往苍白无力；率性的挥洒，反而指点江山。

孔子述而不作，絮语成经典；乾隆遇壁题诗，积数逾万，却无一句风流。

书卷无言，“静观价值”自然呈现；无所顾忌的破解，反倒造成意义的流失。桑塔格所说的“反对阐释”，反对的不是感性的鉴赏，而正是这种“过度的阐释”。

以上种种，均系常识，却耐人寻味，一如禅。归结成一句话：物极必反，亘古如斯；适度的人生，才走向成功。

2009年7月17日

我的英雄崇拜

一个叫高明寰的中学生给我出了一个题目，叫“我的英雄崇拜”，说是校刊要辟专栏登载。听到这个题目，我不禁心中一热，感到他所在的学校真是与众不同，有人文眼光，注重学生的修为，因而也想到，他能在这所学校读书，真是一件幸福的事。

之所以一热，是因为现在的人很少提“英雄”这样的字眼了，金钱崇拜、明星崇拜，好像已成了时尚。价值尺度的偏移，让我等崇尚精神的人，心存忧虑。不期间有人提倡“英雄”，不啻是在密布的阴云中，洒下来一缕阳光，让人感到春意与温暖，也看到了未来的希望之光。

便激动地答应下来：“好，我一定写。”

说到我的英雄崇拜，是随着时间的推移，不断变化着的。

上小学的时候，崇拜领袖毛泽东。当时看到了一本《泥塑收租院》的连环画，大地主刘文彩对长工的压迫与剥削，让人感到旧社会的人活得水深火热、朝不保夕、猪狗不如。是毛泽东领导的共产党带领人民建立了一个新世界，给了老百姓生存的权利，实现了“从爬行到站立”的历史性转变——毛泽东是老百姓的“大救星”，所以我崇拜他。

到了中学阶段，我读到了一本《鲁迅杂文选》——里边的文章篇篇深刻，虽然并不十分懂，但他所说的中国人的种种劣根性，我在身边都能找到原型，感到他真是厉害，一针见血。鲁迅告诉我，中国人虽然身体解放了，但精神和灵魂还没有站立起来，还有许多奴性，还缺乏对他人的关爱和对个性的尊重。要想有健康的人格，还要向世界学习，学习人家怎么做人、怎么才能精神自立，活出“自我”。我认为鲁迅是中国人精神世界的“大救星”，所以我崇拜他。

后来我崇拜雷锋。因为他毫不利己、专门利人，总是为别人做好事，有奉献精神。这人一有了奉献精神，就伟大了。他能让人照见自己的渺小——一般人多的是自私自利，对这个社会没什么贡献。所以那个时代人人都学雷锋，社会风气就很好。

新时期我崇拜邓小平，因为他把发展社会生产力放在第一位，思想解放、开放搞活，让中国人不仅温饱，还越来越富裕，而且在世界也有了扬眉吐气的历史性地位。所以，人们说，毛泽东让老百姓过上了自己的日子，而邓小平让老百姓过上了幸福的好日子，我一万个赞成。

到了而立之年，自己的儿子也参加工作了，我的英雄观莫名其妙地发生了变化。在崇拜伟大人物的同时，也能真心地崇拜身边的无名英雄。

我开始崇拜我的父亲。我上高中的时候，从远山来到平原，要住校，开销大了，用钱多了，而家里缺钱。这时父亲做着村里的支部书记，完全可以利用职务之便，“变”一些钱出来，但是他没有，而是辞去职务到煤矿当窑工，靠卖苦力挣些血汗钱。当时我认为他愚蠢，现在看来，他无比圣明，因为他保持了做人的清白，让儿女感受到了他人格的力量。现在我也做父亲了，他榜样和标杆的意义就越发显现出来。我常想，我能做得像父亲那样清白吗?

我开始崇拜我的母亲。二弟要结婚了，需要两间新房。她笑一笑，说：“这有什么难的！”背起背篓，就上山背石头，下河背泥沙，硬是用羸弱的肩膀背出两间新房。如今她老了，过度的劳动，磨损了她的膝关节，她只能拄着拐杖走。但谈到旧事，依旧是面带微笑，没有一丝抱怨。是她的自立、乐观，支撑起了儿女们的生活信念，你能说她不具有英雄本色、不值得我们崇拜？

细细想来，所谓英雄崇拜，其实就是一种生活态度，对道德要懂得尊崇，对榜样要懂得敬重，对他人和社会要懂得奉献。自私自利、一味向社会和家庭索取的人，玩弄生活、游戏人生、还自以为是的人，是绝对不会有人来崇拜的。

2012 年 12 月 25 日

疼在疼痛之外

近日来，我莫名其妙地思考起关于痛感的问题。

也许是年过五十，各个器官都有异动，时时有一些不请自来的隐痛。

反省人生经验，发现，所谓疼痛，不在其自身，而是疼在疼痛之外的附加因素。

幼时随堂兄一同到山上挖药草，一堵墙里生着一棵胖大半夏，堂兄撬动石头伸进指头抠，半夏抠出，但指头也被石头压断了。断指滴血，但他脸上却是得意的笑，因为他有收获。能望见自家的炊烟了，他才喊疼，因为他想到了伯父的责备。

表舅嗜偷，从邻人的鸡蛋，到村口小卖部的商品，他都有悄悄拿走的欲望。即便是架设高压线的电料，虽无日常之用，他也想偷回家里。柴棚是他储存赃物的处所，每天坐在一角检阅他的所获，他有快感。但总有被捉住的时候，被人沿街痛打，虽然被打得遍体鳞伤，他却不发一声呻吟。那年他偷了下拨的救济物资，由于性质恶劣，被批捕，被五花大绑地扔上警车，他还喊革命口号。我随亲友到看守所看望他，他脸色铁青，说自己很痛苦。以为他痛苦于有了悔改之意，没想到他居然说：“已经偷了那么多年了，应该练就了隐身之法，却还轻易被捉，嗐！”我十分惊异，原来他痛苦于技艺不精。

堂妹生得美，族人总是把赞语挂在嘴边，这就助长了她的虚荣，便追求脱俗的爱情。她认识了一个官员，这个人有权有势有钱有容貌有风度，但是也有家眷。她不听劝告，一味痴迷，甘心做外室。一做就是二十年，其间不断流产，直至风湿加身，骨节肿胀变形。家人为她痛，但她自己不觉痛；族人为她蒙羞，但她自己不觉得羞，因为她能感受到爱情。那个男人给她美庐香车，还带她出国，还给她的兄弟姐妹安置工作，还像亲女婿一样给她的父母养老尽孝，这一切都是爱情的证明。

那一天，我们一同出席一个晚辈的婚礼，中途她突然泪流满面，悄悄地退出来。我尾其身后，想看个究竟。她坐在酒店的台阶上，不停地捶打变形的双腿。以为她风湿病犯了，便走上前去，关切地问：“是不是送你到医院去？”她凄然一笑，说：“哥，我没事，就是突然觉得心中虚空，我突然想，我什么时候能有个亲生儿子，也能像模像样地给他娶一房媳妇。”我知道，这个时候，她看到了痛苦朝她钻隙而来，身残可忍，不能忍受的，是她永远失去了做母亲的权利。

父亲刚过五十岁，就得了直肠癌，总是脱肛。一个老中医说他中气不足，得多吃甲鱼，特别是甲鱼的脖子。吃时要淡水炖，少油寡盐。这个吃法，即便是偶尔行之，都难以下咽，更何况经常食用。但他强迫自己吞咽，不以为苦。后来又扩散到肝上，疼得他夜里无法入睡，佝偻在炕角，并用头撞墙，但他都默默忍受，不吭一声。因久治不愈，怕他怨恨亲人，就告诉了他病情。从那一刻起，他像换了一个人一样，坐着喊疼，躺下喊疼，整个家庭都疼痛在他的哀号里了。其实为了缓解疼痛，每天都按时给他服用吗啡、注射杜冷丁，但为什么他还每时每刻都喊疼？不是因为他不够坚强，是他疼在绝望。

父亲于一天夜里去世，看到他伟岸的身躯瘦成了一把骨头，我心中有大痛。但是我没哭，而且竟连一滴眼泪都没有落下。我平静地把他推进太平间，并仔细地给他系好领扣，然后蒙头大睡。天一透亮，我就动身上路，到十里八乡，给亲朋好友磕头报丧，之后是联系火葬场进行火化，再之后是抱着他的骨灰盒把他送回祖坟安葬。在这期间，我还要接待前来凭吊的族人，赔着笑脸，说着感激的话，一切都处理得井井有条，没表现出一点丧父之痛。母亲大惑不解，对人说："这孩子心真硬，死了老子居然还能平静如常。"待父亲入土，看到眼前堆起了一座新鲜的坟茔，我才突然醒悟到，父亲真的没了！于是，被压抑的痛苦瞬间被激活，我一下子扑倒在地，放声号啕。那哭声异常怪异，不似人声，却似野驴哀号。事后回想，不是我意志坚强，能够承受失父之痛，而是因为我是长子，父亲的后事都需要我悉数担当。让他体面地入土，是第一等的要事。在责任面前，痛苦失去了它本身的锋芒。

回望种种，我感到，人生之痛，不在于身体的创伤，而在于内心的失据，这一如在伤口上撒盐。

2014 年 9 月 14 日

反省小节

与一个司局级官员交谈。

此公嗜学，善思考，为人低调谦和，敬业亲民，政绩不俗，口碑甚好。他擅写文史随笔，品质亦佳。因素有交往，又是切近的文友，所以我们的交谈属推心置腹。

他说我为官清正、不腐不贪、不好色、不爱钱，大处无缺，但总是在一些小节上失控，所以他多有不解。

我让他举例。他说——局级干部也算是高干了，自然要出席一些大场面，譬如赴宴。餐桌上常置备高级餐纸巾，有图案、有香味，手感甚好。问题是，每次餐毕，我都会趁人不备，悄悄地多抻几张，放进内衣的口袋。其实拿走也无用，但就是情不自禁，不知为何。

有时出席文化的会议，人家要赠礼品书，就是装帧极豪华的那种。这种书多是中外名著，家里和办公室里已有多种版本，拿到手也是闲置，几近于无用。问题是，每次人送，不仅收下，而且还叮嘱随从，趁乱多抄走几本（套），如不这样，就心有不甘，不知为何。

基层官员，因为要下乡，就有随手拿水杯的习惯，这已成为官场的一个风景，以至于群众一见到拿保温杯的，就能判定他大小是个官。

我也是从基层起步，自然也有同样癖好。问题是，每天下班，临走前总是从办公室的饮水机上接满一杯，再拿回家里。其实一杯纯净水能值几个钱，但就是下意识地做了，不知为何。

每到放映进口大片，或演出先锋戏剧，有关单位都要送来观摩票。人家送票，自然要考虑伴侣和孩子，好让领导观看时能携妻带子，以增加兴致，多说好话。问题是，虽然观摩票已足够用，也无特殊需要，但就是不由自主地暗示人家多给几张。如不能如愿，就心情嗒然，不知为何。

如此种种，不一而足。

听了他的举例，我笑着说：“这种现象，其实人人都有，说明人性是个复杂的存在，所以，背后的原因，你没必要刻意追索。而且，这也说明，你虽然是个不小的官，但并没有膨胀到不食人间烟火，尚有正常的神经，有普通人都有的小缺点，还是一个健康的人。”

他说：“你这是在拍马屁。”

我说：“不然。”

我解释道：“近读伍尔芙的随笔集《普通读者》，颇有感觉。她说，在整个文学领域，甚至精神领域，给别人画像容易，但描绘自己即准确地认识自己殊难。在她的视野里，能自己给自己画像的，仅寥寥数人，或许只有佩皮斯、卢梭和蒙田。因为世界上没有比人的内心更古怪、更复杂、更深不可测的了。也就是说，人的灵魂，是一种混乱、多变、有缺陷的状态，要想把灵魂的整个面貌、分量、色彩、内涵、边界，都能摸透并准确地呈现出来，除了圣徒、天才和卓越的伟大人物，一般人几乎无法做到。卢梭的《忏悔录》和蒙田的随笔为什么能穿越时空而经久不衰，就是因为这些著作，包括所有的思想录和哲学典籍，其着眼点、立足点都是针对人性的弱点和灵魂的缺点，是为了人的终极完善。而‘终极’是最后的目的地，所以完善，是个不断的过程，也就是说，我们现在的每一个人，都始终在路上。因此，你我身上的一些小缺点，都属于人性的正常范畴，不必苛责。”

但是，我又说道：“不苛责，并不意味着就漠视、甚至放任。因为小缺点的量化积累，会导致质变，会酿成大错，造成大德有亏。所以，要时时自警，懂得自敛和节制。形象地说：人性就如同水性，水缓缓地流，不掀泥沙，就貌似清流；但蓄势待久，成滔滔洪水，就会冲决而出，泥沙俱下，就是灾难了。”

他表情凝重，对我说道：“你这个人到底是一个能谈得来的人，既会拍马屁，让人轻松，又能善意点化，让人庄重。我的那几个‘不知为何’，貌似坦诚，其实是有自我开脱之嫌，需要认真反省。”

2015 年 4 月 7 日

市井观点

关于年节的吃食

春节就要到了，不禁想到了年节的吃食。

在我小的时候，整个国家都处在贫困之境，民间吃食便很是寡淡，几无美味可供品味。平日的吃食多为充饥之物，只要能填饱肚子，就感到幸福无比，对美味并没有分外的要求。

那时，人们特别盼望年节，因为年节几乎是唯一能全家吃上美味的机会。到了年节，再撙节的家庭，也要“破费”一下，至少要割一块足够家人饱啖一顿的猪肉。所以，人们盼望过年的目的很简单，就是满足一下口腹之欲。也就是说，美食缺乏的年代，人们选择的是美食本身，而不是其他。

如今到了年节，人们不再关注好吃食本身了。因为年节的吃食在素日里已成了家常便饭。现在的年节饭，人们吃的是氛围、情味和情调。人们利用年节的机会，选择与自己情味相投的人聚餐，选择与自己志同道合的人举杯——吃喝已不是美食场，而是情谊场，或者干脆就是话语场。心有芥蒂的人，话不投机的人，即便他有再强烈的欲望与你聚食，你也不会为之心动。反之，即便他约你吃猴脑子，因为你与他无话可说，你也不会欣然前往。现在资讯和交通发达了，如果与你心灵相通，一个传呼打过去，百里之外的一个“同志”也会迅即来到你的饭桌上——他为的不是你满桌的好吃食，而是为了你这个人。

也就是说，吃食的丰富，为人们提供了口腹之外的选择。这种选择，标志着人格的日益独立，它提升了人的精神品位，使人渐渐远离了原始的动物属性，使人的吃食也能体现精神。社会真的进步了！

所以，因为有了这样的社会与文化背景，人们在年节聚餐的时候，就没必要选择豪华厅堂和红绿大餐，没必要炫耀和摆阔。素朴的食物，浓浓的情感，当是现代人最文明最亮丽的一道风景。即便在家里待客，也无须为吃食作刻意的准备，因为吃什么与怎么吃并不重要，重要的是与哪些人吃，并且是否能吃出亲情、友情和人间的爱。

那些执意要搞酒海肉林的人，有显示他的身份、地位、“档次”和富有之嫌，这已远离了为情而聚的本意。不说它潜在的对别人的挤压与不尊重，也透出自家人格的无知与浅薄。感情这种东西，排斥过于奢侈的物质色彩，心中有就是有，无就是无，好吃食也不能夺其志也。

节日的婚姻话题

中秋节和国庆节期间，结婚的人很多，常见到迎亲的场面，便生出一些关于婚姻的感慨。

进入二十一世纪了，人们的生存状态有了根本性的转变，至少已从“温饱”进入小康。从情感生活角度来说，这是非常重要的转折，其中的含义是：人们的婚姻选择，可以挣脱物质因素的束缚，取情感因素的向度。即：人们开始选择婚姻的自然结合，而非自然结合的因素，诸如地位、金钱、权势等。

所以，在热烈的婚庆场面中，人们，特别是婚姻的当事人，应该冷静地思考一个问题——我的婚姻是否是自然结合，如果不是，就应该引起足够的警醒。

文明社会的婚姻应该是一种自然结合的状态。人与人是否相爱，应该取决于心理和生理的和谐与冲动。相处得很不错，但缺乏这种冲动的人，可以是朋友，不一定要勉强成为夫妻。一旦勉强，不但婚姻关系会变得冷淡，连美好的友谊也会渐渐消失，这真是得不偿失的事。现代人的自我意识很强，“谁也别想改变我”，那么，人们便很难将就着过日子。所以，现代人在情感问题上的“挑剔”，是由其生存现状决定的，不是靠简单的思想工作可以改变的，必须尊重和理解这种状态。

在开放的社会中，婚姻的自然与和谐是极为重要的，而这种境界是来之不易的。美国影片《诺丁山》中，女主角的话为开放时代的婚姻作了极为形象的阐述——女主角是好莱坞一个著名的影星，她爱上了一家小书店的老板，这个老板对这份地位悬殊的爱情迟疑不决。女演员对他说：“能爱上一个人不容易，而两个人又都彼此相爱就更不容易，对这样的爱情你还迟疑什么？”所以，自然结合的婚姻几乎就是一种天赐，既追求之，更要珍惜之。当人们明白自己就是在人世间穿行的一颗行星时，你能与另一颗星相遇、相爱，真是一种极难得的缘分。所以为了能把握住这份缘分，别人的评价与议论实在是不足挂齿。

因为自然结合的婚姻是人世间最美的婚姻，所以，未婚者，要作为一种基本的追求目标来追求。若不然，便是对自己情感的不负责任，便留下悠远的遗憾，便留下不可弥补的婚姻隐患。本质地说，只有自然的结合，夫妻之间才能同心同德，才能在灵与肉上浑然融为一体，才能产生“我们”的合作体，共同迎接身外的一切风雨，创造出永恒的爱情神话，惊天地，泣鬼神。

用车不“专”亦从容

常常会有人问：“有专车吗？”

这样的问话暗含一层意思，即专车是权力、金钱和地位的象征，如果你有专车，你一定是有身份的人，至少是有成就的人。

人们差不多都知道这层意思，所以，大多数人都反感这样的问话，因为大多数人都是无车阶级。之所以反感，说明人们在意，潜意识里还是有享受专车待遇的欲望的——不是我不想，而是我不能。

人生下来，是要行走的——捕食、筑巢、躲避灾祸等。那么，行走的目的便是为了生存，他是一种本质的生命状态。后来有了专车，亦不是什么特别的象征符号，而是腿的外延，代步而已。

所以，坐专车，并非生命的本质要求，而是一种职业属性。它是一种依附在职业需要之上的存在，而这种属性，是随着职务的解除而终止的，最终还要回到生命的本质状态——行走。专车只是个暂时的职务状态，非专车的自然“行走”才是永恒的生命特征。那么，所谓专车，不仅仅是权势和地位的象征，而正是权势和地位本身。因此，人格和“车格”只是在职务状态下的暂时的虚假的“融合”，并不构成乘车人自身的生命品格。王五终究是王五，不会因坐了一辆奥迪 A6 就成了李二。一个人有无成就，与乘车状态无关。作为普通人，不需要履行职务属性的种种义务，从容地生活，有车代步，图个便利而已，何必求“专”。

有一些乘车族，对专车族啧有烦言，其实是对一些专车族自我膨胀、自我炫耀、自我物化、目中无人的表现有所不满。化解的办法只有一个，安心坐你的车吧，待他无专车可坐的时候，你可以为他提供乘车指南。不要因斗气就去买私家车，先甭说这是否背离了人行走的生命本质，你要好好计算一下你的购车成本，包括经济成本和生命成本——因为你不是专车“发烧友”，而是个要本分生活的普通人，更何况马路上可坐的车愈来愈多，“腿”的外延愈来愈广阔。

韩国人是有专车都不坐的。在他们看来，用腿走路，是在找回生命的尊严；同普通人一道打车，是为了摆脱对身外物的依附，活得更本分、更名誉、更体面。这才是现代人的眼光。

孝的“成本”

进入市场经济阶段之后，人们已习惯用市场经济的观念与法则认识和评判事物。比如“成本核算”一词，就有许多人用于情感生活，使人际交往也带上了“利润”产出的色彩，但用于人伦关系的孝道，就让人感到有些荒诞不经。因为父母在养育儿女时，考虑的是天伦与人道，是从来不计成本的。而儿女在尽孝道时，却要核算成本，总让人感到有人性缺席的况味，不可思议。所以，论孝的成本，应转换一下视角，便是不孝的成本。

笔者认为，不孝，至少要付出三种成本——

一是伦理成本。孝，作为一种伦理关系，表面是对上的——对父母的；实际是对下的——对儿女的。你是儿女做人的标杆，你的行为影响着儿女的为人走向。所以，你对父母之孝，实际是对儿女的一种昭示，让儿女将来也如此待你。那么，若你不孝，儿女心中便会丧失对你孝的伦理基础，你的晚景便可想而知。

二是公德成本。孝作为社会公德的一项内容，它影响着你的社会形象声誉——声誉不好的人，社会信任度差，便很难作情感上的交往。

人们总是说，对父母都不孝的人，很难说对朋友还有真心。所以，不孝者，很难交上朋友。因为亲情是情感之源，连亲情都漠视的人，一定是个薄情的人，这样的人让人害怕，人们自然敬而远之。

三是经济成本。不孝的后果，使亲人疏离，令其在治家方面形不成合力，便不能创造出最大的家庭经济效益。不孝会造成父母的身心疾病，本来可以避免的投入，你不得不投入。你可以弃之不管，但父母的法制观念还是有的，他们会诉之于法庭。到那时，你既丢了面子，亦破费了钱财，真是里外不舒坦。其实父母的生活需求极低，有一点亲情关照，有一些温暖话语，再有一点不愁衣食的基本消费，他们就很知足了，你无须多大投入。换个角度想，只要父母身体健康，便为你节省了许多精力与金钱，这其实就是对你的回报与贡献。

所以，孝的投入是极小的，不孝的付出是巨大的。精于算计的现代人应该明白这个道理。所以，孝的观念，既是传统的，亦是现代的，应该作为现代人的一种基本生活准则，不应该被人们反复强调，应该被个人自觉遵守。所谓文明素质，所谓现代人格，如果连基本的孝道都不能恪守，真是无从谈起。

2001 年 1 月 31 日

拜年有礼

"拜年"，是中华民族上千年来的传统习俗。"拜年"系俗称，此外尚有"见节""贺正""贺岁"等雅称。"拜年"一词原有的含义，是为长者拜贺新年，包括向长者叩头施礼、祝贺新年如意、问候生活安好等内容。人们外出相遇时要笑容满面地恭贺新年，互道"恭喜发财""四季如意""新春快乐"等吉祥的话语，左右邻居或亲朋好友亦相互登门拜年或相邀饮酒同乐。

古时，倘若坊邻亲朋太多，难以登门遍访，就使遣仆人带名片去拜年，称为"飞帖"，各家门前贴一红纸袋，上写"接福"两字，即为盛放飞帖之用。宋人周辉在《清波杂志》中说："宋元祐年间，新年贺节，往往使用佣仆持名刺代往"。贺卡始于汉代，当时是木制的，称为"名刺"。至今的春节赠送贺年片、贺年卡，便是这种古代互送飞帖的遗风。

拜年与除夕夜的团圆饭一样，是最能体现"年味"的春节习俗。在过去，家庭拜年顺序为：一拜天地，二拜祖宗，三拜高堂。现在简化了，只拜高堂。大年初一，起初只是晚辈给长辈拜年，祝愿长辈福如东海、寿比南山。现在改进了，亲戚、同学、同事、朋友、合作者、邻里之间都一起拜。拜年，一般的规矩是初一拜本家、初二拜岳家、初三更广泛地拜亲。在“过年好”的道贺声中，拉近了彼此的距离，增进了人与人的感情。正如古语所说，拜年“以联年谊、以敦乡情”。

所以，春节是个大日子，它不仅让一家人阖家团圆，还是对家人之外，包括乡邻、友朋，甚至是路人进行感情表达的自然出口，让熟者厚，让生者熟，让隔膜者无间，让木讷者有言。特别是初一这一天，郑重的拜年仪式，让心与心见面，让不同的人生态度变成一个态度，即：喜乐好生，尊重人、尊重生活，且冤亲平等，消泯前嫌。

初一这一天，是儿童的欢场。一早起来，他们的第一等要事，是要依次到老人的房中去，给老人拜年。山里人，当然也包括乡下人，对亲人的感情是执着内向的，很难让他们在亲人面前说几句亲热话，一切皆在无言之中。这一切，当然也深深地濡染了山里童子，他们在长辈面前，亦显得拘谨、讷讷的，把句子弄得很疲皱。但过年了，鞭炮把山里的沉闷驱散了，人的心里都流淌着一泓春水。稚童也自然被兴奋陶醉着，觉得年关里不该有什么顾忌，平日里不好意思说出的对长辈的那几分敬意，应该痛痛快快地道出来。所以，稚童很愿意给老人拜年。

进入老人的房中，道一声“给您老拜年了”，便咕咚跪下去，一丝不苟地磕几个响头。炕上的老人早已满眶泪水，速疾地挪下来，把童子扶起，且从灶洞里抓两把热热的糖炒栗子，将稚童的希望充盈。童子便偎进老人的怀中，热热地叫几声，撒一些个娇嗲，惹老人咯咯地乐起来，仿若童子一般痴。当然，殷实一些的老人，会给童子塞上一个红包，让他们知道，真挚的感情也不是虚的，也可以得到实实在在的回报。但孩子们却怯于把红包装进兜里，便始终把红包捏在手里，归家之后，交给父母，让父母知道，哪位长辈稀罕自己，日后要额外敬重。

所以，儿童的拜年，不止于儿童，是成人交往的起点。还有，儿童的拜年，让长辈知道轻重，更庄重地为人。去年初一早晨，儿子儿媳、侄子侄媳推门而入，双双给我揖拜，让我突然觉得，儿女们真是大了，自己也真是老了，已没有资格轻狂任性，应该收束心性，端正为人，认真做事，不令其耻。所以年后一上班，我就对同事们说："都说仓廪实而知廉耻，其实儿女立，方知周正，以后的日子应遵循'四有'，即：有声有色地工作，有情有义地交友，有滋有味地生活，有板有眼地做人。"

除夕夜，乡下人"守岁"，即彻夜不眠，但即便是特别困倦，初一的早晨也要早早地包饺子，早早地吃下，然后把庭除打扫干净。当庭支起八仙桌，放好茶具，摆好花生、瓜子和糖（俗称"嚼口"），静等拜年的人上门。几乎是与升起的日头相伴，邻人们来了，也不敲门，推门而入，进门就双手合十，大喊："恭喜发财，拜年拜年！"主人赶紧请人家坐下，殷勤地倒茶、递烟。茶没喝几口，第二拨拜年的人就又到了。前边的人赶紧让座，抓一把"嚼口"，起身走了。

整个初一的早晨，拜年的人像走马灯一样，络绎不绝。这样的光景，让主人大喜，觉得自己人缘好，生活会兴旺。由于喜在喜中，便胸襟大开，想包容所有人。于是就走出门去，主动到有宿怨的人家去拜年。也是推门就进，郑重地给人家贺新春，让那家人大吃一惊，慌忙给你让座，口中呢喃："这可怎么好，这可怎么好！"便随口接道："这日子就是往好里过的，最怕斤斤计较。""就是，就是！"两家人瞬间就释怀，代以谈笑风生，好像既往什么事都没有发生。现在想来，这拜年的风俗真是好，它表面好像是文化传统，其实是心灵的适时沟通，既浓厚了家人的亲情，也和谐了邻里关系，一个"拜"字，让每个人的心里都大见天光。喜着，也透亮着。

到了初二，天一放亮，乡下的父母就开始翻腾家里的储藏，挑几样拿得出手的东西，嘱咐儿子与儿媳：“别磨蹭了，赶紧去拜亲家。”依习俗，初二是媳妇回娘家的正日子，女婿要格外重视。即便家境再差，也要倾其所有。“倾其所有”不属于物质，而属于人格和感情，让岳父母感到，女婿对女儿是稀罕的，公婆对女儿也是器重的。他们会真诚地叮嘱女儿，要好好孝敬公婆，要好好侍奉男人。所以，大凡夫妻感情好的，初二那天小两口准会及时地在岳父母的期待中出现。

这里有属于人伦的道理，双方的父母都是父母，感情不能偏颇，一旦偏颇，就是歧视，就是离心离德。知道其中的道理，我特别重视儿媳这一天的回拜，考虑到小儿女的收入水平，每次都是我亲自到商场去，掏钱给他们置办礼物。礼物还得贵重，让儿子、儿媳感到，“态度”不是小事，它代表着情感的重量。当了公爹之后，我特别喜欢中国万千民歌中的一首，即《回娘家》：“左手一只鸡，右手一只鸭，身上还背着一个胖娃娃……”因为还没有这个胖娃娃，所以我对生活，充满了幸福的期待。

2015 年 2 月 14 日

望子成龙之忧

高考的硝烟终于落定，考生们扔掉书本去忘情地嬉耍，但考生的家长却又陷入新的担忧，既担心考不好，又担心不能进入理想的学校，他们无一日安宁。

现象的背后，其实是望子成龙的心理作用。

毋庸讳言，有孩子的成年人大都经历着望子成龙的困扰——作为家长，你希望孩子能专心于学业，你希望孩子能考上理想的学校，可他们却置若罔闻，追星、扮酷、打游戏，不管你那一套——其学习成绩让你心头滴水，可他们的脸上却仍是星光灿烂；其高考结果让你愁眉不展，可他们却依旧毫无牵挂、无心地嬉闹。总之，丝毫没有你期待中的龙凤之象。

于是，你便用自己经历的贫穷、饥饿和痛苦作药引，医其浮躁，让他们好生珍惜好生努力，否则就要走“回头路”，就要吃“二遍苦”。可是，听到如此严重的话题，孩子们却毫不惊惧，星光依旧灿烂，似乎是你自寻烦恼，生杞人之忧。

当你絮叨不止，甚至将一个耳光打过去的时候，他（她）干脆离你而去，远远地躲着你。从此无话可说，亲情失落。

到这时，问题才真正严重了——因为，在人情淡薄、物质至上的人际关系中，只有亲情才血浓于水，才真正可靠。理智地想一想，责任其实还是在你啊——

你成长的环境是封闭、贫穷的年代，饥饿的经历，使你满含了生存的忧患；而孩子们的生活环境，正是盛世之境，他们不可能有生存的忧患，而有的是对现实的享受和对未来的不切实际的向往。不同的生活起点，导致了生活态度的不同。你的生活态度是过于实际的，也是过于功利的；而孩子们却是非功利的、是梦幻的。那么，你用成年人的沉重去击碎他们五彩的梦想，便显得残忍了。用现代理念看，有什么能比让孩子们自由快乐的成长更重要呢？只有自由而舒展的生存空间，才能培养出健康的人格，而健康的人格，也正是在激烈的生存竞争中巍然立身的基石。

从另一方面讲，家长过于迫切的“望子成龙”心理，是有一种自我否定的成分在的，即主观臆定或干脆承认自己是生活的失败者，因而就把成功的希望和腾达的野心寄托于孩子身上。然而，这种意识是自私的，也是不人道的。因为，孩子在伦理上虽然是你的子女，但在社会上他首先是个独立的人。他们有自己的生存意志和生活目标，以及属于他们自己的生存权和发展权，你无权用“家庭霸权”去粗暴地干涉和指定。

所以，在孩子的重大人生选择面前，孩子是选择主体。家长只能心平气和地坐下来，与其建立一种和谐的关系，互相尊重、平等探讨、共谋发展，而不是代办。

环境造就人。现在的孩子，在眼界的开放、信息的把握和知识的构成上，未必不如你。他们个性的扩张、追求的意志和未来的出路，也未必不如你。你如果能这样想，你的心就豁达了，你的困惑就自然消解了。

相反，家长最应该考虑的，是别让自己的专横与褊狭把孩子们的自由心性给毁灭殆尽。孩子们一旦失去了心中的阳光，会陷入绝望——不再信任这个世界，也不再热爱生活，会生出极端的行为、会变态、会自戕。事实证明，这绝不是危言耸听。

2015 年 6 月 12 日

说累

人们为什么总是喊活得累呢？读书之余，我常常想这个问题。市场经济体制的逐步建立，生存竞争加剧了，人固然会感到累；但深层因素还在于人的心，即心累。武断地说，导致心累的原因有二：一，人的奢望日甚；二，喜欢介入别人的生活。

计划体制下的人，个人的欲望，或多或少地被体制限制着，大趋同，小差异。无大差异，便无大失衡，没有太多的可以计较，心里就轻松。市场机制的引进，亦即竞争机制的引进，解放了生产力，生产力中最活跃的因素——人，其活力被空前地激发，各种欲望纷呈，人之追求有了大差异。为了实现各自的欲望，人们充满激情地奔波着，奋斗着。人存有基本欲望，比如追求生活富裕，爱情美满，家庭幸福，属人性的一面，无可厚非。但如果个人欲望太多太强烈，终日被欲望牵着走，成为欲望的奴隶，心力交瘁，疲累不堪，便是必然的结果。况且，在物欲横流、人欲横流下的人，能呼吸到几口新鲜空气呢，能活出几分自在与坦然呢？奢望累人。

具体地讲，追求名分之外的名分便是奢望；追求本分所得之外的金钱便是奢望；追求法定爱情之外的爱情便是奢望……

欲望一成奢，便是个人难以企及的事，便是难以被市井盛纳的事。有这么两个难以，再强而求之，人那脆弱的生命纤维，不活活给拉扯断又会如何？所以，好好保护自己的生命激情，像看守笼中猛兽一样，小心地看守自己的欲望，甘于享受平凡日子的个中甘美，乃活得轻松之一途也。

普希金有一著名的感叹："啊，他是幸福的，他年轻的时候年轻过。"他所指的年轻，肯定不是欲望压身的人所能得到的，那样，即便正值盛年，也会被奢望搞得面色苍白，形神衰老。年轻，缘于清心寡欲，心地单纯。该单纯的时候必须单纯，单纯之后一无所有又何妨？一无所有，无牵无挂，倒是一种大轻松。

关于喜欢介入别人的生活，斗胆地说，这几乎是我们的"国粹"。

在传统文化中是儒还是道，都主张用自己的言行去干预别人，去影响别人。便有说教和布道。这自然有其积极的意义，毋庸赘述。但其负面作用，亦是显而易见的——即便是市井小人物，也喜欢用自己的道德观去评判别人的道德，用自己的价值尺度去衡量别人的价值取向。取向相近者，和气处之；好恶不同者，即使素无恩怨，亦会冷眼睨之，鼻息嗤之；俟机还会在他人懵懂中，给予莫名攻讦。人们就是这样，"不请自到"地介入别人的生活，干预别人的生活，躲也躲不开。

在这种文化土壤下，必然要产生一些专门"窥伺"他人私生活，搜寻他人言行"罅隙"的人，如告密者（打小报告的）、佞臣奸雄之类，以展示别人的"把柄"给官本位下的长官，从而"替天行道"。如是，有这般的人物在身边，那日子，会过得轻松么？

究其深层原因，是权力评判一切主宰一切的历史太长了，因而产生了从我出发的"主观评断"这一孪生物。

于是，从传统文化脱胎出来的现代人，在体制的转型期，那么强烈地呼唤法治，便是很自然的事。法"治"，是在法律圭臬下，人们依法自觉地规范自己的行为，我不犯法，他人的“主观评判”又奈我何。

但是，法律意识尚未在人们的思想深处深刻地建立起来，传统的生活观念和传统的生活方式给人们内心留下的烙印太深。人们，仍旧会自觉不自觉地介入别人的生活，对别人的生活“说三道四”，并且自以为肩负着多么了不得的“社会责任”。而被“说三道四”的人，自然要抵制，自然要回击，二者必然要作一番冲撞。于是，干预者感到不甚舒服，抵制者感到凭空劳神。二者皆累。

本来，快速的生活节奏，激烈的生存竞争，做好自己应该做的，就已经要我们付出很大的努力了，再费心劳神地去“窥伺”别人的生活，干预别人的生活，岂不是自寻疲累么？对别人生活太“感兴趣”的人，对别人生活太“负责”的人，一定有病！

1995 年 5 月 17 日

说小人

一

与小人相处，他总以小人的心思揣度你；你表现得愈堂皇愈君子，他愈觉得你像个小人，觉得你正干着什么不可告人的勾当。他惧怕你，但不尊重你。他会千方百计地寻你的罅隙，适时地弄你一下子，以维持自己的心理平衡。

所以，与小人在一起，横竖是一件累人的事。

怎么办？

要么对他视而不见，敬而远之，我行我素，与己无干；要么，一走了事。千万不要招惹他，他是一种黏着物，本身已无清爽可言，正准备扩展洇染更大的疆域；一旦招惹他，他便理直气壮地把黏糊糊的东西喷附到你的脸上去，污你清白，使你有口难辩。

什么样的人是小人呢？总喜欢在你面前说好话的人；总喜欢把别人当贼防的人；总喜欢在人背后放冷箭的人；总喜欢巴结硬的、踩贬软的之人；总喜欢占便宜而嘴上又很会讲公道话的人；总喜欢在标榜自己之前捎带先奉承你几句的人；总喜欢探人隐秘而捞取资本的人；总喜欢骗取朋友信任而又将朋友抛弃的人……

每个人有每个人判定小人的标准和方式。

但我们的直觉往往会感觉到小人的存在，判断和识别小人并不是一件太难的事。

都不去招惹小人，不是小人当道了么？不然。相克之物，正是小人自己。他走不出自我的束缚，走不出自己给自己设定的劫数：他不会交到真心的朋友，他没有一刻安然的心境，他看不到人间的妩媚，他很孤独，他很快便走向心灵的黑暗。

所以，即便小人得势时，也不要羡慕小人，更不要巴结小人；巴结小人的人，比小人更小人。

二

小人一旦做了官，往往喜欢下属中的小人。

因为他了解小人的品性，他知道怎样支配和役使这样的下属。

以小人之心度君子之腹，往往出现误差；以小人之心衡小人之志，往往很准确。

他会把并不保密的事当作绝顶的秘密要做下属的小人去做；做下属的小人心里很明白，却佯装不晓，并认认真真地把不是秘密的事当作秘密的事去做。事情便神秘起来。他们喜欢在神秘的气氛中过活，他们之间便产生了一种虚假的和谐。

小人从来不信任别人。做官的小人一旦把真正机密的事情交给做下属的小人去办之后，会在背后留一手。做下属的小人自然心里亦清楚，便努力把事情办得滴水不漏，对其内里不闻不问，好奇心太强没有好处。

做官的小人自然以好处打点这样的下属；这样的下属取之亦会适可而止，他不能贪，一贪惹对方生疑，便坏了日后处境。

做官的小人便把做下属的小人牵制住了。

其实做下属的小人并未甘心被牵制，他会暗暗地给上司记“变天账”，一旦揭裂面皮，咱俩一同完蛋。

做官的小人之所以喜欢小人做下属，根本在于，共同感于君子们对他们的心理挤压，他们之间会互相开开心，出出闷气，然后，他们还要共同战斗。

他们有共同的利害和利益。

他们要时时“窃”商立身和发展的办法，也会为一些小伎俩的成功，喝上几杯。喝几杯之后会自我吹嘘，做下属的小人也敢在做官的小人面前说几句大话。做官的小人这一刻极为宽容，知道下属压抑得太久，发泄一下，说破了没“毒”。

但君子们千万不要听小人的酒话，因为小人多喝几杯之后，也会说几句极人性的话。然而，酒醒之后，往往感到很后悔，听了他的话的人便被他当贼防了。你一旦成了他眼中的贼，便要遭算计，已避之不及，防不胜防也。

做官的小人，有时喜欢做下属的小人在人前出丑。他会允许旁人对其下属进行批评指责。但笑眯眯的眼睛之后，是一张黑色的底片，他会把发表批评意见的人的面孔牢牢摄定。他认为，日后会对他进行清算的亦正是这些人。所以，你未得罪他，便已经得罪他；君子们懵懂着，他们清醒着。

你偶尔会搭乘一次做官的小人的车，你会无意间议论到他的下属，小人 R，好心的司机便丢给你一个眼色。事后，司机怯怯地提醒你：

"当着他的面，千万别说 R 的不是。"君子们一定都遇到过这般情景。

但这样的司机不多，还须君子们自我清醒。

他们亦会给人一种印象，好像他们之间很亲密，亲如兄弟。其实他们的亲密更多的是做给旁人看的，彼此未必有多少真情谊。一旦隶属关系解除，亦即利害关系解除，反做官的小人最烈者必为做下属的小人，他会反得淋漓尽致。反过来，贬这样的下属最甚者必为做官的小人，会贬得那人一钱不值，人不如狗。这样的下属不会到病房给退职的上司送去新鲜水果；这样的上司也不会给下属的小孩几个压岁钱。

非亦非，非亦不非；悲亦悲，悲亦不悲。实例正在生活中摆着。

用人可前，不用人可后是他们的根性；谁也不对谁负责是他们的处世原则。

三

身分相同的小人之间，无几多奇异故事。碰在一起了，互相利用一下；待事一过，情意两迄，互不该欠，各走各的道，井水不犯河水，互不劳神是也。

故，小人男女生活在一起，是一件不可思议的事。

四

只要我们生活着，一定要遇到小人，这是注定了的。企望不遇到小人是天真的；害怕遇到小人是软弱的。

遇到小人而不招惹，也只能是一种调侃。因为小人是钻营者、投机家，他要得到他想得到的一切果实。所以，你不招惹他，他反而要招惹你，你站在那儿就挡人家的道，他会一寸一寸地蚕食你的枝叶，他要一步一步挤得你无立锥之地。

你不是想做君子么？已没有你的位置。

如果不想窝囊下去，就得寻求解救的良方。这是切实该做的一件事情。

1995 年 5 月 23 日

说劳动

劳动，是最美的词语。

在人类形成过程中，劳动起了决定性作用，这一点，马克思作了权威性的论述。所以，劳动，是人类文化的一个母语；人类的语言，便是劳动的衍生物。没有劳动，人就不会说话。

劳动，体现了人类与自然宇宙的关系。这是一种动态的关系：若没有劳动这一动作，人类便不可能同自然宇宙发生关系，人便无法生存。所以，劳动是人类生存的第一要素，也是人类存在的唯一状态。正如树上有一只苹果，若不伸手去摘取它，苹果便万万不会成为人的口中之物；若不去咀嚼，便不会成为腹中之物。

劳动，简直就是那一个“摘取”与“咀嚼”。人类就存在于这一“摘取”与“咀嚼”之中。

由此看出，如果食色是人的本能，那么劳动就是人的本能的本能。

人们下意识想到的劳动，通常是系于体力的那种；脑力的那种，其实就是体力劳动的特殊状态：它们都消耗着人的生命能量，也都服务于人的生命，两种劳动的践行者，便无尊卑可论。

在我们没有掌握一定的书本知识以前，其实并不知道还有“劳动”

这么一个独立的词。

日出之后，父母便荷锄去锄耪禾苗：他们从屋檐下走上田间小路，迈着坚定的步伐，脸上没有一丝惑然的犹豫之色。他们从不讨论为什么要去锄耪，草长出来，锄耪就是了。如果不锄耪，那么就去打柴；如果不必打柴，就去牧几只山羊……他们手头总能寻到可干的活计，一旦闲下来，便惶惶不安，无所适从，甚至发生一些莫名的病症。他们的快乐，就在于“干活儿”，不干活儿，又能干什么呢？干活儿是人的命！父母说。

因此，父母在田间劳作时，我虽幼小，也会支起那口铁锅，烧起木柴，一勺一勺地在沸水中拌苞谷的碎碴，烧出一锅稠稠的苞米粥。待父母归来，与他们一起把粥喝干净，揩着热热的汗，觉得生活很有意思。干这样的活计，觉得是一件很自然的事，无须父母特别吩咐我，特别夸奖我。

小学三年级上学期，我学到了“劳动”这个词，并且每周还要特别上两节“劳动”课，才知道以前的一切都是在劳动，干过的那些活儿，还可以冠上“劳动”这么动听这么文雅的词，很有意思，但把“劳动”作为一门课程，总让人搞不明白，劳动还需要教么？而且课程的内容不过是清理操场、给小树浇水之类，就更让人不明白——老师，其实你只要说一声，这些活随便哪个时候就干了。

这里的潜台词很明白：所谓“劳动”，就是干一些该干的活儿，做就是了，开什么“劳动”课，实在多余。至于劳动与生活的关系，生活着就得干活儿，干活儿本身就是生活，二者其实是一体的事，剥离开生活而独立出“劳动”这么一个词，又有什么意义呢？在劳动中生活，在生活中劳动，是一件天经地义的事。

劳动是人的本能，所以，人不劳动，不仅是堕落，而且是异化——异化成攀附物或寄生虫。攀附什么呢？无非是权势、地位和金钱；寄生什么呢？寄生于本分人的血汗与权益。

于是，好逸恶劳，是世风腐化的最本质的所在。人是劳动的产物，却总是要远离作为生命本能的劳动，人愈来愈不成样子，人们应该警惕起来！

1995 年 5 月 1 日

『妄谈』与迷思

“美人”妄谈

原始的“美人”，并不是像后来那样，仅仅指秀丽的妇人。在《诗经》中有：

叔适野，巷无服马；岂无服马，不知叔也，洵美且武！
（节选自《诗·郑风·叔于田》）

这是在赞美一个猎人兼武士的勇敢和漂亮。

倘这还不能说明些什么，那么《诗经》的《邶风·简兮》便给“美人”一个直截了当的确指：

云谁之思？西方美人。
彼美人兮，西方之人兮！

这是经过加工的古老蝎子图腾舞、求偶舞兼军事舞的伴唱歌词，比《邶风》本身古老得多，它歌颂的是部落“美人”，仍为一个男性的舞师。总之，《邶风·简兮》《郑风·叔于田》《郑风·大叔于田》《齐风·卢令》等，展示的“美人”都是一种雄伟、阳刚的男性美。

到了屈原，《楚辞》的美人也是男女兼指。《离骚》：“惟草木之零落兮，恐美人之迟暮。”《九章·抽思》：“与美人之抽思，并日夜而无正。”不管是指楚王，还是屈原自拟，都是男人。

原始乃至古代，尤其《诗经》里所歌颂的“美人”，不论为男为女，总以壮硕、健康、刚强、活泼为主流。论及古之美的女人，《小雅·白华》有硕人。《小雅·车舝》有硕女。《卫风·考槃》：“考槃在涧，硕人之宽。”《陈风·泽陂》：“有美一人，硕大且卷”，“有美一人，硕大且俨”。《卫风·硕人》中“硕人其颀”，“手如柔荑，肤如凝脂”，可见这个贵妇人也像“温泉水滑洗凝脂”的杨贵妃一样肥腴。

古时女子以丰盈肥腴为美，是与当时的生产力发展水平相适应的。古代生产规模小，水平低，主要靠人力、体力。为了提高生产和生活水平，为了繁衍和丰殖族类，人们往往着意歌颂那些既能亲把锄犁、牧饲牛羊，又善于生殖的健妇——就像人们曾崇拜简狄、姜螈等为丰收、生殖兼艺术创造女神一样。这个事实十足地证明：原始乃至古代，是把“劳动”和“繁殖”这“两种生产”有机地结合在一起，并以之作为人体审美标准的基础或背景的。

于是，这种审美心理和审美进程坚持得久了，便成了一种特有的审美文化，这种审美文化有很强的穿透力，浸淫了大部的东方世界。波斯和印度的古代诗歌和民歌中充满了“硕乳”“丰臀”的美人形象。男子对硕乳丰臀的情人的渴望坦诚赤裸，热烈得令人心动。这时的审美，已摈弃了功利内容，而成为一种愉悦心灵的对美的需求。

不仅仅在东方。在西方，追求健康生活的人们中，以丰满、壮健、活泼为美人标准的大有人在。福楼拜、左拉、莫泊桑的作品中有大量的实例。伟大的思想家卢梭在《忏悔录》中，总结他与埃皮奈夫人交往时，写过一句很著名的话：“我的心灵和我的感官是从来不晓得把一个没有乳峰的女人看成女人的。”

回溯一下审美历史，于今人是很有必要的。

首先，要重新确定“美人”的涵盖内容。美人，不仅仅指美女，更不单指秀丽的女人。美人应该包括那些雄伟、刚健、有心胸、有作为的男人。奶油小生只能暂时迷惑一些少男少女，“绣花枕头”式的“秀丽”男人更会令人生厌。一个不注意树立男性阳刚之气的社会，会导致阴盛阳衰。阳刚是一种喷薄而出的生命力，应该作为男性的一种人格基础。

至于我们的美女，健康的美，健壮的美，充盈之美，会给人以沉实之感，给人以持久的魅力，让人觉得美是有力量的，而不是股掌上的什么。每看一次时装表演，都增一层忧郁：那些模特过于单薄、过于冷傲、过于虚幻、过于做作，不知在真实的生活面前，能有几分美。还有市井上的“美人”，矫饰的成分多起来，脂粉和病态涂抹了美的真实。说偏激些，过于秀丽的、柔媚的、瘦弱的“美人”，如案头清供，摆在那里还可以，拿到生活化的环境中，便很不中用。所以，我酒后常对青年朋友们说，娶妻要娶丰腴健美之妻、要娶健康活泼之妻。那些丰腴的美人，不要被时尚所苦，如果丰腴得悦目，便无须染指减肥霜之类。

我愿与壮伟、丰盈、健康、刚强、活泼的美人为伍。

1995 年 4 月 26 日

当境与离境

中国的山水画是美的，田园诗也是美的，这已不成问题。一些城市中人看了山水画，读了田园诗（更有现代影视作品的渲染），便生出一种兴味，认为城市生活并不足取，原始质朴的山村生活才是最曼妙最浪漫的生活。其景也秀，其气也清，其人也淳，其狗也驯；山泉轻淌，山雀弄间，山花浮媚，山树秀拔……总之，一切皆美。便有偕密侣同游者，便有探而猎奇者，还有一些厌倦市井生活者，想从朴远的旷野寻回生活的原味，更有一些皤然翁婆，欲在山云野鹤之境，享度余年。但多是去时兴然，归时索然，绝少于山村久居者。

问一个欲在山村久居，而不足月便速速归来的老者，他说："山村虽杂花生树，但野艾荒蒿遍野，眼目所见久了，便觉凄然；那里虽水好气清，但人烟稀少，日头也早早地落下山去，除山狗遥遥地吠几声，整个世界黑成一团，绝无管弦声乐，日子枯寂，心头落寞；还有更让人忍受不了的，是生活的诸多不便，吃不上鲜菜，买不到鱼肉，山村路径只有羊肠小道，每走一遭，都会生出几个血泡……山村生活，一荒蛮，二枯寂，三不便，所以，山村固然美，欣赏一下尚可，但我绝不再去住了。"

我是从山里走到城市的，知道老者所言，是他的真感受。

所以，艺术总归是艺术，生活到底是生活，不可断然混成一团。艺术须供奉给人新奇，陌生的环境，往往可猎获新奇；生活需要自在，走到自己身外的世界去，便没有多少自在。换言之，朴野的山村，作为艺术对象，有其独特的美；但对于人类来说，它给我们所赐毕竟是贫寡的，有限的。山村生活虽有其纯美处，也不该留连，享受现代文明，是人类生活的方向。所以，山里的青年，读了几本书以后，不再安于家乡的生活，而鼓起到城市去的欲望，便没什么可鄙薄。

这一切均缘于人对生活欲求的无止境。欲求的无止境，便生出对现状的不满，便思变。钱钟书先生在其《评＜红楼梦评论＞》一文中引用的几段话，颇有意味。文中谈到《大智度论》卷十九《释初品中三十七品义》云："是身实苦，新苦为乐，故苦为苦。如初坐时乐，久则生苦，初行立卧为乐，久亦为苦。"且提及叔本华说："如愿快欲，不能绝待至竟。新欲他愿，续起未休。"并引约翰生博士的话："人生乃缺陷续缺陷，而非享受接享受。"其中，史震林《华阳散稿》卷上《记天荒》中的一句话，可谓一语破的，即人在生活中"当境厌境，离境羡境"。

文艺作品，正是自觉或不自觉地利用了人的这一惯常心态，常以距离阻隔，怀远悼近，而煽动人们的企慕和欲望，使人们生一种"浪漫的企望"。这种"企望"是无可厚非的。对于智者，它是人生的一种补剂；对于盲目者，不切实际地"企望"下去，却是一种自我的迷失。

便有一个如何处理"当境"与"离境"的问题。

山村的生活固然质朴、纯美，却是一种被有限的自然条件和社会条件所限制的生活，是一种有缺憾的美。对山村生活之"羡"无非是一种回归的欲望，回归到人伦之单纯、人性之天真，因为市井中人际关系太复杂、浑沉的诱惑太多，使人感到活得挺"累"。但这种回归，应该是一种精神的回归，而不是要回到山村那样的环境下去生活。到原朴的生活环境下求得回归，其实是一种对生活的逃遁，一种意志的软弱。

若把山村生活比作小孩子的生活，那么城市的生活，便是一种成人的生活。梁遇春在《天真与经验》中说："小孩子的天真是靠不住的，好像是很脆的东西，经不起现实的接触。……他们从前的天真是出于无知，不值得去赞美的，更值不得我们歆羡……"而"那班已坠入世网的人们的天真就大不同了，他们阅尽人世间的纷扰，经过许多得失哀乐，因为看穿了鸡虫得失的无谓，又知在太阳底下是难逢笑口的，所以肯将一切利害的观念丢开……这个建在理智上面的天真绝非无知的天真所可比拟的，从无知的天真走到这个超然物外的天真，这就全靠着个人的生活艺术了。"

山村的生活固然少污浊、少沉浮，而多率性、多贞纯，根本在于它少了那么多世网的诱惑，是一种"封闭"的率性和贞纯，未必有多少可"羡"之处。但明伦评《聊斋志异会校会注会评本》中的《小谢》时写道："于摇摇若不自持之时而即肃然端念，方可谓之真操守、真理学；彼闭户枯寂自守，不见可欲可乐之事，遂窃以节操自矜，恐未必如此容易！"真正的质朴，真正的贞纯，是那种遇名不妒，见利不贪，见花不采，看到美丽的女人，不动枕席之念的贞纯。

个人生活的环境是很难轻易改变的，"离境"不是一件简单的事。城市生活虽然嘈杂，虽然有一些污浊，却是一种文明程度极高的、可塑性极强的现代生活，人在其中是大有作为的。所以，面对城市生活这一"当境"中的一切迷惘和不如意，应该采取直面的态度，学会在理智和经验的基础上，减少一些人为的"灾祸"，"蒸馏"一些有害的生活成分，自己创造一种超然物外的"天真"和"质朴"的生活。

这一切，全靠我们个人的生活艺术。

1995年5月11日

静思杂咀

一

骑着一匹剽悍的青色骏马，在戈壁上蹈出一溜溜白烟；风从耳旁掠过，如爱人抚摸敏感的皮肤。欢呼着奔向一片茂林，马突然向前伏卧，我便从鞍桥上跌下来。从身边爬过一条美丽而光滑的蛇。

睁开眼睛，却抱拥着光滑的被面。是梦。

现实中，从未骑过马，从未从马背上摔下，无大跌宕的生活经历，便虚弱，便怯懦。但愈是怯懦，愈是做关于剽悍的马的梦——未及的一切，是一种大诱惑，大压迫。

真的从马背上跌下，脚摔断了，心反倒平静了。信然。

二

早晨的潮湿，使沙漠的表面成一层板结，车子便轻松地开上去了。返程的时候，太阳的热力，将沙漠晒得异常松散，车子常常陷到沙窝里：车轮如狗一般地刨动着，发动机便开锅了。

颠簸中的蒸烤，乘车人已焦渴得气息奄奄；而手中皆握着羊皮水袋，却无人打开水袋的塞子。待车子陷入沙窝的那一刻，车子发出干裂的轰鸣；人们竟毫不犹豫地打开水袋，将眼睛般金贵的水泼到沸腾的发动机上去——

物质的车子，这时，是一条生命，人的命运都维系在这生命之上，乘车人便对这条生命生一种认同、敬畏和企望。愚蠢的人们在生存的选择面前，往往表现出大聪慧、大机智。

三

偕小儿街上蹓，见一卖蝈蝈者：单车的车把上，挂着繁密的两串星星般的篾笼，笼中物皆头大、腹肥，为同类中的佼佼者。初到跟前，无一发声，仅触须抖动着，于寂静中透一丝生气。见人来，卖者摇一下手中篾笼，便发出响亮的一串声音；俄顷，车把上那班货色便齐声应和，声声连绵，如歌如潮。

小儿被撩动了，取意决绝，便为他买下一只，系卖者手中那只领头叫者。归家，挂于檐前，竟一夜无声。以为饿毙，近前视之，却灵动如初。小儿便摁、捺、摇、捏，以使发声，均不奏效。便到市井，寻其卖者。讲明原委，卖者笑而不语。催问，卖者缓缓说道："无他，须再买一只，或两只，多多益佳。"

归家之后仍将篾笼挂于檐下，东西各一。入夜，果然东叫一声，西叫一声，声声入耳，歌对不绝。

枕上顿悟：蝈蝈亦如人啊。

四

夏夜，庭院之中悬一小灯，于树下乘凉。稍久，灯下有一群飞物逡巡：蚊虫体小，不易辨识；清晰入目者，是一些彩色的灯蛾。

小儿灯下转了一遭，问他的母亲："桃丽斯呢（一种发胶）？""干什么？""喷蚊子。""喷蚊子用杀虫剂才对啊！""这我知道。"终究还是用桃丽斯喷起来。飞物竟亦少了。走到近前，见地上落着一层飞蛾：灯蛾的翅膀被发胶胶结了，不能再飞翔，却不会死去，在地上蠕动着，作徒然的挣扎。小儿开心地咯咯笑，他的母亲感于他儿子的聪明，亦笑意盈盈。

我则不禁心头一皱：小儿的恶作剧，是一种聪明，是一种趣味；大人的恶作剧，便可能是一种伤害；那么恶人的恶作剧呢？

须警惕人们的恶作剧啊。在我们不愿承受的玩笑面前，要敢于撕开情面：少跟我来这套罢。

五

想到多年前的一件事。

那天中午，老家来人告诉我：你外祖父死了。听了这个意外的消息，血轰地涨到头顶，眼前一片昏暗。外祖父是我心底最爱的一个人：挨饿的那几年，每到年关迫近，他都要佝偻腰身，翻二十里山梁，送来满篓的年货。就是这么一位老人，却与外祖母打了一辈子架，我极心疼他。他的死，令我心绪郁结，仿若喉里堵着一块又大又硬的东西。去奔跑，去醉酒，终吐不出这郁积的块垒。我企望哭号，那冲天的一哭，会使我得一种大释然；但横竖哭不出来，便大病一场。

在病里，肉身虚软，心灵脆弱，再想一想诸多不顺心的事，终于有了哭的欲望，便适时地让自己一哭。哭声一经脱口而出，竟把自己吓坏了：这哪里是人的哭声，吼吼地，如野驴在旷处叫。

是人世的观念，把一个男子的哭泣压抑得太久了。今天想来，人从固有观念束缚中，自觉地把自己解脱出来，回归自然，的确是一件大事情。这个回归，不仅仅是回归到自然风光里去，更重要的是回归心性的率然。女子与儿童的心性是率然的，所以，儿童的哭声泠泠如泉，女子的哭声，嘤嘤如歌。

这才是人性的声音。

1995 年 4 月 21 日

宁静效应

胎儿在子宫里的时候，被全方位地包容，得一种大温暖大宁静。出生之后，婴儿仍不愿从这种温暖和宁静中醒来，即使产房中的阳光再妖媚、空气再温暖，亦作蜷曲状——现世终究比不得子宫那般温暖及宁静。所以，出生便是寒冷，便是被伤害，是可以成立的道理。

在宁静的条件下，婴儿会去襁褓里（襁褓是子宫的一种延续）静静地躺着，眼睛久久地凝视着一个地方——这便是“安恬”一词的具象。如果房间里突然传来一声吵嚷，发生一个震动，婴儿的眼光便弥散了，双手向空中抓举伴以嘹唳的哭声。

婴儿这时被伤害了。伤害他的便是这一声吵嚷、一个震动。他的宁静被无端地打破了，哭声是他的愤怒。一个生理学家就此做了一个试验：在婴儿大哭的时候，若在他不停抓举的双手中搁一个悬在空中的横杆，他抓举的力量会把其整个身体带起来。

惊乎，一个柔弱的婴儿一旦被伤害，竟有这般的力量！便可见，人类本能地拒绝被伤害。

便可以说，宁静是一种无声的温暖，它给娇嫩的心灵以轻柔的包裹，它类似子宫，是一种母性的东西。而人类都曾经历了婴儿期，宁静在人生中打下了生命的烙印。

所以，向往宁静，向往平和，不去惊扰，不想被惊扰，是一种嵌在人类深层意识中的效应，这种效应，若被称为“子宫效应”是最恰宜的。于是，人类即便进入了成年，对这种效应的憧憬与回归，也是一桩不可避免的事。

可以举证。

即使你再是场面上的人，即使你声名再显赫，都有一种极强的回避人群的倾向，躲进内室，造一种只属于个人的小氛围：可歌可仰，可衣可裸，无非无邪，恣肆坦然，你自己把自己放逐成婴儿，任性做自己喜欢做的事。因这时自己的行为，既不污人眼目，又不伤他人感情；无须他人评判，便卸下人前铠甲，心无顾忌，得一种率性的大舒畅。这种率性，便是一种既不自扰又不被惊扰的宁静；这种宁静得以实现的保障，便是世人所说的“隐私权”的被尊重。由于人们还未自觉地形成尊重别人“隐私”的习惯，所以，刘心武便苦心开出药方，便是《心灵百叶窗》。我记得是在《南方周末》上读到刘心武的这篇文章的。当时，我会心地一笑：不是要独享一种小气氛么，没什么不好意思的，只管安装上百叶帘！

好像杨绛先生也说过类似的话。

扩而言之，对于古老的地球，人类就是婴儿。地球上有太多的喧嚣和战争，人类就有些受不了——反对纷争，争取和平，是人类婴儿化的近乎本能的东西。

“冷战”结束，南北和谈，便是一种大趋势。和平是一种如身处子宫一样宁静的东西，是人类这种“婴儿”甜蜜的梦乡，那么，人类又怎会允许政党和制度的较量摧毁这样的梦乡呢！

婴儿被伤害了，报之以哭泣，人类被伤害了，报之以愤怒和破坏，到了最后，是地球的毁灭。

然而，我们不能忍受婴儿的哭泣，因为人类还善良，还有爱心；更不能容忍地球的毁灭，因为人类留有自知。

善良、爱心和自知，是这个过于闹热的世界里，人类绝不能丧失的，最珍贵的三样东西。

1995 年 6 月 1 日

幽默种种

幽默是人性的一点灵光，是对生存环境不满的一点柔和的反抗。

这种不满，既包括对他人和社会，也应该包括对自己。自己的能力有限，不能改变自己的处境及命运，便觉得自己很窝囊，活得不如人。如果任这种情绪积聚下去，轻则闷出病来，重则产生对生的绝望。适时地拿自己开开心，自我调侃一下，便把郁结的负能量释放了，便轻松起来，感到自己依然是自己，还未到不可救药的地步。同样的道理，一个人应该容忍别人开自己的玩笑，这种容忍可以化解隔膜和敌对情绪，使相互关系变得和谐起来。至于国家，正如一个西哲所说："衡量一个国家的文明进化程度，就看他们那里有没有开玩笑的自由！"换言之，越是开放，人们的心灵就越趋于轻松平和；越是封闭，就禁忌无数，人们活得压抑沉重。沉重，经过时日，终要爆发，成一种破坏力，这是真正的政治家所不愿看到的。

所以，幽默本身不是目的，是调和情感和理智，建设公正和谐，加速文明与进步的一种手段。哲学家维特根斯坦说："幽默不是一种心情，而是一种观察世界的方式。"马克·吐温则认为："幽默只是一股香气，一种装饰，是表达我的布道词的手段。"于是，幽默是一种善性的表达，化恶为善，使善更善。

幽默是个纷繁的世界，为了使自己成为一个幽默的人，对幽默便要有一定的积极的认知与品评，以提高操作的能力，或者干脆成为一种修养，成为自我人格的一部分。

幽默以品位来分，或可分为俚俗的幽默和文化的幽默。

俚俗的幽默，多存在于民间，是一种百姓的智慧，它极贴近生活，便不免掺杂一些俗亵的成分。骑车人闯红灯被警察截住，骑车人说一句："警察大叔，您就把我当个屁放了吧。"便是个实例。有人认为这是在耍贫嘴，是一种滑稽，而非幽默。不然，耍贫嘴依以油滑的腔调，滑稽依以夸张怪异的动作，幽默则是言之有物、动之有体，让人从言行中产生会心的联想，使不相关变得相关，使不可能变成可能，给人的神经以瞬间的激活，在一刻沉吟之后获一种内心喜悦。

然而，无论如何，俚俗的幽默均有俗亵的表征，为"道家"与雅士所不耻；但正因为它接近生民的原生态，便具有强大的生命力，给生民带来不竭的生命温暖。另，俚俗的幽默正是"雅幽默"的母土，智性的知识者，也不是一味地鄙屑，甚至也笑谑其中，得一种凡人之乐。

至于文化的幽默，属于所谓的雅幽默，包括文人的创作和在文化传统中从生活中自然而然归纳升华而形成的两种。林语堂属刻意创作幽默的一个代表。他不仅有创作的实绩，还有理论的建树，其代表作为《林语堂论中西文化》和《萨天师语录》。在这些著作中，他的幽默多用以反讽颓败的世风，以展示那个时代知识分子独立的人格。举摘一段："在这城中情感已经枯黄，思想也已捣成烂浆，上卷筒机，制成日报。在这城中，奸滑都是老，无猜都是少；脸皮与年龄俱增，寸心与岁月而弥灭……这是他们的文法；今日我正傻笑，昨日我已傻笑，这是他们的动词变化；他们把我的笑当成春药、麻醉剂，他们执心圣道……"

辜鸿铭的幽默不是创作，而是从传统文化中信手拈来——在厅堂之上，男人坐着，女人站着，是天经地义，“妾”字怎么写？“立女”嘛。男人纳妾也是天经地义，一把茶壶须配几只茶碗，却不曾见过一只茶碗配几把茶壶。虽非刻意，却也深刻，系因辜鸿铭是传统文化中人。

鲁迅先生则更深刻：“一见短袖子，立刻想到白臂膊，立刻想到全裸体，立刻想到生殖器，立刻想到性交，立刻想到杂交，立刻想到私生子。”系鲁迅对中国的历史和国情知之甚深之故。

幽默从内容来分，或可分为生活幽默和政治幽默两种。

生活幽默，其嘲谑的对象为社会的众生相和日常生活的荒诞不经，系在揭示生存的荒谬性之后，直抵生活的真实。

加拿大著名幽默随笔作家里柯克的幽默便以其鲜明的生活化而传世。其幽默品格，有重庆出版社《里柯克幽默随笔选》可作参照。他的《借钱之道》体现了他反常人思维而行之的幽默特点——人借十块钱忐忑不安如芒在背；借一千块要担保、信用、人格；借一百万轻而易举、毫无痛苦；而借一亿块以上，则辉煌无比威仪压人。这不禁让我们想到当今社会的暴发户和官商发横财的嘴脸。

王朔的幽默也应该属于生活化的幽默。“我是流氓我怕谁”“过把瘾就死”，系对当今社会生活的无序与多变的逆反。所以，我不认为王朔过于“痞子气”，而是把社会和人性最隐秘最需要包装的部位给嬉皮笑脸地揭裂开来，让更多的人纳过闷来，省得自我欺骗，“装孙子”不止。系一种放纵的幽默品格。政治幽默，便是针对社会制度国家机器，表达百姓对政治与社会文明进步的信念和愿望。由此，百姓便对此种幽默有着特殊的兴趣和机敏。

马克·吐温的幽默便是鲜明而生动的政治幽默，得到经久不衰的流行，《竞选州长》的美国式政治幽默在中国竟也几近家喻户晓，便是力证。他还曾写道：“制度是外表的东西，只不过是像衣着一般。衣服是可能穿破的，会成为一些破布片，穿在身上就不舒服，也不能给身体保暖。忠于和崇拜破烂衣服是荒唐的。”这不禁让我们想到《皇帝的新衣》。马克·吐温式的幽默不仅需要才具，更需要勇气，政治幽默往往是一种悲剧性的操作；所以，中国至今未出现高标特立的政治幽默家，是可以理解的。但中国的百姓却具有不自觉的政治幽默才能。比如衙门要更换村里的头人，百姓揖而曰：“请大人开恩，不要换。头人属鼠，这一个搜刮囤积已足，再换一个，便要从头囤起，且更贪婪，百姓的日子便更不好过了。”衙门大人愕然。

给幽默划分种类是不科学的，不同种类的幽默往往共存；给幽默划定高下亦是不可取的，人们进行抗争的时候，往往是不挑选兵器的。不同的人群有着不同的幽默取向，大家杂然相处，吵嚷而痛快，其本身便是一个良性的大幽默。况且，中国的幽默还不甚发达，爱好幽默的人们团结起来，共同建构和谐的尽意的幽默的人文环境才是。

1995 年 6 月 12 日

悖语人生

人，有时连自己都不认识自己。比如见到极诱人的姑娘，也生出极多见不得人的邪念，当然，不光有极强的占有欲，也有极强的自惭自秽，因而想杀死她。但如果金钱可以买到她的一切，便顿时觉得兴味索然了。

走在街上，太阳很晦暗，人声却极嘈杂，便盼着骤起一场风雨，让街面在肆虐中沦为虚无。然后，我走上去，同风一起歌唱，甚至哼一些极放浪的调子。那顶破草帽也许因此飞得远远，但我决不做出潇洒状，任它将自己失落——我要紧紧地追赶它，跑许多徒然的路径，把它找到。一经找到，便一下一下撕它，它因此而死亡，我因此而诞生，道理很简单。

傍晚，走进相熟的酒馆，请一个陌生的伙伴。酒喝得很炽热，话说得也极投机。他说他很喜欢我，愿和我同去爬几座山，或同涉几道河。他很真诚，并不自傲，且言语也极流利，让人感到他或许不凡。但我不喜欢这个或许，我希望他极一般，甚至有几分颟顸。愿和别人干些什么的，还可能有露阴癖，让人不能忍受。

我默默地与他喝酒，最后，欲跨出门去时，他拉着我的手：“把您的大名和地址留下好么？我很想去拜访。”我掏出一张白纸，对他说：“你去买两瓶可乐，我写给你。”待他走到柜台前，我大声叫他：“我已经写好，压在醋瓶底下。”转身跑出门，钻最近的胡同。那纸上写：去你妈的吧，哥们儿！他也许半天说不出话来，也许大骂不绝。总之，这是一桩很有趣的事。

妻说：“你今天气色很不好，是不是心脏又有问题了。”我说：“也许，我的心脏被烟酒惯坏了，有三级杂音。”

“要不要看医生？”妻子很殷勤。我说：“等你干医生的那个同学死了，我一定把心脏好好修理修理。”

“你总是这么阴郁，真让人受不了。”她说完就淅沥地哭起来，脸子很美丽。“哭什么，你哭，”我说，“等我天天乐起来，对你的爱也就完了。”

妻真可怜，怎嫁我这么个东西！

不过，她不敢离开我，我有二斤土炸药，捆得很紧。那次到刺猬河去炸鱼，那个报社的编辑不熟练，装药的塞子没塞紧，扔到水里，炸是炸了，开裆放屁——没响，仅炸翻了两只寸长小鱼。我说：“你他妈的活造孽，你炸了一对早恋的中学生。”于是，药必须捆紧，那炸得才厉害。妻是我硬娶来的，她长着该死的一对蚀人魂骨的酒靥，便整日照镜子。我就只有把所有能成像的家伙都砸了。我说：“你老实点，莫说拜拜，这二斤炸药，我舍不得给别的任何人。”

这就是我的爱情，哥们儿你甭瞧不起，这年头，你也好不到哪去。

扯远了。

我小时，父亲穷得叮当响，整天喝焦玉米熬成的糊糊。母亲那时正怀着二弟，很馋。父亲掰了几把嫩花椒芽，煎了一只红辣椒，他端在鼻下嗅嗅，极不情愿地递给母亲：“吃吧，赛过狍肉。”母亲很感激，就着稀粥吃得极开怀，汗水淋漓，余韵烂漫着。夜半时却被腹痛疼醒，满炕翻滚。临了，终于屙了满裆货色，才恬静如婴儿。屋中，就氲满了臭气，令一对父子再不能安眠，仅盼鸡公早唱。

第二日，母亲依旧到地里锄耪，韧如老牯。晚上却不思饭水，只躺在床上，任泪水漫溢。父亲竟吹起了口琴，登时全家像蹚进一条小河，有欢乐的浪花飞溅。母亲不但止了泪水，还小声哼唱起来，一派融融的好气氛。我一生都不会忘了这个时刻，这是一对贫寒夫妻的杰作，尽管只有一个观众。

于是，我注定没救了，世间，除了父母，我谁也崇拜不起来！

也交过几个朋友。

一个，是鞋店的老板。我的脚型不好，一年四季只穿皮鞋，便上赶着去找他。他说："我知道你看不起我，看上的只是我的皮鞋。"我说："对。""那也够份儿的，有爱乌及屋，就有爱屋及乌。"他笑着说。我很激动，拍一下他那平展的肩："哥们儿，跟你铁了！"——中国人太缺少幽默，幽默便比金子更贵。

还有一个，便是官界朋友。在我容身的地盘上，他算是个显赫的大官。他极注重修饰，眉毛都要每日梳理两遍。他当然有架子，据说做爱时都要讲个程序，颇有孔子"割肉不正不食"之风度。他乐意赶风头，上边一有声音，他就有步骤，他便很想写一篇文章，论当时极热门的某某题目。但他写不出。我就登门拜访，送去他要的稿子。他看后喜不自禁，竟将我抱起，在原地不停地转圈，单纯快乐如童子。我也流下了眼泪，并不是为了将要被他赏识，而是为了发现，发现在我刻板的人生中，竟也不乏灵性那道闪光。

……

我每天睡得极晚，总是在夜间搞一点私人研究：研读祖父留下的那本古旧的《周易》。我已读了十年，十年还没读出真味。我不恨自己迟钝：因为书中写了宇宙间该写的一切内容，是人在漫漫时光中磨砺出来的光芒，每个字都是一颗不朽的头颅！

人是嗜食的动物，每个人都爱在口里嚼点儿什么。比如口香糖，比如陕北米枣……妻爱吃为儿童特制的那种甜点心，那么，《周易》则是我的甜点心，是一盘总也吃不完的甜点心。不要骂我亵渎圣品，我不想轻易给自己制造圣品，不然我会消化不良。不断地随意地嚼一嚼那该有多好！正如妻总不能靠甜点心饱腹。

所以，新书也该读，那是缤纷的现世花朵，是五彩的温馨人流。既走在路上，就不能不看，但这一切都只能是过眼物，只需交给大脑去自由储存。你不可能记住每一个看过的人，也绝无必要。父亲应该记住，朋友应该记住，太阳应该记住，老师也要记住……人不知道都哪些应该记住。人很累。

祖父是个伟大的人，当我贪婪地吞食肥肉的时刻，他说："吃两块得了，肉不是好东西。"当父亲拼命盖房，堂皇门面的时候，他说："够住得了，盖多了没用……"我当时觉得这老头真没劲，整日摇头晃脑地，很消极的一个老朽。现在看来，不应该骂他，这消极辨证一点来看，算是一种大积极呢。

那日跟二弟三弟玩土仗，玩得昏天黑地，祖父就说："别太疯了，疯得都不知自己姓什么，那不好。""甭管，谁爱听你说怪话呢。"我说。便接着昏天黑地，终至将二弟脑袋开出汁液，惹全家大呼小叫。后来明白，原来他是在说：莫太狂热，莫太贪婪，莫忘乎所以……什么都可以忘，千万不要忘了自我。我想，幸亏他当时没学过辩证法；若学过，便肯定不会辨证得如此深刻。

也许我正在阐述悖论，但现在真的不需要悖论么？人可以没有文化，可以没有财富，也可以没有爱情，却绝不能没有恬淡和心灵的自由。

因为，窗外，充满喧嚣。

儿子生下来那天，我极悲哀：哀悼我青春的逝去，也哀悼我的不再完整。我很想背上一只水壶，装几件消遣物独自游历，游历一些名山大川和梦中制造的景致。但儿子的哭声，已是一根很不柔顺的缰绳，它驯顺了我那可爱的野性。妻暗暗笑着，笑自己造出了一件极好的武器。因为，真正的汉子，并不惧怕男女之情，却俯就怜子之情。这是祖宗的一条尾巴，割了近一个世纪，并没有割下来。

很相信这样一个判断：高远的理想属于独身者，属于阉者，属于被女人折磨苦了的人和形形色色的献身者；而不属于得意的丈夫和温厚的父亲。因为我们太注重完美，太注重被人喜爱，也太注重称谓和所谓的义务。于是，就只能缩进浑然的一个圆，任路径把我们滚到任何一个地方。

我就是什么都不愿割舍，所以，注定了没有什么理想，并且害怕理想，因为它让我负载太重。

儿子三岁时还天天尿床，总让我于半夜打醒，他就拼命啼哭，招来许多鸡婆的啼叫。妻便对我产生憎恨，“让他尿个痛快不好么。”她说。长到四岁时，竟自己就不尿了，且每日卖乖巧：“爸，瞧我没尿。”但我却像一下子失去了什么，心情极阴暗：我长到十二岁还天天尿床，他竟只尿了四年！

妻说：“其实，儿子最大的敌人不是别人，而是父亲。”

我说：“那么，今天最大的敌人便是历史了？”

妻说：“当然。我极惊愕。”

一天，儿子画了一列火车，竟在首尾画了两个反向的车头，且都冒着粗壮的黑烟。我说：“你他妈的没画对，这样的开法能走么？”他说：“爸你说它怎么没法走？”我说：“我说它没法走它就是没法走。”儿子白了我两眼，说：“爸，你可真傻，它们俩在打架，总有一个被打败的。”我说：“他们谁也甭指望能打过对方。”他说：“那你就给它们拉开，各走各的了事。”说罢便从中间剪上一剪刀。分裂，反而成全了两个完整，世界不再有战云，观者也怡然。

于是，我发现：儿子与自己是先天就注定了的两个世界，你徒然和他过不去！

但我的心却很战栗：人生来就被两种不同的势力争持着，你无权决定自己的隶属。主宰你的，并不像那极明了极简单的一剪刀，它是在冥冥之中的一种什么东西，你无法看到它，你更无法抓到它，而你又决不能跟它过不去，不然，你注定要毁灭。所以，人天生就是怯懦的，人追求的要适可而止。于是，高峻不必蔑视平俗，英雄也不必咒骂懦夫，而死亡最接近人生的真谛。

然而，又有谁不惧怕死亡？！

于是，我没必要给儿子制造框架，不必勉强他担负什么责任，他并不患有先天性痴呆症。他将来，或许抛弃他的亲人，而去投奔世代的宿仇；或许因狂傲和虚妄而陷入一个不可自拔的怪圈……换言之，他或许伟大，或许卑小，或许踏上红地毯，或许误入地狱之门……只要他恪守自己的信念，未沦丧自己的意志，我都将尊重他、敬佩他，甚至弯下父尊的膝头。

面对来者，我绝不是圣人，我已不再睿智，只有向隅的悲叹和夜半的哀哭。而我唯一的高贵处，便是学会了沉默！

最后的日子终于来临，我紧紧抓住儿子的手，缓慢但清晰地说：“儿子，大胆地朝前走吧，你只需记住两点：一、不要偷别人的东西；二、不要强奸女人。”

然后，死去。

1995 年 6 月 16 日至 17 日

寂寞

市井人说，眼下，寂寞是一种时髦病。因为，文人学子都在那里喊着寂寞。

这却是一种错误。因为很久很久以前便有个古人说过：古来圣贤皆寂寞，惟有饮者留其名。

寂寞，是个很古老、几近永恒的东西了。

举些寂寞与人类相关的例子：

一人在幼年时，有着无知的疯狂。纵情追逐快乐，若猎人追赶一只美丽的小鹿。这是一种敏捷的东西，当你越过高山和林地，快要捕捉到它的那一瞬间，它却消失在草原的深处。你空手而回，拖一身疲倦，满心怅惘，乏力地躺在床榻上，恹恹欲病。这时，寂寞适时地踅到你的床前，填补你的失落。

当人失去了追赶新的快乐的勇气，为了不使自己的身心过早地枯槁，便埋头于一些回忆上面。有人说："回忆中的生活是愉快的。"不幸，当你认真地沉浸在回忆中的时候，却感到那些回忆是不可捉摸的东西，若镜里花影，待你伸手去捡拾，它的影子反被遮掩了，仅留一只空手触在冰冷的镜面上。“没有记忆的日子，像一本没有故事的书”，便感到空虚，充填空虚的质料，便依然是寂寞。

当人连记忆都不愿搜寻的时候，想寻觅一些现世的感受，便用情感的丝，织一张友谊的网、爱情的网、亲情的网，捕捞一点人世的温存。但捞住的，往往是意外的冷落，深感人生的悲凉，便只有重与寂寞相厮磨。所以一个文人说：“啊，情感是易变的，背信的，寂寞是忠诚的，不渝的。”

可以看出，寂寞是人类共同拥有的东西，锄者、工匠、文人、学子，不论凡人还是智者，均在人生中经受着寂寞。寂寞既不是时髦病，也不是文人雅士独有的病。只要有对理想、对快乐、对友情、对事业、对和谐、对美好、对幸福、对真理的追求，便要经受寂寞。寂寞是追求的一重影子，且是一种特殊的影子，无论阴晴雨雪，均与追求同在。

于是，寂寞，是人生来就带来的东西，是一种遗传的病症，无药可治也。

但人世间的寂寞，确实有差异存在。

普通人追求的是现世生活，实际生活的声、光、电、色中，只能产生瞬间的寂寞，飘浮的寂寞，即小寂寞。况且，生存本身的风烟云雨，早已把寂寞的影子湮灭了。凡人不言寂寞。

文人是情感生活的宠儿。精神需求大于物质需求是文人的本质。这一特性，注定文人要饱尝寂寞的浸淫，生一种“文人寂寞”的心态。自古文人对物质生活压力的反抗是软弱的、无奈的，文人自身的一些束缚，使文人不能像常人一样揭开面子，在物质场中，作淋漓的拼搏。一点点自私和矜持使文人天然地与寂寞接近。当文人在酣热的场中，听到喧闹的乐音，往往会生出一点点莫名的感伤，未待曲终便嗒然离去，去寻找寂寞。文人认为，有声的音乐是银的，无声的音乐是金的，寂寞便是这种无声的音乐。说到底，是价值取向使然。毋庸讳言，从历史中走出来的文人寂寞，不免有一些病态，便是对现世的疏离，一径地玩味寂寞，被市井所讥嘲，文人活该有比常人更多更深的寂寞，是自然的事。

但真正的文人，与寂寞相处，是取一种对生命和精神的探幽与观照。取陆蠡的话佐之：

> 和寂寞相处的时候，我心地是多么坦白，光明！寂寞如一枚镜，在它面前，可以照见我自己，发现我自己。我可以在寂寞的围护中和自己对语，和另一个“我”对语，那真正的独白。

正因为有这种“真正的独白”，才有文人那让灵魂战栗的文章，文人的寂寞，便值得给几分钦佩。

细细想来，与真理探求者相比，文人的寂寞仅仅为中等寂寞而已。

真理的探求者，是超拔的智者，是人间自我的牺牲者。他们背负着全人类的责任，为人类苦觅到人间仙境的那道通途。而真理所在，在遥遥的远方。智者要离开温暖的屋顶，去暴露在旅途上，风餐露宿，几度寒暑。不仅孤单地行路，孤单地栖止，还要忍受焦盼的煎熬。真实的是，智者没于尘寰，却须俯瞰群类，便被视为异端，嫉恨唾骂者众，同道相伴者稀。便有取义惠于众生，留寂寞于自己的境界。这里有悲壮的况味，乃大寂寞。

然而，这样的寂寞，几近黑暗。凡常吾辈想一想，也会颤抖，便只有膜拜。

1995 年 7 月 15 日至 25 日

文学的缩减

人的日常生活，总是那么平凡、琐屑和重复，一些诗意和美好便是可望而不可即的东西。这是身外的时空与生态，正因为不可即，便生一种猜想和觊觎，这是人的一种本能，有人已做了形象的概述：人总是猜想己身所不具备的一切——情窦初开的青年，异性是他的猜想；饥寒交迫的乞儿，王子是他的猜想；终日奔波的凡人，帝王将相是他的猜想……便可以说，猜想是一种归宿，而这种归宿的内在理念，是人生神秘性。人生神秘，是客观的存在，人自身的太多不可企及折射到人的心里，便是人生的不可捉摸，即神秘。但与其说猜想是归宿，不如说是栈桥，一头是现实的残缺，一头是梦幻的圆满，靠猜想的引渡，给人以心灵抚慰。

文学便是一种猜想。它是一个无疆域的想象时空。它使心灵跳出肉体的缧绁，在想象的境地中，作自我补偿与调养。所以，人与文学具有本性的亲和关系，文学在每个人的内心都有一块可供观照的圣土，青春的男女天生就是诗人，亦为不谬之语。

在与文学的亲和中，分化出两种人：一种人凭借文学的丰沛与浪漫，弥补残缺，圆满梦境，使心灵得到安妥，然后再回到现实中去，以更大的自信与激情，直面人世的苍茫与无涯，以不懈的实践，修补人生的残缺。一种人，浸淫在文学的梦境中，徜徉不归，且将梦想当真，将文学当日子过。忆明珠的一首小诗，可以行状：

> 风景入目最佳处／不在此岸／不在彼岸／向前走／走过桥去／再回头／回到桥中间

“回头”这一突然的逆转，暗含着幻灭感，“回到桥中间”意味着找到新生之地。这新生之地，就是文学本身。文学已不再是架在现实与梦想间的栈桥，而是人生本身。这一类人，便是文学家和文学的痴徒。

凭窗望桥，桥是一重浪漫的风景。站在桥上度日，却是大悖于人伦与世情的行止，苦不堪言也。

帕斯说：“作家同语言的关系是争论的、斗争的关系，因为这种关系充满激情，有如性爱。”“语言文字是生气勃勃的创造物，它们向我们挑战，诱惑我们。”这便是，把文学当日子过（即在桥上度日）的精神实状。文学中人，已陷入被语言“诱惑”和与语言的“斗争”的怪圈之中：对语言的一次征服，便是人生的一次征服；在语言的构筑上的一次成功，便是人生的一次成功。为什么已功成名就的作家，仍孤灯黄盏，一篇接一篇地写作不止，仍以极大的热情关注一篇小作品的一次小小的成功，根源便在于此。但，现世的生活再不如意，却有粗糙而原始的丰富与活力，文学之境再精美，却是语言的“游戏”。便可以说，文学的人生系一种自我封闭，是在残缺的人生上的又一次缩减。

缩减的具体特征，便是敏于冥想、钝于行动，与世隔膜、脆弱多疑，空发哀叹，更新无门……在某种意义上，文人喊“重建精神家园”，实在并没有足够的底气，为这个“家园”注入活力。系在文学的缩减与困厄中，以困兽犹斗的心态，做一种盲目的抵抗。在多元选择的时代，文学人生的苍白已显得有目共睹。这客观地要求文人们，应该重新审视文学，给文学一个恰切的定位：文学不是归宿，只是栈桥——把梦的圆满引渡到不圆满的现实的栈桥。倘有更理想的通幽之径，能够给心灵以补偿和调养，为什么不去做一番尝试与把握呢？

在具体操作上，张贤亮在《拓展生命占领的时空》一文中论述道："一个人生下来时，神并没有给他指定职业，因而每一个人都可能是全能的。在一个多面体多元化的世界中，既然有机会，就应该把自己的全部潜能发挥出来。生命的光辉就是最大限度地发挥自己天生的能力，而所有方面的'感验'都能化成文字，那样的文字才是生命所刻画，能力透纸背。"这是一种心灵的悟性，是可镜鉴。总之，生命理应拓展和占领而不能人为地缩减。

1995 年 7 月 29 日

不迷本性

身为文人，又不甘心做文人；处于清贫，而又不安于清贫，这是时下文人的众生相。在“不甘”与“不安”中，一部分文人在“转轨”中有了辉煌的别业和滚滚的资财，而大多数文人依然如故，只是内心更加不平静了，心性更加迷乱了。

该读一读苏轼的《老人行》：

故国日边无信息，断鸿空逐水长流，或安贫，或安富，或爵通侯封万户。一任秋霜换鬓毛，本来面目长如故。

诗意是说，有人居于贫穷，有人居于富贵，有人居于万户侯的高位，而自己呢？只一介区区文士，虽年龄已高，已鬓如秋霜，终不会改天真率性的“本来面目”。

这是苏轼对自己的感慨，透着一种经风历雨后对人生的认知。这种认知，有几分无奈，有几分恬适，但绝无抱怨。

他认自己是文人这个命。

这个命认得好，认出了“大江东去”的文人风采，给后辈文人留下了心胸深处的一丝温暖。

“本来面目”，是指人本有的心性，系佛家词语。《六祖法宝坛经·行由品》云：

> 惠能从弘忍处接受衣钵后，遵弘忍指示，发足南行，两月中间，至大庾岭。遂后数百人来，欲夺衣钵。一僧俗姓陈，名惠明，先是四品将军，性行粗糙，极意参寻，为众人先，趁及惠能。惠能掷下衣钵于石上。云：“此衣表信，可力争耶！”能隐草莽中。惠明至，提掇不动。及唤云：“行者，行者，我为法来，不为衣来。”惠能遂出，盘坐石上。惠明作礼云：“望行者为我说法。”惠能云：“汝既为法来，可屏息诸缘，勿生一念，吾为汝说明。”良久，惠能云：“不思善，不思恶。正与么时（犹言此时），那个（即不思善、不思恶）是明上座（对惠明尊称）本来面目。”惠明言下大悟。

惠明是在惠能“开示”下有了顿悟，了解了自己“不思善、不思恶”的本性，而又有谁可予时下文人以“开示”呢？

靠文人自己。途径有二：

探望时间深处，即从黄盏下的书籍之中求得启示和抚慰，如吟读苏轼《老人行》，此其一。其二，就是自己的生活实践，在生活中碰碰壁，看一看别的角色是否可以扮得下去。

文人识得本性不是一件容易的事，因为生活在事实上并不平等的社会中，心性易被迷乱，因此有人迷恋高官爵禄，有人迷恋金钱美女，乃是自然的事。只有在时势中碰得失魂落魄，才在“猛回头”中识得自己本性。苏轼在几遭贬官，经历了一番人生沧桑之后，才有《老人行》，才安于文，安于贫，才会有“一任秋霜换鬓毛，本来面目长如故”

的激越情怀。

时下文人的不平静，便是迷了文人的本性，因而心理上难于平衡，蒙上种种阴影。可以到世事中碰一碰，走不通路以后，再复归“本性”。但像苏轼那样的人生大代价，今人又有几人能担得?！还是研读一下《老人行》，取便捷的镜鉴，少一点生命浪费，多读几本书，多著几篇文为好。

这并不是悲观。人的一生只能做好一件事，那么就把这件事做好。诗人周涛就很干脆——我是个文人，这辈子就把文学这件事搞好。既然心性是文人的心性，就不该自哀自怜，就不该上下忐忑，左右踌躇，心甘情愿地埋首其中，乐于自己的活法。

况且，文人的生活，并不是一种过不得的生活，许多甘美的滋味和情趣亦非文学之外的人所能享。比如围炉而读。一般人围炉而坐，也许只为了一刻的悠闲和温暖，而文人的围炉而读，却是一种生命的体验：围炉而坐，展开书卷，顿感城市那种特有的嘈杂、喧哗，以及被各种欲望驱动而去竞争的紧张、烦恼、亢奋像冰炭一样化去，生活显得非常祥和与温馨，心灵开始澄澈平静，精神之舟在火的温暖中无边无际地飘荡。

这是生活给文人的一种独赐。

所以，回归自己的“本来面目”，是文人的自救之法。

1995年8月2日

一句风流

时光如漏——初始，浩瀚如海；最终，只剩下茕然一粒。

这一粒，或许不是真理，但却有着真理般的价值。因为，它是存在的证明，是历史的选择。

比如我们的作家，生前可能铸就了辉煌的文字气象，但时间深处，他的作为，却显得很模糊、很暗淡、很可疑。他身份的证明，只是一两个句子。

比如孔子。他无可争辩地是民族文化的标志性人物，他的思想，已是一种遗传细胞，只要是中国人，便打着他的精神烙印。

你走入民间，问你所遇到的任何一个人："知道孔子么？"必答："知道，一个大圣人。"

"他说过什么话？"

"他说过'克己复礼，准备复辟'。"

"这不是他说的，你再想想，他还说过什么话？"

"啊，想起来了，他说过'惟女子与小人难养也'。"

"还知道什么？"

"不知道了。"

孔圣人的全部价值，在民间，在多数人那里，竟简化成了“惟女子与小人难养也”一句话。他盛名，却言寡，圣明得近乎滑稽。

比如精神圣人鲁迅。他虽然是中国文学不可逾越的一个高峰，是中国的“民族魂”，但在大众那里，他似乎只说了一句话：横眉冷对千夫指，俯首甘为孺子牛。这就是鲁迅。他伟大得如此单一，令人扼腕。

有些与孔子、鲁迅根本无法相提并论的角色，却也有着不小的声名，盖因为他们也写出了一两个在民间得以传诵的句子。

比如顾城。他是个杀人犯，却因写了“黑夜给了我黑色的眼睛，我却用它寻找光明”这句，不仅使善良的人们宽恕了他的罪行，而且还承认他在文学史上不朽的价值。

比如北岛。一句“卑鄙是卑鄙者的通行证，高贵是高贵者的墓志铭”，便使他披上了杰出的光环。

真是，卓然一句，尽得风流。

但是，风流之处，正悖逆着真相——

圣明者滑稽；

伟大者寡薄；

卑鄙者不朽；

平庸者杰出；

……

文学的欺骗性也恰恰在此。

这也是历史的无情之处：它只承认卓异，而不迁就真相；只记录流传而来的，而不怜惜被风尘遮盖的。

这不禁让我想到：文字的浩瀚其实是无用的，一些真知灼见，一些历史情感，恰恰是被浩瀚淹没了。因为浩瀚是重负，不易于传播与流布。

翻开一些旧书与古籍，发现许多真理都被发现过，正冷冷地附着在那发黄的册页之中，新的创作，只不过是再一次发现而已。文学的存在，本质上，也是新书说旧话。

所以，真理的传播，是不断发现、不断遗忘的过程。书籍即便有记述真理之功，如果不能化为人的意识，也是无用的。因为它只是外化的真理，尚未内化成人们的记忆，便不能作用于人的精神。所以，剩下的最后的一粒，也许不是最好的，只因为它成为人们唯一的记忆，便是最好的。

于是，一个思想者，一个作家，追求浩瀚，追求深刻，未必是最佳选择。生动、简洁便于记忆，可以使真理脱颖而出，作用到人的意识中去。

大众对思想和真理的接受，不是靠“看”，而是靠“听”，靠的是耳熟能详。

孔子的“惟女子与小人难养也”是口头传播到民众的意识中去的；鲁迅的那句名言，也是在一个政治家圈点之后，靠高音喇叭的强大声波灌输到百姓的耳朵中去的。顾城和北岛的那两句不俗的话，大多数人也不是从他们的诗集里读出来的，而是周围的人都说好，便记住了。我便是这种情况。并且因为这两个好，反过来找他们的诗集，发现里面有好多比这还好的句子，但因为先入为主的缘故，总觉得这些好句子不如那两个“经典”，便无心记忆了。

1995年8月13日

断章

一

对爱情的态度，可以检验一个人的品质，也可以检验一个社会的品质。

我们可以读到二十世纪八十年代以前的殉情故事，却很难找到这之后的悲情文章。安顿的《绝对隐私》不乏悱恻与缠绵，却无一例义无反顾的悲壮。在可以殉情的时候，他们选择了苟活——情感让位于世俗哲学。

于是，爱情转化为情欲的方式，存在于每一个角落。周作人在《两种道德观》中说，在情感遇到障碍的时候，人们不再选择殉情，而是退位于偷情。虽其情可悯，但终与嫖妓、蓄妾无本质区别，乃卑怯的渔色者也。

这个时代之所以不再上演感天动地的爱情壮剧，皆因市场上的利益原则为情感打造了晶莹剔透的享乐的酒杯，渔色要赶早哇，潇洒走一回。

二

张爱玲喜用“纯洁得卑鄙”这样的句式。

用这样的句式可以造这样的两个句子：

一个正常的人，既要远离淫荡，也要退避贞洁。后者让人感到自己太不正经，前者却使人觉得自己过于正经。

一个平凡的小人物，也要远离两种人：一是小人，二是君子。前者让自己感到至高无上，后者却使自己无地自容。

三

人生苦痛的实质，系“欲”之不尝也。

这是宇宙的正义：生活的欲望之罪，必以生活的苦痛罚之。

所以，人生的幸福之途在于远离欲望。

然而，我们的民族文化的传统是乐天的，历史上的戏曲、小说作品无不反映着这一精神：始于悲者终于欢，始于离者终于合，始于困者终于享。这种文化的熏染，使人们失去了对痛苦的敬畏，认为人的一切欲望终究会得以满足，便放任自己的欲望。所以，中国文化的本质，是享乐主义的，便不会产生震撼灵魂的悲剧与壮剧，便失了人生的庄严。于是，任何正剧，均可以被消解为闹剧。

最后的结局是，我们的解脱，不是来自自律，而是缘于他律，一切听凭命运的安排。因为命运总会把幸福赐给我们。

1995年8月30日

梦之梦

一

我不是职业书写者，所以每周都有个卑微的期许，便是双休日的到来。

其中的理由也是卑微的，便是在这个私人化的时间段里，可以卧读，可以睡懒觉。

睡眠在这时，已不是生理的需要，而是为了完成一个完满的梦境。平日扮演的角色，使自己深陷于他人编织的网络，被动地奔走与居停，令神经衰弱，常于凌晨三四点钟勉强入眠。昏睡之中，或无梦，或梦境凌乱。醒时，肉身乏力，心神黯淡，苦不堪言。

然而还要到社会上奔走，像被身外的一条绳索牵引着，颇有被役使、被物化之感。

而慵懒地睡在床上，完整而清晰地延长着一个梦境，才感到魂归故里，自己依然是自己。不禁想到闻一多的一首名为《睡者》的小诗。诗句感性而又质朴，写出了大美无痕的自然律，人性极了。诗的最后，他对“睡者”之境有毫不掩饰的认同，写道——

那人心宫底禁闼大开，

上帝在里头登极了！

梦这种对现实的疏离和超越，使我们梦想着梦。

当我从长梦中醒来的时候，居室里已洒满了阳光。在眼皮睁开的初始的迷蒙中，甚至看到了阳光是在颤动中游走的。阳光透过厚厚的被衾，照在臀上，热热的、痒痒的，身子不禁膨胀起来，像一只充满汁液的虫子，直想蠕动。尺蠖一样蠕动了一番之后，把自己松软地摊开了，有一种透彻的舒泰。

窄仄的居室，因阳光的充盈与流动，也豁然开阔了。

人和环境在同时扩张。

二

这是多么难得的自由伸展啊！

此时的我，远离了与他人的争竞，也远离了被时尚裹挟的利益追逐，无须再作茧自缚，无须仓皇争抢，真正进入了“人”的生存状态，便懒得起床，便作率性的卧读。

信手抄得一册，是西班牙超现实主义电影大师布努艾尔的自传《我的最后一口气》。

书中竟有一段与“当境”谐美的话，静静地候在那里，一经读到，便让我大为动容，且唏嘘不止。他说——

如果有人告诉我，我只有二十年可活，并问我怎样打发这二十年时光，我会这样回答：我每天只拿两个钟头进行活动，其余二十二个钟头都用来做梦，而且，最好都能记住这些梦的内容。

情动之下，我一口气读完了整部传记（十七万字！），体会到，他的这段话，几乎就是对他一生生活样相的形象概括——他的每一部电影，都是对梦境的一次记述。比如他的经典作品《一条安达鲁狗》，就是他与达利梦境的融合。从艺术史上看，对做梦的热爱和对梦的内容的极端兴致，是所有超现实主义者的最重要的共同点——他们活在梦中。所以，与其说布努艾尔的话是一段率性的戏语，莫如说是超现实主义者最庄重的行动宣言。

坦率地说，布努艾尔是自觉地生活在梦的“余影”中的人，是被梦成就的。如果没有梦，就没有他的那些独标影坛的作品。没有梦的“超现实”品性，依他本人中常的智性，甭说大师的地位，他能否从浩渺人海中秀出，亦未可知。

玉米靠阳光的牵引，获取了拔节向上之力。

文学艺术因梦的托举，才成了超现实的存在。没有对现实的超越，艺术品的精神属性便颇可疑，像一般商品一样，消费之物而已。

三

事实上，中国人是很早就懂得梦在艺术创作中的作用的。

“梦笔生花”便是个坚实的例证。这个成语的知名度是很大的，粗通文墨的人都能准确地理解其中的含义。

“人生如梦”，最原初的词性，也不是贬义的。从老庄那里得来的信息，梦是一种理想情怀，是对肉身的超度，即人性之上的神性。

关于梦的字句，在中国古老文化与哲学的典籍中，俯拾皆是。梦，几乎就是中华民族传统文化的母题与核心。中华民族就是在梦中发愤图强，生生不息的。曹雪芹的《红楼梦》便是最具经典意义的文本符号，它把中国作为“梦之乡”的生命基因和遗传信息从古老的历史中凝聚，又延宕到未来的时空深处。于是，在雨果、伏尔泰的意识里，以中国为代表的古老的东方文化，甚至就是西方哲学与艺术的根祖。

鲁迅那代文人是懂得梦的，1933年元旦，在胡愈之主编的著名的《东方杂志》上，鲁迅、胡适、章乃器、王芸生等几乎当时所有的重量级文化名人都留下了关于梦的畅想。这种有关德先生和赛先生的畅想，使他们不能再忍受体制的捆绑，在“黑屋”的墙上凿开了一扇扇窗口——把五四新文化运动的精神和传统张扬到了极致。

在这里，梦与变革有关。

说到鲁迅，便联想到他说过的话。他说，中华民族若欲图强，其第一要务乃是“立人”，而立人之道，“乃必尊个性而张精神”。进入二十一世纪，人们在利益最大化的鼓噪下，血脉偾张地追逐时尚和物质的占有，精神之光黯淡了，人生活在共同消费的欲望里，于是，我们面临着更大的“立人”的危机。

所以，我们到了非谈梦不可的时候，因为梦是对“物化”的消解，是对“精神”的崇尚。

四

阳光温抚下的慵懒，使我陷入冥想。

尺蠖为什么不停地向前蠕动呢？前面一定有一个终极的存在，给它以足够的诱引。

也许就是摆脱物化、追求更高方式的生存之梦吧。

这让我想到钱钟书《石语》中的一个词：诱励。

诱励，是由外到内再到外的驱动力。它属于梦。

《天方夜谭》中的水手辛巴达，在沧浪中漂泊，每遇劫难，总有一种曼妙的幻境在眼前闪现，给他一种“诱励”，像虚妄的双足踏在坚实的大地上，只需忍韧地走下去而已。

杰克·伦敦《热爱生命》中的那个淘金者，在绝境的昏蒙中，也正是一个对人间回望的梦境，诱励他把钝化的牙齿尖利地咬向饿狼的肚腹。

……

梦尽管是一线缥缈的希望，是一丝将断的鼻息，但它却给了人峰回路转、起死回生的期盼和信念。无形无力的梦可以演化成诸多有力的实体，譬如金丹、渡船、天梯、翅膀、响箭，甚至小小的拐杖。

郑智化是个尺蠖般的残人，但就是他那双小小的木质拐杖，却支撑起了无数人金刚不坏的生活信念和生命尊严——

> 风雨中这点痛算什么，
> 擦干泪，不要怕，至少我们还有梦！

梦使人羞于言痛，更耻于弃绝。人毕竟不是尺蠖，生而为人，不能不弘毅。

五

或许因为自己究竟还是个书写者的缘故，我再次想到了文学。

想到当下的中国文学时，我感到很难为情。

近来，一些忠实的文学读者纷纷对我说：“当今文坛，无书可读。”

缘何如此？正如蔡毅先生所说：

> 现阶段的中国文学，过于世俗，缺乏超越感、悠远感和

艺术性，眼界狭小，拘囿于对具体人事的热切关注，而忽略对普遍性问题的观察和思考，太多现蒸现卖、急功近利的作品，缺少目光远大、意蕴深邃的精构，更缺乏具有精神超越性和灵魂升华感的杰作。

原因可列种种，但最根本的症结，是书写者对现实的匍匐，由此而来的，是追逐时尚而被时尚所奴役，索求功利而被功利所阉割。本来耕耘的是一块梦园，种植的是一种叫精神的植物，最终是交给灵魂去收割，偏偏要开办流行商品分店，趸卖市井风情和物化趣味，供感官消费，给肉欲买单。于是，文学从本质上已经沦落了。如果时尚是一条宠物狗，那么，文学就是人造的狗食。

文学之所以存在于人的生活，因为文学是人性之梦——人类寄希望于文学的非功利性、乃至神性的“诱励”而摆脱其动物属性，它也是人类对抗物化，乃至异化的“最后的救赎”。那么，文学的根本存在，应该是对现实的疏离和超越。

然而，我们的书写者已被现实收买，他们放弃了做梦的权利。因而他们的想象力水平甚至尚不如一个寒而望暖的街头乞丐，也只能制造些琐屑的“平面化”的文字。

一个伟大的书写者，应该是一个伟大的梦想家——马尔克斯的《百年孤独》中，如果没有那块在天空中载人飞行的乖戾的“魔毯”，就没有时光的流转和灵魂的再生，就不会在世界文坛产生那么强烈的震撼，无非是《创业史》的非洲版而已。《尤利西斯》的浩瀚长卷，如果没有大梦一般的意识涌动，人的精神就不会打破时空界限，做无限的扩张。《尤利西斯》所立足的一个人的一天的生活历程，如果依当下的中国书写者的逻辑而作“平面化”的现实叙述，不过是一个畸恋者，面对着一张性感的白屁股，手淫一次而已。

六

我无能力给梦厘定一个与现实对应的概念。

但是，我可以毫不心虚地说，梦是灵魂在生命中的现世存在，因为梦，我们的肉体一次又一次地触摸到了灵魂。

对这个时代，苇岸有一段准确的概说：

> 这是个被剥夺了精神的时代，一个不需要品德、良心和理想的时代，一个人变得更聪明而不是美好的时代。仿佛一夜之间，天下只剩下了金钱。对积累财富落伍的恐惧，对物质享受不尽的倾心，使生命变成了一种纯粹的功能，一切追求都仅止于肉体。

于是，人们拼命地追求实际、实惠、实利、实用，交换法则取代了情感尺度，以至于品德和良心、理想和信仰、爱和美，这些人间最珍爱的东西，因为不实际、不实用，越来越被人轻薄和嘲弄。

然而，生命有它自身的律令，这些不实际、不实用的东西，正是人性生成和涵养的土壤，它能让人感到与其他生物的区别，体会到自身的美好。人性的深处总有一些永恒的价值，在人性迷失时发出声音，譬如："能用钱办成的事都不是大事"，"能用钱买来的感情也能被钱买走。"

清风明月的亘古之美，怎么能被金钱所独家占有？爱的无怨无悔又怎能评定价格？

正因为"无用"，才悲壮才崇高，才让人感到精神的高贵，因而产生对灵魂的敬畏。

而买来的爱情，让人轻贱，欲望拖累之后，肉体成为可憎之物。

于是，人要活得有些尊严，不能没有“形而上”之梦——

物欲蠢动的时候，我们独守精神；工于算计的时候，我们哺育爱心。

一个年幼的乞丐，在呵斥和羞辱中好不容易讨到了一块面包，然而他却转手就送给了身边的伙伴。这不是小说，而是一个我亲眼所见的街头实景。现在想来，我依然泪流满面。

七

其实，所谓梦，不过是摆脱物质覆盖的心灵操守，超越流俗的价值取向，以及对现实规则的自觉完善。因而梦具有超世、背时，甚至忤逆的味道。梦者往往被看成不识时务、不合时宜的人。

然而，真理往往属于那些“大梦不醒”的人。

这已无须作具体的例证，因为例证太多，每个人都能随手捡拾到他感兴趣的个例。

我想到的是，正是那些不识时务、不合时宜的梦想，使他们放弃了现世的得失，不被现实奴役，并克制了一己的物欲，寄情于普世与众生，成了具有“公共灵魂”的人。

于是，正是这些伟大的梦想家，使“利他性”成为人类的可能，因而提升了人性的标尺，拓展了心灵的维度，让人成为人。

今人之所以幸福，是因为生活在前人的梦中。

当我惭愧于梦在现世的缺失的时候，我突然想到了一个人，即苇岸。

苇岸在几年前离世时还不到四十岁，相对于人生的漫漫长途，他还是个少年。个体生命正处在人生享乐的年华，社会潮流也是享乐主义至上。然而，他固执地与时俗对抗，在商业原则主宰的大合唱中，他以足够的理性和耐心，兀自吹奏农业文明的田园牧歌——建构、践行一种本质在于远离欲望、忠于内心、节制自守、利他奉献的“土地道德”。

他伫立于朝露浸润的麦地之中，感受大自然的自然律动和地平线之美，从“大地的事情”中寻找人间正义、生活道义和人性含义，试图把人从物还原成人。他说：

> 看着生动的大地，我觉得它本身也是一个真理。它叫任何劳动都不落空，它让所有的劳动者都能看到成果，它用纯正的农民暗示我们：土地最宜养育勤劳、厚道、质朴、所求有度的人。

透过字面，他的“土地道德”不仅是一种“诗意栖止”的生活方式，更是一种本质上的民主原则——在利益追逐的道路上，投机、欺诈、排挤、盘剥、独霸比比皆是，“自己活就不让别人活”的现实操作，恶化了人与人之间的关系。

苇岸作为大地的一名守夜者和梦游人，多么像现代的堂吉诃德！他的声音在物欲的喧嚣中是那么微弱，他的努力很可能徒劳。但是，大地是人性的主要贮存器之一，在时间深处，大地会无声地消融掉一切污浊和劣迹，长出最合它心意的美丽的植物。

八

公元前六世纪的希腊诗人品达在他的《圣洁之死》中，把人叫作“影之梦”，或“烟影之梦”。

这个意象，形象地揭示了人与梦的关系。

人的眼界和触角是极为有限的，借助梦，人可以拨开迷障看到和到达不能到达的境界。

人的趋利本性使人的生活过于实际，借助梦，人可以学会艺术地生存而在诗意中迷醉。

自身的局限使人残缺，而梦却让人实现圆满——人须臾不能离开梦。

电话铃声打断了我的冥想。一个开书店的残疾人打来电话，说，他整天守着书，知识和智慧始终像小葱一样在他面前鲜嫩着，如果不从中“趸”点儿什么，实在可惜，便试着写了两篇，问我是否有时间，不知肯不肯给他看一看、指点指点?

这是与梦相和谐的情致，像阳光温抚我的肉体一样，一下子温抚了我的心灵，我毫不犹豫地答道：“有时间，有时间，我怎么会没时间?”

我开始穿衣服，心里莫名其妙地生出一种富有的感觉。

平日里在市面上游走，看着人家的香车美庐，感到自己很穷；看着人家的前呼后拥，感到自己很落魄。现在想来，自己忧虑的原来都是身外之物，生命的必需品，其实自己一项也不缺。正如梭罗所说，多余的金钱，只能购买多余的物质，真正的生活所需，是不需钱的。

换个说法，眼光太“实”，则忧于物、忧于利；心灵守“虚”，乃乐于情、安于智。“园小栽花俭，窗虚月到勤”，这样的境地多清洁，多美。

美好的情感都是乘“虚”而入的，梦让心舒展，感到充实。因此，人成为唯一能在非功利中存活的动物!

身贱之人，更不能缺少梦，因为“禁闼”一开，“上帝在里头登极了!”你会成为自己的“心中之王”，即：人人皆可为尧舜。

出得门去，新鲜的阳光一下子簇拥了我，迈出步去，感到从来没有过的自信和从容。

突然就想到了《沙恭达罗》里的一个句子——因为臀部肥重，她走得很慢，袅娜出万端风情。

沙恭达罗有大美，她无须急迫登场。我们因为有梦，能感到心灵的圆满与充盈，生命也因此而风流有自。

2003 年 12 月 16 日

美味之鼠

著名报人张友鸾是个妙人，每著文不忘调侃。

他写优生学家兼心理学家潘光旦时，贴着潘的身份，写了一篇《潘光旦食鼠》。读过，感到调侃有时比正论要深刻得多。张友鸾在文中是这样描述的：

1940年，潘光旦在西南联大执教，任教务长，同时研究优生及心理学。其时云南多鼠，潘深受其苦，便每天晚上张夹设笼捕之。有一日竟捕鼠十余，剥皮斩头，掏取内脏，洗净切匀，让夫人治为肴馔。夫人皱着眉头问道：我做饭，每日三餐虽说不上丰盛，却也常有鱼肉，今日为何以此苦役相难？潘解释道：我这是为了学术研究，不关伙食，请你一定要帮助我。夫人无奈，只得切葱拍姜，烹以酒。少顷煮沸，竟甘香扑鼻。潘大喜，欣邀好友亲朋数人，其中还有同作心理学研究的教授和学生，谎称偶获野味，欲与诸位分享。鼠肉端上桌来，潘举箸相邀，张口大嚼。众客闻香而动，应声共啖。然而咀嚼再三，竟不辨是獐是鹿。一客问道：此肉质细而嫩，且味道鲜美，不知是何野味？潘笑而应曰：鼠肉。众客哗然。想再尝一块的停住了筷子，嘴里正咀嚼着的则吐了出来。见此情景，潘一再保证，其中绝无有害身体健康之物。但无论怎么劝说，直至终席，终无问津者。潘光旦教授轩然而笑说：我又在心理学上得到一条证明。

鼠肉质美，且无害，非秽哕之物，人之所以不能接受，盖先入为主的观念使然。即：鼠之惑，不惑于鼠，而惑于人心。

取“惑于心”的视角，再去关照熟悉的物事，感觉就大变了。

英伦散文，文字净雅，论理谨严，是很耐咀嚼的。长期以来，几个英伦散文的选本，一直是作为枕边书而悉心揣摩的。但读过爱尔兰作家乔治·摩尔的《一个青年的自白》之后，就再也没有阅读的兴趣了。即便是硬着头皮读上几页，也是兴味索然，直感到，它谨严的观念的背后是陈词滥调，净雅的文字背后是装腔作势。

乔治·摩尔揭露了一个真相：英国散文的作者，都是一些三流的作家，他们被证明在小说上已属无能之后，才去操弄散文。“在英国，只有劣等的头脑才想写散文。”乔治·摩尔说得直截了当，很是无情。他还举了笛福的例子。

笛福因为著名的《鲁宾逊漂流记》而成为杰出的作家，但是，他的其他文字，也就是他的政论、随笔和散文，却都是文学垃圾。为了能够发表，他可以把自己的文章卖给任何一个愿意出钱的人。“一个作家，一旦他写出了一部杰作，他就不再是三流作家了。”

乔治·摩尔认为笛福的成功说明了这一点。尽管散文占笛福创作总量的大部，尽管他的散文与其他同类作家相比毫不逊色，如果没有《鲁宾逊漂流记》，他什么都不是。

或许乔治·摩尔写的是“酷评”，在极端中有失公正；或许英伦散文本身尚具有一流的品质，有不可湮灭的文本价值。但是乔治·摩尔的话，依然有颠覆作用——作为读者，我再也不能用确定不移的眼光看待那些作品了，我的阅读快感消失了。

鼠肉无辜，错就错在我们知道了是鼠肉。

钱钟书是个博览群书的人，他肯定遍尝了这种文字颠覆文字的况味，所以他用广采中西佳句的手法建构他的《管锥编》和《谈艺录》，让别人在纸面上互相撕咬、丢丑露乖，而自己在背后偷偷地笑。所以他要拼命地推拒崇拜者的拜见，且说：鸡蛋好吃尽管吃就是了，没必要去晋见鸡婆。

在得意之中，他也没忘记，鸡婆的形象是很不雅逊的，堆满屎溺和乱草的鸡埘就更不雅逊。

所以，钱钟书也是个妙人，妙就妙在，既“知鼠”，又“烹鼠”，且“食鼠”。

人间世，还有一种妙人，那就是美人堆里的真美人儿。

即便是在众星捧月般如梦如幻的胜境中，她也不会恣意绽露，忘乎所以。她始终清醒于自己美丽背后的真实成色——

她知道真实的自己，有淡淡的狐臭，腋下的芬芳，源自香奈尔一号；她知道自己有很深的哀愁，灿烂的笑容之下是暂时被遮蔽的阴郁；她知道自己在睡眠中，会不由自主地流下口涎，且伴以毫不女性的鼾声……还有，在独处时，眼袋会发黑下垂，居室会凌乱不堪；还会不择时机地放屁，忍俊不禁地傻笑，傻笑时口腔深处的龅牙会忽隐忽现——总之，鼠相难改，鼠迹狼藉。

所以，真美人美就美在懂得韬晦之术——她不让人轻易接近，更免谈闺帷之事，她矜持神秘，内敛避俗，弄得很私密。

私密使她不露败象，便有猜不透的魅力，便有接近完美的美丽。

这就是国色天香的真相！

所以，真美人与大智者是同一类角色，她不是美在天生丽质，而是美在后天的智慧——

让你只知道是美味，却永远不知是鼠肉。

正如乔治·摩尔所说：“诗之美在于晦涩，肉欲之美在于隐忍。”

2005年5月20日

吃的名分

中国文人是善谈吃的，无论古今，也无论名分大小，几乎每个文人的笔下都有谈吃的篇章。吃，虽然是形而下的事体，但一经文人描摹，就“雅”，就“文化”，就跟民族历史、民族性格有关了。

袁枚的《随园食单》、梁实秋的《雅舍谈吃》好像都成文化经典了，是不能随意阅读的，要品味，尽管琐碎无聊到了不堪忍受的地步，也是要读出深文大义的。否则，你就会失去文化人的身份。

事实上，文人在现实中，是相对贫困的一族，吃饭是很成问题的，美食精馔常与他们无关。但他们有太强的身份意识，灶间的清汤寡水，会转化为字纸上的曼妙趣味。不必吃得好，一定“说”得好，否则，就真的落魄了。

大户、市商、官人，是占据着美食资源的，然而他们不会“说”，所以他们虽饱享滋味，但依旧是伧夫俗人——文人正是在这一点上找到心理平衡的。满清贵族是最懂得文人心理的，他们请来一大批有头脸的文人做食客，让食客替自己“说”，因而，同样是“朱门的酒肉”，却也香雅了。

所以，孔乙己虽然不幸，但却有“符号”价值，那几粒之乎者也的茴香豆，正吃出文人的风度。鲁迅真是深刻得刻薄，他揭裂了文人的面子。

不由得想到伊壁鸠鲁所说，一切好东西的开始和根基，都是肚子的舒服。因为即使是高级动物，也必须考虑这个问题。他是个堂奥深广的哲人，说的却是大白话（大实话）——一切精神的、道德的和文化的升华，都取决于身体需要的满足程度。食不果腹的时候，是无力进行思想的，更遑论文章的精深和精致。像孔乙己那样式微的地位，连自己的生命都朝不保夕，却还要承载文化上的担当，殊可笑，也殊可悲。

中国的许多古话也是很朴实的，比如“食、色，性也”、“民以食为天”等。它们道出了关于吃的最本质的含义，饮食无非是为了生存，为了活命而已。所谓饮食文化，不过是饱暖之后，一点闲心而已。这一点，东西方是相通的。

北方人在茅厕里见面，打招呼的一句话也往往是“你吃了吗？”可以想见，吃作为人生存的第一要素，已是深入到人的潜意识了。有的吃就是有的活，这是最重要的，至于文化不文化，真是闲扯淡的事！茅厕里的气味，对食文化的香艳，是莫大的反讽。我每一想及，都会窃笑不已。

纪晓岚的《阅微草堂笔记》里有一则故事，一个落魄的秀才为了体面，在门后放上一张猪皮，每出门前都要在嘴巴上蹭一下，沾上油光，给外人一种总有肉吃的印象。虽然肚里只装着几碗草根菜叶，也要装出饮食肥厚肚腹充盈的样子。这就给自己制造了障碍，当人家赏他美食之时，为了虚荣的缘故，他会摇头说道：“吃过了。”走脱了人们的视线，他失声而泣，因为他错过了一次打牙祭的机会，自己欺骗了自己。

我觉得莫言的《丰乳肥臀》是一部严肃得近乎残酷的书，里边有个细节把人性的底色淋漓尽致地揭橥出来了——一个农场里的女知青，被饥饿折磨得昏沉不清，就渴望着去死。那个农场的负责人手里攥着两个馒头，对她说，他可以让她吃到馒头，但是她得给他她的身子。那个女知青沉吟了片刻，点点头，把清白的一张臀耸给他。她一边承受着男人对自己身体的野蛮冲撞，一边泪流满面地吞咽那两个馒头。事毕之后，她面带微笑投河自尽。她内心是平静的，并没有所谓伦理上的自责，因为最终还是填饱了肚子，没有做饿死鬼。中国文化的轮回部分在普通人那里最有市场，饿死鬼是不得托生的。

记得我当时读到这一节的时候，我泣不成声，一下子明白了一个道理：道德的底线，是建立在生存的底线上的。从那一刻起，我感到美食家们的审美趣味，包括所谓的文化评判，都是可疑的。吃的名目尽管纷繁，但归根结蒂，无非简单的一个生理过程而已——吃本身，是大于天的。

那年去凤凰，在产地喝到了当时名噪全国的“酒鬼”酒。当地人介绍，别看这酒有大名，且每瓶卖到五粮液的价格，其实酒的成本才几元钱，只是因为装酒的瓶子很文化，且是一个近似明星的大画家设计的，便有了巨大的文化附加值。所以，文化有放大功能，文雅得近乎欺骗，不仅与事实的真相远离，也遮掩了朴素的真理，对诚笃的人有大的伤害。

因此，对普通人来说，吃饭只求饱，切莫追“味”，更不能迷信“文化”，那是要付出代价的。

汪曾祺和林斤澜被文化“伤害”得人情练达了，他们绝不迷陷在酒池肉林之中，也不当高餐大菜的奴隶，而是本分地享受几瓶绍兴花雕。这种黄酒，价低质真，不欺心，也不欺肚腹。在他们看来，所谓美食，所谓美味，首先在于要有美的情调、美的情趣。心境好，可以娓娓地说几句人话，再卑微的小菜，也是大餐。

前不久，看了一张碟，是饮食题材的韩国影片《厨娘》。影片的调子很朴实，大部分镜头都闪回在一个小小的厨间和一个小小的厨娘身上。影片的情节也很简单——顺英的父亲因贫困把她和妹妹顺喜卖到宗氏大户作厨娘。顺英本分平静，潜心厨艺，受尽寂寞的煎熬，但把自己成就为受人尊重的韩餐大师；而妹妹顺喜爱慕市井颜色，不堪老死庭厨，悄然出走，在声色场上享尽荣华之后，终为弃妇。东家的少爷，也觉餐饮的家业虽殷实却琐碎无聊，扛着一把小提琴去当他的浪漫艺术家，最后的结局是壮志未酬，心已飘浮，浪迹江湖，踏上不归路。

撼动灵魂之处，是顺喜与少爷每到路绝之时，都要回到顺英的灶间，吃一顿她亲手为他们烹制的家常饭。填饱肚子之后，他们落魄的心立刻找到了一种平衡，激愤的心也平静了。感到万事的争竞，千里的奔波，无非落脚于一餐一饭，日子里只要是还有东西可吃，就还有路可走，生活就有理由继续下去。

因此，顺英在局促的小天地里，竟把人间沧桑看透了。有人可怜她，说："你把如花的韶华都耗尽在一粥一饭之上，不觉得很可惜么？"她说："人活着就要吃饭，而且每天都要吃饭，所以厨间的事平常、平凡，但却是最重要的。"她有成就感，因为她是在为天理掌勺。

感于食坊的利薄，老板娘改行经营酒店，于是原本清静之地，变得夜夜笙箫，男昏女浪，红尘蔽日。在发达的同时，因为陪酒，老板娘的身体垮了。奄奄一息地躺在床榻上，她心如死灰。顺英调制些素软的吃食，劝她吃下。那个濒死的生命，竟慢慢地将息过来。顺英说："酒肉盈腹，只可以乱性、乱智，生多余的欲望，而朴素的食物才养人呢。"

老板娘惊叹不已，觉得顺英不是简单的一个厨子，而是承载了天启的人。于是她毅然把酒店关了，恢复了原来的食坊，她们生活在平静、温馨而心甘情愿的日子里。后来，身边那些暴饮暴食的人都死了，而她们却有滋有味地活着。她们寂寞地美着，让人心动，尤生嫉妒。

我想，朴素的食物，与人间的炊烟相近，与生命的本质相近，是真正吃给自己的，是认真的活法。品食甘味的时候，嘴是不说话的。为什么民间总是劝告自己的孩子，要“食不语寝不言”，盖因为一旦说话，真香真味就从嘴角悄悄地溜走了。

所以，文人真是可怜，他们空留下了一个“吃”的名分。

2006 年 8 月 20 日一稿

2010 年 10 月 21 日修订

门外剧谭

在中国，人与事，一入百年，便要做寿——与其说是一种习俗，不如说是一种文化现象。盖可以划入“福”文化的范畴。今年，中国话剧正逢百年，官方与民间、纸媒与网络，均闹热了一番，有高势与大庆之概。

忝为文化人，自然是喜的，但没有喜到非要说点什么的程度。因为的确是门外汉，有时剧情都看得含糊，没有确语。不像谭宗远先生不仅入门道，而且还上台面。但是铁猊先生很执拗，又来逼“宫”，情辞切切，说喜听我妄言——妄言有趣也。

在民间，制造趣味的，往往是小丑。既然地位如此低微，也就无所顾忌了，“趣味”一回吧。

据我所知，中国话剧的初创人李叔同先生，把西剧引进中国，也并没有庄肃的用意。他受日本文化的影响，对“粉扑”一类有雅好，更爱女伶，对男儿身份是有隐隐的憾意的。为了圆梦，他要在舞台上女儿一番，便成立了春柳社，排演法国小仲马的名剧《茶花女》，并亲饰茶花女。据说，他的扮相楚楚动人，戏份儿很足，受人追捧。私好被满足之后，开始朝着正剧方面转向，又演出了根据美国斯托夫人的小说改编的《黑奴吁天录》，“女伶”李叔同，便在中国话剧史上有了“符号”作用。

五四时期，从欧美和日本留学回来的青年知识分子，他们一方面大力鼓吹并推动对西方戏剧的翻译工作——据统计，短短的二十年间就向中国译介了欧美剧本约一百八十种。另一方面他们也模仿西方剧本样式进行创作和演出。脱颖而出的人物有欧阳予倩、田汉和洪深，被誉为中国话剧的三大奠基人。

可以说，中国话剧的一百年，是一路“模仿”而来的历史。

但是，中国文化具有巨大的“融化”功能，一百年的历程中，西剧的人文特征，渐渐被“化”掉了，而形成了自己的三大传统，即：借鉴、融会古今中外的戏剧因素的传统，参与时代、社会、现实的传统及不断民族化的传统。到了今天，像西服也是“国服”，话剧也成了“国剧”，它的来路已经看不清了。

这很好，中国人又有了一种自己的表达方式，丰富了民族的艺术（文化）谱系。

从事实上看，话剧在民族救亡、民族解放和民族振兴上，始终与时代诉求同脉，在救亡、启蒙、鼓动、控诉、教化等诸方面发挥了别的艺术形式所不可替代的作用，它的历程是一部光荣的历史！

从个人雅好，到历史担当，这或许也是一种真相。

从个人趣味上掂量，对中国话剧还是有许多话可说的。

从审美层面讲，中国的话剧在总体上，是附着在时代、潮流和“政治主题”之上的，特别注重宣传的功能，因而是“观念剧”，或“功能剧”。鼓动、控诉与教化，极强烈地煽动了人们的情感，引发了人们的“参与”意识，譬如，《放下你的鞭子》会激起革命的愿望，《日出》则会激发对资本家的痛恨。但激情之余，少回味，更缺乏悠远的蕴藉。时过境迁之后，对人们的影响就淡了。小的时候，第一次接触中国的话剧，是工人业余宣传队的下乡演出，具体剧名已记不得，好像是个“反潮流”的主题。那时村里没电，在大队部搭了个临时的台子，台口上挂了两盏汽灯。汽灯烧起来的时候，发出吱吱的声响。这对孩子来说，很新鲜，很令人兴奋。但多年以后，剧情全忘了，因为里边多是豪言与壮语，甚至是一些时鲜的口号，没有一个血肉丰沛的人物。至今最深刻的印象，只是那两盏汽灯，还有奋不顾身扑上去的一群接一群的飞蛾。

所以观念剧的命运往往循了这样的一个轨迹：流行——流俗——流失。许多当时很轰动的剧目，都湮灭了。有心人追索一番，想重放光明，但也只能笑而作罢，因为用今人的眼光审视，无非是一些“小儿科”而已。

西剧则不同，它是“性格剧”，主题一般选取“基本人生”问题，表现人与现实的紧张关系，即：在客观环境下，人心的动作及人性的种种。它特别注重人物的塑造，凸现鲜明的人物性格。时间深处，剧情或许不能完全记起，但许多细节，人物的基本特征，却历历在目，拂之不去。譬如莎士比亚的戏剧，其中哈姆雷特立于城堡上，既犹疑又果断、既软弱又残酷的人物形象，看过此剧的人，都是有不灭的印象的。恩格斯对莎剧在情节上的生动和丰富是大加赞赏的，他在给拉萨尔的信中特别叮嘱，德国戏剧要立于不败之地，就要从席勒的说教式激情转向思想的深度与莎剧情节生动、人性丰富的完美结合。他说：“我们不应该为了观念的东西而忘掉了现实主义的东西，为了席勒而忘掉莎士比亚。”

性格剧因为反映人的命运，有丰沛的人性信息，它不受时空的影响，有常温常新的“永恒性”。罗密欧与朱丽叶的爱情忧伤，不论是昨日与今朝，只要是有男女的地方，总是能被当事人感觉到——其普世意义是不言而喻的。戏剧中的情景，有不竭的“现场感”，谁都可以是罗密欧与朱丽叶。

性格剧有很大的“衍发性”，用戏剧界的术语来说，就是有丰富的“副主题”。莎剧《哈姆雷特》据业内人士分析，最多可以找出四十多个副主题，对社会、人生、文化，对亲情、友情、爱情，对恩仇、悲喜、离合，都有思考与呈现。其表达的丰富性便“海”了。仅哈姆雷特的一句“To be or not to be”式设问，便既是悬疑又是哲理，既是天伦也是人情。因此每个人都可以找到心动的触点——旧语说：“每个人都有自己心中的哈姆雷特”；新语则说：“总有一款适合你。”

观念剧意义单一，又具语言暴力的状态，观众会产生本能的厌倦，而性格剧提供了参与的空间，观众在“感同身受”中，沉浸其间，戏剧伦理便不知不觉地“浸润”到人们的心里了。不事教化，而胜于教化——此等境地，妙不可言矣。

从文学的角度看，中国的话剧，不适宜阅读——脸谱式的人物、平面式的结构、口语化的文字，意义单一，没有想象和再创作的空间。其实话剧的流传，观剧仅仅是少数人，更多的是去阅读剧本。莎士比亚剧作的影响，主要是他文学上的作用。他的剧本，既是小说，又是诗，既贡献典型人物，也贡献典范语言，可以满足不同的阅读趣味。所以，莎剧每剧都是文学经典，超越了舞台。说到中国的剧本，洪深的浅易，郭沫若的浮躁，几乎是不能卒读的。只有在曹禺和老舍那里，还勉强有些意味，但还是没有做到功德圆满——曹禺的《雷雨》，是有大意境的，人物也还丰满，但主观的意图的呈现在某些部位过于急切，喋喋不休地说着业已“破漏”的道理。老舍的剧，人物命运的框架之下，更多的是老北京的风俗和市民趣味。剥离了这种趣味，剩下的意义就不多了。以上说法，自然失之刻薄，但既然是“妄言”，率性地说来才有意思。

总的来说，中国的剧作家还是太传统、太老实、太近功利，他们匍匐于现实，观念先行，致用为本，缺乏深入人心和人性的勇气。王尔德虽主攻喜剧，却有向上讽刺的锋芒，《一个无足轻重的女人》，从小女人入手，直刺英国人的劣根性，这一点与鲁迅的《阿Q正传》相仿佛。他的唯美，国人一直认为是对“形式感”的注重，甚至鄙薄为一种异趣。其实他是把艺术作为至上的追求，他不服务于现实，而是把常人忽视的生活真相，变成“看得到，摸得到，可以把玩的美。”

其实艺术要实现价值，就要与现实相疏离——潮汐过后，才能拾到珍贝；沙漏之下，才能拣到真金。艺术至上就是强调戏剧（文学）与现实的“距离”与“间隔”——风云际会之后，才有拨云见月的境界；激情燃烧之余，才有理性思考的可能。这时的艺术，才能揭示出生活的本质，才能被人心“受用”。王尔德的《莎乐美》，在形式上，美到了极致——艳妇莎乐美 + 银盘上施洗者约翰的人头 + 凝聚的追光，多么刺激！多么华美！但大美之下，是极其质朴的真理，即人性的复调——爱与恨、忠诚与背叛、柔弱与决绝、贞淑与淫邪、固守与放弃……种种复杂情感都在一个人身上重叠了。

于是，莎乐美是永生的。

去年，瑞典剧作家斯特林堡在中国得到隆重纪念，有关文章发表得很多。这一现象，说明斯特林堡的戏剧精神，在中国话剧界，乃至文学界，形成广泛的反思。这代表着中国话剧自主意识开始觉醒。斯特林堡的话剧精神，从本质上，是与莎士比亚、王尔德一脉相承的。他创作的出发点，就是人性的复杂性。他以法国心理学家特乌杜勒－阿蒙德·里博的研究结论为圭臬——人的个性不是由唯一的、占主导地位的特征来决定的，而是由很多同时存在或相互矛盾的特征决定的。在健康和正常人身上，这些不同的特征紧密地、有机地连在一起，协调共处。但是绝大多数人，没有这个协调能力，神经的各个方面都遭到了某种破坏，这就是痛苦、不幸和不同命运的根源。所以，一般的人在生活中，都是弱者，受到强者或环境的控制和左右，因而对芸芸众生，要有悲悯情怀，要给予应有的人文关怀。所以，他从不选择空洞的大主题，而是把视角放在普通人的“日常生活”，从生民悲喜中折射“普遍意义”。在他的代表作《朱丽小姐》中，这一人文思想得到淋漓尽致的体现，因而常演不衰。

而中国的话剧舞台，又有几个莎乐美和朱丽小姐？

所以，话剧（文学）就是话剧（文学），只有从政治话语，甚至物质（商业）话语中解放出来，而回归独立的艺术话语，对基本而复杂的人性进行挖掘与照拂，中国的话剧，才会有全新的品质，才会大放异彩！

从表演的形式上说，中国话剧过分依赖于大剧场，演出空间殊少变化，居高临下，制约了话剧的亲和力。西剧到了今天，话剧已经平民化了。舞台与观众的分割日益打破，多边性和多层次的表演区域与观众席纵横交错，表演甚至就在观众中进行——演戏与看戏的边缘越来越模糊，看戏的行动本身，就是参与完成的过程。所谓人生大舞台，舞台即人生，这一中国式哲学，反而在西剧中发扬光大。

这似乎是一种讽刺。

但讽刺背后，也有一种无奈——中国的规矩太多，限制也太多。

像室内剧、小剧场、大路戏剧这样的演出方式，在西方，本来是一种常态，在中国反而成了先锋戏剧，打着探索的旗号方能顺利而上，可见话剧的平民化进程，还有多少路要走。

其实，话剧的原始精神，或者原始魅力就在于——展示人生的方式、意义、价值，为大众提供悲喜、歌哭、感怀、激动的情感刺激和崇高、悲壮、伟大、卑鄙的心理感受，因而愉悦心灵，善化人性，开明风气，疏通世道。

正是这种戏剧精神，给话剧的发展提供了无限可能和无限生机。

日前，在朝阳区文化馆看了一场台湾小剧场演出——《不三不四游台北》。这是个无名剧，主题也小——人到四十的日常生活，演员也就两个女人，但因为有现场感，切近个人的阅历与心理，便完全进入了，得到大的震撼。

台上痛苦地说，人过四十，生活就变得复杂了。

这几乎是自己的感受，我心中一动，对自己说，既然复杂不可承受，那么就简单一下吧。

台上无奈地说，人过四十就好不起来了，坏下去反而痛快。

这又触到了自己的痛处，因为四十岁之后，无论怎么努力，都得不到欣赏。但是，我想，坏下去又能怎么样？自己不甘，别人反对，走投无路，不如径直好下去吧。

走出剧场，汗浸衣背，但却长长地舒了一口郁气——四十岁的苦痛又不独独属于自己，大家都一样，就没必要把自己搞得苦大仇深似的，信念依旧，轻装向前就是了。

你看，这有多好！能够在剧情中得到心灵的感应、情感的交流，不亦快哉！

所以好的话剧，与心灵不隔，就是生活。

这时我想，李叔同为什么那么钟情于话剧？固然源于个人雅好，但话剧本身的魅力，使他能够修补残缺的人生，在不悖人伦的前提下，反倒把做女人的瘾过了。

最后，我还想再“趣味”一下——

在中国，为什么很少能产生话剧表演大师？根本的原因或许就在于中国的话剧多的是“观念剧”。观念剧主说教，主道理，考验演员的朗诵口才，给形体动作、面部表情等深层次的个人表演空间不多。而“性格剧”则能成就人才，鲜明的性格、生动的细节，容演员考量、品味、表现——这时候，他既是演员，又是人物——剧人之哭，就是自己之哭，即便是陌生的情感，他（她）也可以跟剧人细细地商量，相伴上路，直至共鸣。届时，他们一同生活在剧情之中，忘情之下，戏份儿就足了。

与谭宗远先生结识廿年有余，最初我就觉得他适合演剧。因为他的眉风撩挑、眼风流转，与我等相异。去年他登台演了话剧《我们走在大路上》，听说有不俗的表现。友人给我递话，说这很出人意料。我笑而答曰，这是情理之中的事，一点也不奇怪。

我的意思是说，演员一般都有天分，只是剧本把他们耽误了。你想，那布道式的观念剧，没有性格和性情作依托，又怎么可能让他们施展天才的眉风与眼风？

所以，于是之、林连昆们，能够做到大师的境地，我等丑鼠之辈，也只有颔首低眉致敬的份儿了。

2007 年 5 月 26 日一稿

2010 年 11 月 21 日修订

说改变自己

“你不可改变我！”这曾是一个极流行的说法。那又有谁能改变我们呢？

现在，我就来说说自己。

我是个极自信的人，有时又几近固执。我有一个曾坚持很久的信条：粗犷豪放，任其自然。说实话，这个信条，尚有可取处，它豁达了我的心胸，免了我不少忧愁。但时间久了，便露出了弊端，这信条有太强的任意性，亦即盲目性。

于是，我暗暗要求自己，在豪放中多一些严谨，在任性中多一分城府。可这是很不好掌握的原则，时时弄出放不开又收不回、且真且假的尴尬局面，凭空让友人们说：“你什么时候学得矫揉造作了，不伦不类的。”

原来，人不可轻易改变自己，就又回到原来的自我。

但事实使我感到，并不是遇到什么情况都能粗犷豪放。比如在交际场上，遇到人生经历丰富的人、见怪不怪的人，喜欢你豪放，至少是不反对你豪放。而那些需要平静的人、内心恬淡的人绝对不欢迎你豪放。对于他们，你的豪放是一种噪音，是一种不和谐，甚至是对其心灵的一种蛮横的侵略。他们不一定都给你白眼，但那冷峻的沉默就足以使崇尚自尊的我辈有半日酸涩的回味。

同前者一样，并不是对待什么都可以任其自然。比如在家庭中，妻子在选择她皮鞋的样式、沙发的颜色的时候，希望你任其自然，否则就会被视作烦琐、小气和女儿气。但对她是不是要变变工种、小儿是不是要请一位家庭教师之类，你切不可任其自然，漠不关心。如果这样，便是一种不负责任，一种与亲人的隔膜，甚至是使家庭不稳定的因素。

于是，对我的信条限制最大的，便是客观的限制。客观是一部伟大的哲学，不允许我们任意轻蔑。一意孤行之我辈便与现实相碰撞、相龃龉，便得罪了不少好人，失去了不少好机会，便愁肠百结，全无了豪放，全无了自然。

愁肠是要解的，块垒也是不吐不快，而改变性格又极其痛苦。想化解愁肠，就选择了喝酒，且无节制地喝。这是更“豪放”的解脱方式，可以找到心理的暂时平衡。但从酒醉中醒来，重新去做理性的思考，却发现于事无补。

正是在这样的情形下，一个老者对我说：“不要喝酒了。你应该持久地做一件有益的事，比如练一练书法。当你情绪烦躁得不可抑制时，坐下来写上几笔，心境便舒缓了。”

见我睥睨不屑地盯着他，他又平和地说：“我并不强求你，只是希望你试一试。”

我想试倒可以试一试，便随身带了钱钟书那部晦涩难懂的《管锥编》。当我控制不住情绪的时候，便强迫自己读上一段。开始时，我被书的深奥难懂所惹恼，那部辉煌的大著被扔过不知多少次。但最终我还是硬着头皮读下去，因为这是救助我自己的最后一剂药方。

读懂了一些段落后，果然真切地回味到一些沁人的甘甜。于是我觉得，我必须顽强地读下去：它是一把金色的羹勺，可以调剂我不羁的心。

至今，我已坚持了两年，开始读出了人生的厚重；感到了浅薄的卑惭；初尝了平静的恬适及沉实的深刻。我已不好意思一味豪放下去一味放任下去，我的心情一天比一天愉悦轻松起来。原来，对于人，多一点节制，少一点放纵；多一点规矩，少一点非分；多一点内质，少一点浮扬，竟是这么重要！

可见，不是能不能改变自己，根本的，是你肯不肯改变自己。

1995 年 5 月 19 日

说责任

责任，是实实在在的东西，是生命的分量，是人在世间存在的最本质的状态之一。责任的黏着，使个体的人之间从根本上建立了互相依存的关系，产生了相互间的情感关怀。人们探讨所谓终极关怀，实质上是在阐明责任的无限性；这种无限性，规定了人至死也逃不脱责任的规束。人的遗嘱是人最后的责任方式，法律使它成为作用于生者的不朽的意志。

责任大体上分“对内”与“对外”两种。对内，指对自己，对家庭；对外，则指对同事、朋友、他人乃至国家、民族和整个人类。前者小而“实”，后者大而“虚”；人们惯常所谈之责任，往往指前者。但前者中，对自己负责，似乎不必谈，就依老例，谈对家庭。家庭的对象极具体，不外乎对父母、子女和配偶等。就具体地谈。

对于父母，自然是以赡养的责任为主。至今，不赡养老人者，寡。但多是给予物质，却少慰以情感和精神。所以，再“孝”的儿子，在父母心中亦未必获得完全的满意：老人所需要的精神上的慰安，远大于对物质的需求。老人们多有被“遗忘”的感觉，感到儿女们情感上已与自己发生了隔膜，其情感重心已明显地倾斜，倾斜于儿女们自己的配偶与子女。这是没有办法的事，是人类进化的内力使然。

生物得以进化，便要摆脱进化所背负的包袱；但人类不是一般的生物，其进化，既受制于自然力，又受制于社会力。这个社会力，使儿女对父母必须尽最后的责任。但实际上，再细心的儿女，也会有疏漏和不耐心的时候，所以，许多“不孝之子”是被冤枉了的。

对于子女，其责任自然是抚养与教育。如今只生不养不教的人亦不多。天生便厌弃子女的人不是没有，仅为罕见的个例。所以，没必要大论特论尽责任，最该警惕一下的倒是不要过分地尽责任。过分注重儿女的吃喝，导致营养过剩，就会育成肥儿，“肥”与“废”相差不多。过分关照儿女的穿戴，年岁甚小，便皮衣皮鞋皮帽，穿皮鞋穿得脚变形，变形为畸，“畸”近于“羁”，丧失了行的自由。过分关注子女的前途，趋时媚势，强行规定子女的人生走向：课业已颇重，却仍要其弹琴数小时，稍不服从，便巴掌上身，“关心”转换为“伤心”，亲情的土地上埋下了仇恨的种子。

普天下英雄豪杰，有几多是被老子呵护而出？挨打，受骂，忍饥，挨饿，受挤对，受屈辱，甚至感到了绝望，才愤然而起，成大气候。世情已多明证，过分呵护的子女，多是窝囊废；望子成龙，反倒宠子成虫。基于此，为其提供必要的生活条件和成长条件，任其自由发展，系最明智的选择。说什么对子女要尽到责任，其实是自己在人前显圣的虚荣心支配了自己，子女就成了虚荣心的牺牲品！

最后说到配偶。对于配偶，其责任无非是爱与忠诚。这一切首先应该以配偶间确有爱情为前提。因为爱，而忠诚，系天经地义。而爱，很易变异，便须加倍地珍惜已有的爱情基础，更要懂得造爱。造爱，不仅是性的过程，而且是不断创造新的爱情内容，使爱情始终有活力的生命过程。所以，聪明人对配偶的责任形式，不是特别注意物质的关照，而是助其提升心灵的修养，增加其精神的吸引。

若配偶间没有爱，只有婚姻，那么，担负物质上的全责就已属不易，遑论尽那一份心灵上的忠诚。所以，若在配偶之外找到了爱情，不要考虑道德不道德，首先想到的应该是对爱情负责。这就是说，不要强迫谁对爱情负责任，爱情本身自然会使他负责任。往往有这种情形——疾病与失意，会使“叛逆者”回归旧有的虽无爱却相对平静的婚姻，还会发一声“还是家里好”的喟叹，甚至为自己以往的不够“忠诚”而表以愧意。这是生命力衰竭之后，一种本能的自我掩饰，是一种无奈的回归。可以理解，却不可以钦敬：因为他既消耗了爱情，又消耗了婚姻，对哪方都未真正尽过责任，系一种深层次上的自私。

说到最后，在当今物欲的世界，对于家庭，你有一个最大的责任，便是节制家人的欲望。放任家人的欲望而一味予以满足之，会使你沦为家庭的奴隶。当家人的欲望超出你所能负责的限度，你过分的责任心会使你铤而走险：偷、抢，贪赃枉法，不择手段。届时，公道与法纪便会强迫你对国家、社会和民众负责。当你身陷“不自由之境”，便从根本上丧失了对家庭负责的能力。

所以，责任是实实在在的东西，我们不应只用所谓责任的说教来约束自己。

1995 年 5 月 25 日

艺术之母

在全国文代会上，一个老艺术家对我说："请你记住，钱能办的事，都是小事。"

他的意思是说，人生中真正重要的收益，都非金钱之功。

他说这番话之前，我正感叹：那些参加文代会的当红歌星、影星怎么一改素日的骄狂与散漫，变得那么谦恭与严谨了？ '

老艺术家的话，让我有一种认同感：歌星、影星们在市场中的得宠，使他们发了财，但他们缺少作为艺术家的底气，而文代会代表的身份，正给了他们艺术家的荣誉，他们找到了商品之外的感觉。

因为文代会，是一种艺术的力场，而不是市场的展卖柜台。艺术的品格与尊严无法标价，它是个心灵的尺度。这让我想起了现代舞的创始人伊莎多拉·邓肯。

邓肯发明了一种自由的舞蹈形式，这种舞蹈可以展现人类天性中的力量与美。为了向美国社会展示这种独特的艺术，她到了纽约。纽约的大剧院欣赏她的舞蹈才能，却不承认她的舞蹈艺术，出于同情，剧院经理只给了她一个在大型哑剧中的小角色——只是在昏暗的灯光下，跳几个规定的舞蹈动作。

她起初接受了，因为能得到每周二十五美金的收入，这对身无分文的“闯荡者”来说，是十分重要的。但跳过两场之后，她决然而退。她说：“那点钱可以使我们免于饿死，可我得尽力用违背理想的东西去迎合公众，这让我受够了。”

她只听凭心灵对艺术的召唤。

她为什么有这样的勇气？因为她身边有一个近乎“圣徒”的母亲。

她一路向美国的大城市闯荡的时候，她母亲默默地陪伴着她，给她当伴奏师。

当她辞退了纽约大剧院的差事回到赊租的破房子里时，母亲正饿得呕吐着。知道了女儿的选择之后，她毫无怨言，拖着疲软的身子坐到钢琴前，弹起了门德尔松的《春之歌》，“让我们练舞吧。”她平静地说。

沿着这条饥寒交迫的道路，邓肯终于走到了一个胜境，成为现代舞宗师。她用自由的艺术之美改写了美国和世界艺术的历史。

她被人们称为“天才的艺术家”，又被称为“赤足舞蹈大师”。她甩掉了精美的舞鞋，用一双赤脚跳遍了各种各样的舞台。在她那里，生命的激情和艺术之美容不得一点束缚，更何况刻板的规则和世俗的评判！

她在回忆录《我的一生》中说：“母亲毫不在乎物质的东西，她教会了我们对房子家具和各种身外之物持蔑视的态度。母亲的言传身教使我终生没戴过一件珠宝。她告诉我这些东西都是累赘。”

邓肯母亲的话，虽然不是煌然成帙的艺术论，却是最本质的艺术法则：不为物质而动，不为利益而动，只为生命激情和艺术之美的最彻底的表达。

一句话，艺术之外的一切，都是艺术家的生命之累。

邓肯幸运于有这样的母亲，而我们的艺术之母在哪里呢？

肯定不在文代会的会场，那里只是瞬间的艺术氛围。歌星、影星们对艺术的肃然之情也只不过是一种瞬间感应而已。

正如邓肯的母亲也只是一个普通的民间妇女一样，我们的艺术之母也应该在民间——在于不懈地培养整个民族的艺术情怀。那么，用物质利益原则诱导民众的艺术趣味的团体和个人，便是艺术的天敌。

2001 年 12 月 23 日

因势而立

同样是一棵柳树，生在山林叫毛柳，长在河畔叫岸柳，植在街衢叫市柳，立在宫廷叫官柳。毛，譬贱；岸，譬景；市，譬名望；官，譬高贵。虽柳，而不柳也。

同样是一座如厕之地，在乡下，叫茅房；在楼区，叫盥洗室；在街头，叫公厕；在宾馆酒店，叫卫生间。与之相对应，农村人叫拉撒，城里人叫方便，官人、贵人叫出恭。一蹲一起，一开一合之间，差距是大的。

同样是一把坐具，矮檐下叫凳子，教室里叫椅子，厅堂上叫沙发，官人胯下叫位子，帝王则叫龙椅宝座。普通人的坐具可以移动，可以借人；官人的坐具，却绝对不能移位；帝王的坐具，则摸一摸，动一动，都是冒犯，都是僭越，轻者杖罚，重者杀头。

同样是居停之所，农民叫屋，市民叫房，文人叫斋，僧人叫刹，商人叫厦，隐者叫庐，官人叫邸，贵人叫馆，美妇叫香巢，绅士叫豪宅，阔人叫朱门，帝王叫金銮宝殿。屋里有土灶，斋里有笔墨，朱门里有酒肉，宝殿里有歌舞升平。檐下的分寸，是乱不得的，因为它关系到风水和身份。

同样是饭后的行走，村里人叫遛食，城里人叫遛弯，白领叫散步，艺术家叫漫步（卢梭在焦虑下的一派胡思乱想就叫《漫步遐想录》），贵人叫安步当车。即便这等小事，也牵系着胸怀与境界。

同样是杯中物，普通人叫猫尿，知识者叫琼浆玉液，帝王将相叫宫廷御醨。好像普通者之饮，只是动物属性；知识者之饮，是浪漫情怀；至尊者之饮，则关乎江山社稷。

同样是流通货殖，普通人叫钱（与“贱”谐音），文人叫阿堵物（文人固穷，心有块垒），商人叫资本，官人叫票子（与位子、房子、车子、面子共同构成“五子登科”的至上格局），帝王叫国帑或官银，好像天下此物都是他私人所有。

同样是配偶，民间社会叫贱内、荆妇、糟糠、婆娘，或内人、内子，上流社会叫爱人、夫人、太太，到了顶层社会就叫王后、皇后、国母、第一夫人。同样是情人，依地位递进，从下至上，叫法颇不同——姘头、相好、傍肩、小三、红颜知己、生活秘书，不一而足。女人如果生错了地方，跟错了人，即便天生丽质、国色天香、闭月羞花、沉鱼落雁，也是私通货色，上不了台面。

同样是袅娜身姿，在农村，叫卖弄风骚（“母狗不摇尾，公狗不傍前”，这著名的乡下的俚语背后，喻着一个“淫”字）；在城市，叫摇曳多姿，譬其美和可爱；在殿堂，则叫玉树临风，誉其气质和高贵。

同样是眠余生梦，小民叫痴心妄想，文人叫梦笔生花，官人叫美好愿景，王者叫神赐玄机。同样是生而长寿，在小民那里，是老而不死为贼；在贵人那里，是德高望重、蔼然人瑞；在王者那里，是百姓福祉、万寿无疆。

同样是纸上的书写，幼者叫作文，少者叫习作，无名者叫作品，得名者叫力作、杰作、经典。

一切，一切，都是因势而立，相同的物质、相同的行止，因所居位置的不同，就有了不同的说法和价值定位。所以，虽然只是称呼上的不同，但社会上的种种不公，人心中的种种不平，盖缘于此。“名不正，则言不顺；言不顺，则事不成。”圣人之言，乃锥心之说。

然而——柳树究竟是柳树，春天芽发，秋天叶落，无论长在哪里，都是一样的。即便贵为官木，枯了，也会倒，倒了也会朽，直至腐在泥中。

厕所究竟是厕所，无论名号多么雅洁，都是容纳粪臭之地。管天管地，还管拉屎放屁？乡谚有理，在屎尿面前，人人平等。即便是皇帝老儿，到乡间微服私访，一遇内急，见到秫秸秆围成的贱民的茅房，眼里也会放出欢悦之光！

坐具究竟是坐具，离开了人的屁股，再堂皇的款式，也不过是一块死木，一个摆设。而且，遭逢喜事，再硬的杌凳，也软；江山易色，再软的龙椅，也硬。

居所究竟是居所，能够容膝，能够安眠，一切就都在了。即便是有千间万间房，睡觉只需一张床；茅屋里有歌声，宫殿里有哭声；寄人篱下，高阁也是矮檐……人世间的种种说法，都证明了，人的幸福指数与居所的规模、数量、质地、建制甚至所属无关。而且，什么样的居所，都依托于廊柱——大柱小柱都是木头，都会腐朽，都会坍倒。也都经不住火，富丽堂皇的阿房宫在大火之下的灰飞烟灭，与茅屋的归宿等同。

杯中物究竟是杯中物，都是饱食之余的陪衬，辘辘饥肠之下，不管是什么身份的人，首先要抢的，肯定是食物。而且醺然的境界，不取决于酒的质地，而取决于人的心情。即便是琼浆玉液、宫廷御酿，喝多了也一样会醉。酒醉之下，昏君与愚民无异。况且，杯中物所产生的道德与酒品无关，有关的是人品与襟怀——几杯下肚，清者益清，浊者益浊，根本地，是被人性的底色所左右的。即便是俗劣猫尿，善者饮之，也会生出万千悲悯；即便是金樽人头马，进了恶人的肚腹，也会恨天恨地恨人。

配偶究竟是配偶，不管是糟糠、贱内、夫人、太太，还是皇后、国母，在基督那里，都是男人的另一半，在道教那里，也都是阴阳据守、互补盈缺，在生物那里，也都是生儿育女、延续香火。而且，太太往往造作，糟糠往往率性，皇后往往冰冷，贱内往往温柔。在情感的体验上，王公大臣与贩夫走卒，是一样的。

情人究竟是情人，都是“正”之下的“偏”，都是不能公然面对的“私情”，都是地下、准地下的情感状态。无论名号多么堂皇，情事多么浪漫，都是遮遮掩掩、羞羞答答的内循环。而且，情人总是一种暧昧的身份，即便是一块温香款玉，外人视之，也都是打折、再打折的目光。为什么情人都追求“转正”，为什么情人背后总是怨女幽魂的故事，都是不明不白的沉重，让柔软的人心难以承受。即便是万民拥戴的皇帝，可以摆得平江山，却摆不平佳人的忧愁，所谓“爱江山更爱美人”，那是悲苦的变调。豪迈的背后，是无奈。

身姿袅娜就是身姿袅娜，不管是褒词还是贬语，都不改“令人心痒”的感觉。“好看”是直觉，卖弄风骚、玉树临风都是观念——直觉是真实，观念是虚伪，而虚伪是观者的境界，与那个客体无关。所谓见色生淫，见贤生妒，不是美色之错，贤者之过，是见者卑污，不会鉴赏，无福消受。

梦究竟是梦，无论痴心妄想、梦笔生花，还是美好愿景、神赐玄机，都不是实有之物，而是日之所思，夜之所续，都是对现实残缺的下意识修补。美梦成真者稀，梦幻如烟者众，在梦中沉浸而不能自拔的人，无论高低贵贱，最终的结局都是践行能力的弱化，都会失之于一个“误”字。所不同的是，小民误家，大人误事，君王误国。

……

种种然而之后，不禁看到，其实“势”这种外力是靠不住的，甚至是无用的。虽然《增广贤文》里有“运去金成铁，时来铁似金”的说法，但在常识之下，金就是金，铁就是铁，其内在品质是不变的。虽然称呼之好，很光鲜其颜面，名号之差，很黯淡其格局，但物有物格，事有事理，尘埃落定之后，尊者自尊，贱者自贱——这是天地伦理，超越于人的一厢情愿之上。所以，太看重名称、名号、名分的社会与人群，表面往往代替内容，虚拟往往代替实有，品牌的打造往往代替真切的实干，浮夸、浮华与浮躁，虚荣、虚幻与虚妄，渐成风气，会消解了真正的价值判断。到头来，本末倒置，罔无定力，徒然为多余的部分买单。由是，因势而立，也必因势而废，古往今来，概莫能外！还是不务虚名，不尚空谈，老老实实地处世、为人、做事为好。

2012 年 12 月 26 日

武器可借，但运气，请自备

昨晚饭后，无阅读欲望，看网上影视作品。网页跳出一醒目画框，通栏的一行广告语：雨中的浪漫与激情。背面衬一幅画面：雨中麦田中，一对男女动作亲密，女子裸背至腰际。便好奇点开视窗，乃伍迪·艾伦后期作品，片名:《赛末点》。

看罢，却是探索男女关系的严肃作品，并无艳俗画面，故事娓娓道来，揭示情感关系中的人性反应，深刻得刺骨，让人陷入沉思。

其剧情也简单，甚至还有些俗套——

男主角克里斯（Chris）是一名从爱尔兰来到伦敦的网球教练，除了拥有一身网球方面的绝技之外，几乎是一贫如洗。但因为英国的上流社会向来对网球这类贵族运动情有独钟，穷小子克里斯得以以网球教师的名义渐渐地“渗透”到那些贵族家庭里。在有钱人家耳濡目染之后，克里斯对权势和金钱以及纸醉金迷的上层社会产生了浓厚的兴趣和无限的向往，一心想要真正地进入。

一次，通过网球，他结识了富家公子汤姆·海威特（Tom Hewett），而汤姆的妹妹克罗伊（Chloe）对克里斯一见钟情。开明的父亲阿莱克·海威特（Alec Hewett）并没有对穷小子和富家女的恋情表示反对，反而帮助克里斯在上流社会打开门路，使得这个当年的穷小子，如今也具备了和那些有钱有势的人士们推杯换盏、花天酒地的机会。正当克里斯和克罗伊到了谈婚论嫁的地步时，克里斯邂逅并迷恋上了汤姆的女友——来自美国的女演员诺拉（Nola）。同样是为了进入上流社会而不懈努力，两个人有一种寄人篱下的同病相怜之感，并很快发生了一夜情……

然而，克里斯不会为了诺拉而放弃自己的计划。不久之后，克里斯便与克罗伊结婚，并成为海威特家族的商人，而汤姆却与诺拉分手。一段时间后，克里斯与诺拉偶遇，无法抗拒她迷人的身体和醉人的眼神，克里斯与她又恢复了情人关系。克罗伊结婚后一直想要个孩子，可总是不能如愿。正当克里斯在善良而富有的妻子克罗伊和性感迷人的情人诺拉之间周旋时，诺拉突然怀孕了。她拒绝堕胎，要求克里斯必须将实情告诉克罗伊，并与之分手。但克里斯并不爱诺拉，而恰恰克罗伊也身孕在身，两难之中，他选择了优越的生活而杀死诺拉。最终他杀死了诺拉和她的房东，并由于一系列巧合而顺利摆脱了法律上的嫌疑……

据介绍，从《赛末点》开始，伍迪·艾伦开始了他的“第三人称”电影。看过《赛末点》，感到这种人称的变化对他的创作来说太重要了，“他”的视角，一改他以前的戏谑、嘲讽、热烈，而使作品变得冷峻、节制、有控制力，完成了从抒情剧到伦理正剧的转变。

之所以把《赛末点》中娴熟的叙事手法称为“第三人称”电影，不仅因为伍迪·艾伦不再扮演角色，也因为过去那种严重的主观介入让他感到缺乏客观理性，导致张力的不足。在《赛末点》中，很难察觉到导演的存在，主要人物的心理活动也没有刻意表现，伴随剧情发展，既没有内心独白，也没有人物之间的心理沟通，尤其是克里斯这个人物，从斯文的网球教练变成精密策划凶杀的罪犯，我们始终不知道他的内心世界到底是如何变化的。人物内心活动的缺席，反而让这个很传统的道德故事，因没有了那些常见的善恶判断的暗示，显得与众不同，诱人猜想。

虽然伍迪·艾伦避免自己在故事中的存在，但他在细微处的文章还是做得很足。比如克里斯、诺拉和克罗伊之间的口音区别，在这个关于跻身上流社会的故事里，口音的地域色彩和地位色彩是很细腻的环节，克里斯极力掩饰的爱尔兰腔，而性感的诺拉毫不伪装她的美国口音，性格对比在口音上就表现出来了。这些充满地域色彩和地位色彩的口音，让影片中几场关键的对话变得非常生动，人物之间隐讳、暧昧的关系立竿见影。

伍迪·艾伦在形式上的唯一“花样”就是开场一个网球的慢镜头，画外音提示观众，命运变化好像“擦网”球，一切取决于偶然的幸运，这似乎是个俗套。但当故事进行到最后，克里斯杀害了诺拉，为销毁证据，他将房东老太的戒指抛向泰晤士河时，故事到了“决胜局”，而那个飞向泰晤士河的戒指以慢镜头的方式，巧妙、严谨地呼应了开场画面，将气氛推向高潮。开场那种画外音加网球慢镜的手法，到这里成为剧情的一部分，成为一个精致的寓言画面：网球决胜局的偶然与命运变化之间的暗示关系，变成飞翔的网球与飞翔的戒指之间的具象关系。此时此刻，不再打网球的克里斯忘记了有擦网球的存在，他无法预知这枚戒指将怎样改变他的命运，观众也一样不知道这枚飞翔的戒指将如何决定性地改变结局。

看完《赛末点》之后，我辗转反侧，觉得这部影片表面是写一个婚外恋的故事，其实是写了人追求奢华生活的欲望与情欲同样强烈，都是一种人的本能。当物欲与情欲相遇，必然要发生激烈的对抗，纠缠到最后，是神经的错乱和生命的断裂。

当克里斯第一次见到诺拉，揽着她的腰送出一拍球时，谁能想到结局竟至如此？他赞她双唇性感，她调侃他“非常积极”，之后，却都忘得一干二净。野心，在爱情开始时可能是诱惑，最后就变成了致命武器。有些一见钟情潜伏着血光之灾。只是你不知，命运也不知。只等着谁来掷那骰子，荒唐决定谁生谁死。

他，失意的网球手，重塑生活的第一步便是瞄准伦敦高级网球社区。第二步便是坚持不懈地、三心二意地阅读经典名著，兢兢业业、衣冠楚楚地看歌剧，在陀思妥耶夫斯基和茶花女之间匆匆走马，即便混不成高雅的品位，至少也能有谈论时的熟稔表情。旁人怎能分清欲望激励的好学是虚假还是努力？抑或是努力虚假？总之，他已濒临高雅的悬崖，但绝不可能投身于此。他要投身于人生重塑的事业。他拥有的最大财富可能是运气。他还没学会点鱼子酱和香槟酒，但运气和美貌令他被宽容接纳，随后几天内他就可能上瘾地吃鱼子酱、喝香槟。

对奢华上瘾，有谁不会吗？同样，对情欲上瘾，又有谁不会吗？所以他将她缠住、抓牢、偷走、霸占。哪怕她可能是他法律上的嫂子。哪怕她什么都不是了，只是他的婚外情人。他滥用她的美和狂，以及真正与自己匹配的阅历补偿自己为富庶付出的代价。与此同时，乖乖臣服于富贵之家的优雅秩序之中，在欺骗单纯妻子方面游刃有余。偷情的人总是无师自通。但爱欲狂乱时，谁也不知道改变命运的时刻默默降临。

她，如此危险。甚至自觉于自身的危险和贫贱。她亦做了一切去迎合命运给她的运气。似乎人人都可以在富贵面前牺牲爱情，乃至大部分的自我。但她的运气不太听话，抑或是，她不太信任运气。于是，她打道回府，继续贫贱而危险。

他和她，网球手和小演员，一样地不入流、一样地穷、一样地美、一样挣扎、一样做戏，因此能惺惺相惜。她很明白，她跟他在一起，只是因为他又帅又砸下了众多奢华礼物，但她从未打算放弃明星梦和演艺工作。而他却可以，宁可忍受着不属于自己的领带、职业，乃至办公室里的幽闭恐惧症，再忍受着原本无限期盼的上流社会的交际、餐饮和情趣，高雅而无聊，如同浪费。

这两个人将灵魂与自我翻云覆雨，像彼此嫉妒那样凶猛地索取。像彼此忿恨那样彼此伤害。

但她不过是个情人。两个人在腹中之子面前原形毕露，退回本位的自我。她歇斯底里、俗艳地叫骂，亦是情欲外的那个她。

当爱欲结束，谁都得露出正常态的虚荣、固执和不切实际。任何女人都有可能从可爱顿时变成威胁。他明白她的威胁力太大太大，以至于不得不偷来老丈人的猎枪，将她崩毁。如此血腥，令你怀疑：杀人、自救都和偷情一样，无师自通。

黄碧云曾写，生命本身是最好的驯兽师。而不加掩饰的她不曾想过，富贵比爱更像人生的驯兽师。爱欲的终点永远是你死我活：孩子、爱人或是自己。生命这场表演，有时张扬本性，有时泯灭人性。

他亦痛恨自己的心狠手辣。他如今只能压抑着自己去苟合。竟然到了苟合富贵的地步。运气这东西，真是微妙。夜里出现的爱人的冤魂不只是要控诉，还要静静宣布他一生罪孽的开端。他的人生身份履历从“不入流的网球手”到了“富贵人家的不入流的入赘女婿”再到了“运气甚佳的不入流的杀手”。这英俊聪明的男人，恍如钻入童话森林里的瘸子、瞎子、聋子，毫无快乐可言。

他确实应该爱看陀思妥耶夫斯基。《穷人的美德》犀利残忍，如同为他度身定做的文本。“奢侈的习惯容易养成，改掉却难”，“穷人最重要的美德就是会赚钱”，“道德就是不该成为任何一个人的累赘”。照此箴言，他完全地践行了穷人的美德，并恰如其分地指责情人不具有道德。

而结局时，老太太的指环又是一轮命运掷下的骰子，赛末点。警官喜剧性地草菅人命，状如黑色幽默，实则足足白色恐怖。你去想，这世上多少所谓男欢女爱落得个啼笑皆非、是非不明的下场，冤死或冤活。我为那女子怜惜，对那男人，甚至不知道该羡慕还是该佩服还是该斩钉截铁地痛恨诅咒。佩服他这种自我保护的手法和运气。我亦在这不敢声张地佩服他骨子里的自私。人人都想一了百了，这欲望，你否认不了。

我很赞成网友的一句留言：亲爱的爱人们啊。爱和欲望都太危险。武器可借，但运气，请自备。

2013 年 12 月 11 日

物质时代的爱情美学

身心颇疲惫，为放松自己，看碟。

是两个看过的片子，一是《廊桥遗梦》，一是罗曼·波兰斯基执导的《苦月亮》。因为都关涉爱情，且有经典意味，便依旧看得下去。

当年，美国电影《廊桥遗梦》在中国播放颇风靡，甚至在北京热映之后，卢沟桥下，一堆中年男人四处乱走、双目灼灼，想寻找自己的“遗梦”。我当时看过之后，也颇是心潮难平，因为正经历婚姻的十年之痒，倦怠和迷惘也是有的。看后还写了一篇正经的评论——名曰《无眠读梦》，发在《光明日报》上。我真心叹赏，写道——

在技术生殖成为现实的今天，肉体之爱便是爱情最璀璨的火花，是一种最强烈的人性证明——机械或许什么都可以成就，但那份生命的最伟大的激情，却是唯一不可替代的。另一方面，对于同一生活状态，对其存在的价值，不同的人有不同的评判，因而使人走向疏离。但爱情中人，在你我的强烈拥有中，进入一种共同状态——“咱们”，“咱们”对生活的“相同评判”，提升了对生活的热情，使生命得以强化，便有足够的能量去抵御人情的冷漠和机械文明对人的挤压！

可以说，每个年代的人，都有自己的梦，但走着走着，梦就遗落在身后了，他们投入或勉强地过着世俗的生活，偶尔想想遗失的梦，心里还能一热（也不过是一热）。难怪前不久有一篇文章戳痛了很多人，说的是“新文艺三大俗”——海子、顾城、哥哥。这三个人，都留在了过去，隐喻丰富，成为很多人滚滚红尘中的价值参考，或某种慰藉。人们欣赏、神往甚至迷醉，但绝不会尝试。

在这个工业时代或后工业时代，文艺不是人们生活的常态，事实上，很多都不是。罗曼·波兰斯基执导的电影《苦月亮》，被誉为他的最伟大的电影之一，因为“直接呈现了人类爱情的可怕一面”。电影里，男女主角从起初的疯狂浪漫相爱，到后来的互相折磨与伤害——先是男主角想方设法抛弃女主角，接下来女主角逮住机会，把男主角弄成终身残疾，又像以前他虐待她一样虐待他……他们唇齿相依，深爱又深恨对方，疯狂地相互伤害和虐待。其实，他们是恨自己，恨人心多变，恨爱不能长久。

在电影的最后，男主角掏枪打死女主角，然后自杀，最后一句台词是：“我们太贪婪了，宝贝儿，如此而已。”而在故事的开始，他在巴黎的公共汽车上偶识她。她的美貌让他着迷。他走遍巴黎城想要再度遇见她。终于在他心灰意冷地与他人约会共进晚餐时，发现站在身边的女招待，便是她。那一刻，他认为自己是这个世界上最幸福的人。他没有想到，他和她，还有他们的爱情，会走向一个意想不到的惨烈结局。他和她，都变成了自己厌恶与憎恨的人。就像他在电影中歇斯底里地对她说的那句话：“我鄙视自己，我恨自己，我比你还要恨自己！”

可以看出，物质时代，冰箱可以给猪肉保鲜，但对于爱情的保鲜，却无计可施。爱情总的趋势是热情的逐渐递减，到了最后，免不得要相看两生厌。人说，两个人要永久厮守，就需要把爱情转化为亲情。但这个时代，物欲离间亲情，即便是父子之间、母子之间、兄弟姐妹之间，一谈到钱，也是各有各的算计。既然亲情都不保，就更难承载爱情之重。所以，爱情在现在，更是短暂的存在，起初的热情一旦不再，拼命的挽救，反而让彼此难堪，倒不如撒手、放生。《廊桥遗梦》中罗伯特·金凯和弗朗西斯卡的爱情之所以强烈入骨，分手之后还有长久的伫望和思念，就是因为他们立足于原始吸引，只享受瞬间的诗意和灵肉共鸣。

便想到，如果不使爱情堕入绝望，如果不使婚姻成为最终的伤害，就不要在自己的爱情中过于黏着、过于计较，要懂得抽身而出，用旁观者的身份，欣赏影视或文学作品中的那些别人的爱情。不时地看看《廊桥遗梦》和《苦月亮》，让悲剧变成自己的审美，让怨恨变成自己的同情，心中的阴郁就会渐渐地散去，便会感到，自己的感情虽颜色已暗，但毕竟还有那么一点点小小的浪漫，堪可承受。

这或许就是一种物质时代的爱情美学。

2014年8月9日

人与动物之思

蚂蚁爬行得再努力、掘进得再深入，总是向下的，看到的，终生都是眼前那一点微光，头顶上的多彩与绚烂，一直不属于它。试想，如果它插上一双小小的翅膀，飞上一个小小的高度，眼界就会大不同，生命的格局也会大不同。所以，一个人的作为，不仅仅取决于勤奋，更重要的是努力的方向、奋进的角度——方向不对，越勤奋越与目标背道而驰；角度不准，越掘进越离天日渐远。过去演示成功的一个公式为：成功 = 百分之一的天分 + 百分之九十九的勤奋，依理应改为：成功 = 天分 + 正确的方向 + 勤奋的努力（要素的比例，因人而异，不做确解）。其中，正确的方向，也应包括机遇的捕捉和与时代的契合。

负蝂这种昆虫，有人说是柳宗元杜撰的，但比柳宗元的作品更早的《尔雅》上，却有负蝂的记录。在柳宗元的《负蝂传》中，说负蝂是一种喜爱背东西的小虫。爬行时遇到东西，总是抓取过来，抬起头背着这些东西。东西越背越重，即使非常劳累也不停止。少时读到柳宗元的文章，对负蝂颇生敬意，且暗生信念，一定要做个有担当、负重前行的人。但是阅历渐深之后，知道负蝂的负重，不过是生存层面的下意识动作，生理之外，并没有心理（精神）上的意义。并且知道，负重一旦成了习惯，就是一种病态，且陈陈相因，不能致远。

萤火虫的尾部长着一个萤白的发光体，夜行自照，有着生命的自足，常被人称誉："萤火虫真是一个灵动的生灵——黑夜走路，自己就带着一盏小灯笼。"但与街灯相比，它就失重了——街灯虽刻板，但它驱逐了周围的黑暗，照亮了别人前行的足迹，生命的意义附着在前行者的身上，带到时空深处。而萤火虫的照耀，只属于它自己，止于个体的寂灭。人懂得其中的道理之后，便在城市的霓虹耀眼的同时，也致力于乡村的亮化——村村都有了街道照明，一到了夜晚，也能灯火通明，有了不夜的感觉。过去的农村，为什么沉湎在"孩子老婆热炕头"的生活方式之中，因为"黑暗"，人们无事可做。"亮"了以后，自然有了新的过夜方式，使人远离了动物属性。譬如村村有了文化广场和健身场地，也享受到了娱乐健身的时尚生活，使人远离蛮荒，有了现代人的生命感觉。所以，不能简单地看这一"亮"，这正是文明进步的重要标志，有深刻的社会学意义。

小犬的眼神也脉脉含情、也凄迷动人，直让你心生温柔、百般宠爱。但与人相比，眼神背后的寓意是不一样的——小犬的人样之美，只是为了邀宠，只是为了得到美食，而人，则寓含着情感的盈缺、心灵的悲欢、生命的痛痒，一切都是建立在自主的感受之上的。

老牛温驯，勤勉地耕田、无怨地承重，即便是遭到鞭笞，也不呻吟，更不反抗，对主人百依百顺。究其内里，是感恩于人的豢养，对人有依赖。所以，牛性与奴性类同。女人也温驯，被男人打骂，还常常带着微笑。因为她知道，男人在乎你，才有心动怒，舍得打骂，相反，对你过分温柔，甚至相敬如宾，或许就有不忠的隐忧——人间的感情逻辑是恩仇相依的，爱得深，才恨得切，不痛不痒，正预示着爱情已死。所以，女人的温驯，与奴性无关，她比牛看得深远——情感世界，过于丰富，且莫名其妙，反抗与斗争，往往事与愿违。

狐狸一老，就狡猾，就有了生的意志，也有了在绝处逢生的智慧。做猎人的父亲，与一只雪白的老狐狸斗法。雪狐总能在猎枪的有效射程之外与父亲对视，让父亲在愤怒中顿生惭愧。急中生智，父亲在雪狐途经的地方埋下地夹，把它夹住了。当父亲走近它的时候，雪狐居然把被夹住的那条腿毅然决然地咬断了，拖着伤残的身体逃命。此情此景令父亲震撼，遂心生敬意，虽容易追赶，也止步不前。我曾写过一篇文章，记述此事，题目叫《生命同谋》，是一阕生命的礼赞。现在想来，雪狐固然可敬，但“同谋”中，毕竟人是主谋，因为雪狐的得救，缘自父亲心中的一团温柔，即对生命的悲悯。

2013 年 1 月 13 日

切莫轻论“迷格”

据苏北转述，在人们比较张爱玲的痴迷者和汪曾祺的痴迷者格调的高低时，邵燕祥先生曾说过一句话：张迷的格没有汪迷的高。

这颇让我感到意外，一向人格独立、境界高标的邵先生会轻易地说出这样的话吗？

或许就真的这样说了，因为邵先生本身也是个“汪迷”，有关汪曾祺的文学活动，譬如文学节、恳谈会、研讨会、诞辰纪念，邵先生都很乐意出席。我就多次在这样的场合与他相遇，因为我也是“汪迷”。还有一个原因，邵先生虽然在精神上多富理性，但为人却一贯平和、谦让，在众多“汪迷”的簇拥下，催问其看法或逼他表态，为不拂逆人们的热情，或在热烈的气氛下一时情动，便脱口而出，亦未可知。

我虽然也是“汪迷”，但不偏执，也时时警惕“情动”，而且私下里一直认为，汪先生的文学地位，多少有些人为拔高的因素，其价值及影响有些被“放大”了。

具体到“汪迷”和“张迷”的比较，我也有着自己的看法——

由于汪曾祺的文字朴素、平易，少阅读障碍，粗通文墨，就可进入，所以“汪迷”这一群体，多是学历不高的平民读者。而张爱玲则不同，她太讲究文字，也太喜欢制造奇崛的意绪，笔调清冷、刁钻，拒绝流俗，所以她挑剔读者，“门槛”很高，不具备相当的文化水平，难以读通，更遑论“共鸣”。也就是说，汪曾祺属于“大众”，张爱玲属于“小资”（知识者）。那么，“汪迷”与“张迷”的底色之别，便不喻自明。

在做人的态度上，汪曾祺入世，以喜乐为怀，钟情世俗“趣味”，即便是苦难话题，也要妩媚、温暖而出，他是个笑脸常开的“欢喜佛”；而张爱玲则避世自恋，陷在自我的小天地里，常感慨于人生之苦，敏感于世态炎凉，不与现世讲和，便愤世嫉俗，阴冷刻薄，她是个蛾眉紧蹙的“无常鬼”。受其影响，“汪迷”整体地率性、亲切、随和，而“张迷”则整体地清高、孤僻、矜持。

由于汪曾祺在文字中无数次地“放送”世俗趣味和生民情怀，因而不讲究字词，也不刻意编织故事，一如漫步式地叙说，姿态低到几乎所有读者都可以和他一道共唱温暖歌、共奏欢乐颂。在“汪迷”那里，他就是一大锅大众口味的红烧肉或家常豆腐，人人都可以吃，人人都觉得好吃，也能大声叫好。而张爱玲则不邀众人赏目，冷阁之下，孤弦独弄，抒发“畸零”意绪，哀叹千疮百孔的爱情，解剖近乎残酷的人性。她也用心经营辞章——词语艳丽绚烂、辞格奇巧脱俗而极尽华美。平声字的运用奠定了悲哀的基调，叠音词的运用又使这种情感迂回荡漾。华美与悲哀，在张爱玲笔下得到了充分的演绎和诠释，从而形成了她不可与人和的独步之境。因为她孤冷，感情里有“毒”，在“张迷”那里，她是一枝迷幻的罂粟，即便是迷她，也是远远地品鉴、小心地回味，而不是把自己完全地放进她的世界里，否则会被麻倒、会自我迷失、会丧失对这个世界的热情。

到了最后，“汪迷”们会被汪曾祺的温暖、欢乐和醉人的趣味所牵引，就对周围的人与事本能地信任，既不工于心计，也不存有怀疑精神，甘心傻笑，做“赤子”。而“张迷”们会被张爱玲的阴冷、诡异和华美的悲哀所提醒，对现实世界有质疑，对人类命运有反思，对自己的生活有心理准备，不甘于被外界支配，而是以自我为本。

以上种种分析，都是一己的视角，不足为据，但至少是理性的到场，善意的用心，那就是：每种“迷”都有自己的气象和轨迹，都有自己的品格和质地，切不可轻言“迷格”的高低。否则，就偏颇、偏执，甚至失之霸道，既贻人笑柄，也对文学的多元不利。

2015 年 7 月 30 日

读书杂感

生命的泉流兀自涌动

《沈从文晚年口述》是一本别致的书。书中收录了沈从文晚年在湖南省博物馆、湖南省文联和《湘西文艺》编辑部的三次演讲——不仅有文字，还附有录音光盘，是一本立体读物。

我是第一次听到沈从文的声音。浓重的湘西口音，使人听起来略觉困难。所以，我是先读了文字的，以期能听得懂。

读他的文字，我心里是很平静的，但听他的声音，我的情绪却很波动，心里渐渐地痒起来，竟至不可抑制地掉下了眼泪。他的声音很温婉，很细润，像慈和的女音，但声音里有清晰可辨的颤抖和淡淡的忧伤，让人不禁联想到一个经历了苦难的人，其妩媚的笑容之下，难以遮掩的沧桑与哀怨。

于是，才知道，有些人的声音是听不得的，它会让你心碎。

于是，我不忍再听下去，关掉了。同时也关掉了案上的台灯，把自己陷在一团幽暗中，品味他晚年编著《中国古代服饰研究》时的种种艰难。

这种品味，像于时间隧道里与他会晤，他的容颜，像皱纸被悉心抚平之后，渐渐有了光泽。他瘪瘪的双唇，微微颤抖着，欲言又止的样子。这真像他！

性情温柔而命运多舛，一定会把人弄成欲辨而又无言的样子。

《中国古代服饰研究》是一部被迫的著述，字纸背后，是枯寂与悲苦。我猜想，他最终完成的那一天，一定是轻轻地拍打着原稿纸上的积尘，傻傻地笑个不停。由于稿纸太厚，拍打出的声音钝钝的，近于无。这个时候，他心头隐隐地痛着，也嘶嘶地快乐着，是自虐者锋芒刺在皮肉和心头上的那种快感。这或许有些变态，却是生命力坚韧的征象。

一个有坚韧的生命力的人，在任何乖蹇的生存环境下，都不想苟活。他心底涌动着一种创造的欲望。他要做事！

文人是这样，有劳动习惯的农人也是这样。

我既是文人，又是山地人，文人的心性和农人的习性我都懂——父辈们在山地上耕作，堰田瘠薄，旱象连绵，即便撒下种子，也不会有几多收成。但是他们还是执着地犁耮，他们说："收不收在天，种不种在人，咱管不了老天的事儿，却可以管好自己。生为人，尽到人的本分就是了。"至于我，一个写作者，如果有一段时间不握笔管、不写几段文字，就有虚度之感，就会坐卧不宁。其实并没有考虑发表的事，而是本能地就想写，血液里翻腾着一种莫名其妙的力量。

沈从文说："照我思索，能理解我；照我思索，可认识'人'。"我几乎读遍了他的书，且跟他又是同一类人，所以，不必那么费心地思索，他搞古代服饰研究时的心境，也是能够理解的。当时的情境，既然搞文学已是一件不合时宜的事，那么就选一件能被时宜接受的事来做——人格可以被贬损，但做事的权利却是天赋的人权。这种权利大多是以奴役的面目出现的，比如奴隶主对奴隶，地主对长工，资本家对工人。所不同的是，沈从文选择了自我奴役，心甘情愿地去承担一种苦役。这种自我承受的奴役方式，最终成就了人的尊严，实现了人的价值。

所以，多亏了沈从文的文人出身。因为文人有风骨，有不屈的意志，有置死地而后生的本能。

在大寂寞中埋头做事，在无边的苦难中捕捉些微的甘甜——既反抗着环境，又抗争着命运——一边伤损着，一边完满着；一边陷落风尘，一边自我救赎。之所以走到这样的境地，归结于一点，是他对自己文人身份的认同！

这种认同，使他能够在巨大的现实遮蔽中，依然保留了自己的个性。突出的例子，是他打破了服饰研究领域的既定规则，走出“重典籍”而“轻文物”的学术误区，用唯物史观烛照自己在暗夜中的学术活动。

他说：“离开文物就没法子说懂历史。”

他按照这样的准则，奔走于各省的博物馆，各处文物挖掘现场，把自己的研究从书斋延伸到实物，延伸到旷野，因此不断有新的发现。

以往的学者，包括外国学者，搞古代服饰研究，多是从《舆服志》着手。这是个讨巧的办法，因为那上面有许多现成的记述。但是，那时的文字权和话语权都掌握在贵族手里，写的都是上层社会，至于底层和民间几无涉猎。所以，历史的真实都被贵族的文字催眠了，很多历史是说不准的。而沈从文的研究方法就解决了这个问题。因为历史记述比较模糊的地方，地下出土的文物，可以给出清晰的答案。以楚国为例，按照《舆服志》和金石学家们的说法，好像那时的服饰都是衣衫褴褛，贫穷得一塌糊涂——在他们眼里，吴越之地，就应该是断发纹身，蛮野芜荒。而江陵马山楚墓出土的丝织品，满棺锦绣，精美绝伦。这说明，那时的楚地已经有很发达的丝织技术了。

沈从文的新发现，很是让一些人不舒服，对这么一个边缘化的、已经非常隐忍的人物，在运动的气候中，他们也不放过他。

沈从文在苦笑中更加隐忍，隐忍成一尊文物。

既然是文物一样的一个人，心中的波澜是不会被旁人体会的，《沈从文晚年口述》虽然是当众的讲演，却有自说自话的味道。便讲得絮絮叨叨，琐琐碎碎，甚至有些前言不搭后语。

因此，我通读一遍之后，感到他的这个口述，其实是卓越者被埋没时发出的苦重的心颤，是默默做事时那种情不自禁的叹息——类似纤夫负重前行时的劳动号子。只不过纤夫的号子是唱给山川大河，他却哼给自己。

正如过度劳累的人会不由自主地傻笑一样，他的絮叨是一种自我玩味的方式。

这是一种自足的状态，是在大压抑中的自我欣赏，既涵养着自己，也不露声色地蔑视着他人。

著名的《韩熙载夜宴图》自古以来就被认为是南唐的作品，既有皇帝的题诗，又有专家的鉴定，好像没人敢推翻了。但是他却用文物考证的方法，确定它是北宋初期作品，他的依据是画面上所呈现的鲜明的时代语言——男子服绿，领内衬衫，且叉手示敬。

男子服绿，领内衬衫，是北宋的舆服制度；叉手示敬是北宋的行为伦理。

什么是“叉手示敬”？在北宋，凡是不做事的、辈分小的、地位低下的，遇到做事的、辈分高的、身份尊贵的，都要双手叉握，离开胸前约二三寸，以此表示恭敬。

论证到此，他委婉地说道：“反对唯物主义的论证，这是不大妥的。”

虽然是一声低语，却有穿越时空的力量——巨大的历史话语霸权，居然被他用小小的一个穿戴问题，就颠覆了——这里透着何等的轻蔑！

所以，深埋在地下的文物，在漫长的湮没中，本色并没有失去应有的光泽，而是在隐忍再隐忍中积蓄着更大的生命能量——一朝出土，便兀然之间实现了自我价值——它还原了历史真相，提供了一份不可辩驳的明证。

隐忍而坚韧的沈从文啊！

面对他的生命忧伤，我叉手示敬。

2005 年 4 月 29 日

“不识时务”的求知者

元旦居家，既不想参加邻人的“方城之战”，又不愿在友人的酒阵中加几声呐喊，百无聊赖，便翻屋子一隅那堆积叠的杂志。

虽然都是一些旧杂志，除本人外，未经旁人染手，就仍显得很新。随便看一看杂志那精美的封面或插页，浏览一下目录上熟悉的名字，竟感到出奇的亲切，感到一个又一个文化人隐在纸背之后，像一条又一条春蚕躲在桑叶的叶背，默默地吐着丝。

一边翻一边作即兴的阅读，一遇到感兴趣的题目，就驻目细读，像到户外散步，不断驻足于美丽的风景，心灵兀自愉悦着。不觉黄昏将至，并未感到“一个人的时光”有多么难熬。就是在这般情形下，读到了周涛的散文《行者》。

文中那个现代行者，是个“不识时务”的人。他逆市井人“追求享乐、艳羡豪华”的现世追求，只身走大漠翻高岭，做孤独的人生探险。他认为：“物质精神之外，还应该有一个谁也不知道的什么，大概是认识的第三阶梯？还有更多的阶梯，不认识罢了。帷幕偶尔露出一角，复又盖上。”于是，他要揭开那神秘的一角。

那神秘的一角是什么？便是生命的终极所在，生命的本原或本质。

这样的“探险”与现世是多么格格不入啊！

所以，周涛说到，诗人与行者（探险家）之间是相通的，都是一些不安于平庸生活的人，都渴望揭开那神秘的一角，他们被好奇心引领得远远地离开众人。读万卷书——读者（诗人）、行万里路——行者（探险家），都是求知者。他不禁感叹道：“求知者啊，你何等固执，何等褴褛，何等地艰辛饥渴而又神色庄严啊！”

这句话深深地打动了我，使我心弦震颤不已——求知者是褴褛的、艰辛的；但其“固执”而“神色庄严”。这是一种大人格。所以，或可以说，凡求知者，均大人格；凡大人格者，皆求知者也。沿着这团情绪，我想到一个自己曾思考过的旧题目——

一个人，在追求之初，是勇敢的，无所顾忌的，迈着豪迈的步伐，但随着金钱、荣誉、官冕、成就的不断拥有，追求者往往会放慢了脚步，行动亦拘涩起来——担心一招不慎，会丢失已有的货色。嗟夫，现世的拥有，具有多么强的腐蚀力啊！

正如不佞在一篇寓言散文《夜路》中之所状：“上路之前，我穿戴得很整齐。一些很被人看重的辉煌的饰物，在胸前，在肩背，都发出叮当作响的光芒。但在这陌生的阒寂厚暗的夜路上，这饰物的每一个声响，都是一分邪恶的张扬。这是奸细的呼叫，呼叫不远处那绿眼的盗贼和凶兽，我害怕极了。”

有“辉煌的饰物”的人，自然没有那些一无所有的追求者（行者）来得坦然，因为路上有“绿眼的盗贼和凶兽”，“饰物”随时会被劫掠，甚至搭上卿卿性命，于是“害怕极了”。怎么办呢？继续追求么？要失去“辉煌的饰物”，裹足不前么？又悖追求的初衷。便在“夹缝”中徘徊，就苦闷，就无奈，“活着真累”。

但在“夹缝”中久久徘徊的人，是没有出息的。

要么，就此放弃，自甘平庸，虽不高贵，亦令人尊重。

要么，就豁然生一种大气概，呼啸着上路——

“来吧，黄夜的强盗，请你们这些好汉把我抢劫一空，给我一个重新开始的权利！来吧，狞猛的夜兽，请你们这些勇士把我吞噬干净，给我一个重新孕育的机会！”(《夜路》)

但迷醉于声色中的市井人，沉湎于“自我价值跌落”小忧伤的文化人，是很难“豁然”生这种大气概的。唯有周涛的那个“行者”及其同志，那些为“求知”而远离人群的“不识时务”者。

于是，有了周涛的《行者》，我的《夜路》便不孤独便不虚妄。

对于市井人，自有其“享受”生活的合理性，我们不好说三道四，我们没有权利干扰人家的生活。我们只知道，不“求知”，而一味“消费”的人群，是渐渐退化的一群。对于文化人，业已失去了原有的“饰物”，还“害怕”什么？我们则亲切地呼唤：请快从“价值失衡”造成的小忧伤中走出来，相信自己是独一无二的，“神色庄严”地做自己该做的事情，不断开拓人类的认识层面，把对人类本质的“求知”，记载在苍白的册页上。

“求知者”毕竟是人类文明的先驱，时间会辉煌册页上的苍白。

1996年1月6日

人生非浮沤[1]

读到伍立杨的文章《偶然》，心灵被摇撼。立杨系吾友，他说点什么，我是极留意的。有时赞同，有时不赞同，但均心领神会，一笑了之。这一次，却要以他的话为由头，说几句不同的话，请立杨海涵。

在《偶然》中，伍立杨将“人生偶然论”阐发到了极致：

> 人生为偶然的指掌所握的悲剧命运，是那样的荒谬、迅忽、短暂、变幻、不可知、不可测，像急湍的泡沫浮沤一样，旋生旋灭，自生自灭，面对偶然的命运，我们能控制的，实在太少太少。

人生在如此不堪的境地中，他推断说：“‘活在今天’并且活出一点真实性情，是否比其他生活方式更值得选择呢？”这个推断，笔者认为起码有两层意思：

[1] 水面上的泡沫。

其一，基于人生之偶然，能够出生，而且活在今天，已是幸运；其二，人生之迅忽，苦苦追逐又有何用，不如活得率性一点、真性情一点。

人生偶然论，不是伍立杨的独创，钱钟书在《管锥编》中引用古希腊诗人语云："汝曷不思汝父何以得汝乎？汝身不过来自情欲一饷，不净一滴耳。"孔融也有同样的话。所以，这是一个历史话题。只不过伍立杨在回瞻时间深处的同时，感于市井生活的挤压，发一番现代人的感慨而已。伍立杨是个文人，又有几分老派文人的味道，内心是极其敏感的，对人生偶然的感觉便更强烈，甚至透出几分悲观，这是可以理解的事。但不应过分悲观，若把人生比"浮沤"，那么所谓"真实性情"便亦无所附丽，一切便真的沦为虚无。虚无，便是人类的无意义，这样的论点，便让人不好接受。

静下心来，人生浮沤感的成因，是可以分析得出的。从大处说，是对人生总体把握的盲目与不自信。这是人生观问题，而与人生观最直接相关的便是信仰问题；若信仰已经失落，人生观便无从谈起。而现代的市井生活，又给了信仰一个怎样的位置呢？

人群的总体信仰一旦沦丧，就只剩下了个体生命的"精神自治"。"精神自治"是一种孤独的境界，且常常在岑寂中听到四面的"楚歌"，非大操守大意志不可持也。许多不甘媚俗的文人，正是在这样的"精神自治"中苦苦撑持，他们与周围发生了隔膜，越来越难以得到最想得到的理解。他们失去了理解的氛围，这种氛围便是同声相和、同气相求、同类相知的历史与文化的情感。生活的物欲化和生活的个人化，使这种历史文化情感不再有现实意义，而文人却苦苦把执这种情感，便成为"背时"的人。其心灵深处的高贵与卑贱、骄傲与软弱、痛苦与彷徨便难以触动世人的神经，那么，文人落寞，生一些人生如浮沤的忧伤，便不足为怪。

其实，这并非独属于文人的忧伤，而是世人的忧患。物俗化和个人化的生活，在生存层面上也许是一种自由，但在生命层面上却是一种寒冷。人与人的拥抱，在寒冷的冬夜可以得到肉体的温暖；人与人的交谈在漫长的寂寞之途，可以得到精神上的愉悦，这二者皆系生命的温暖，源于生命与生命的契合，是物欲化和个人化的生活所不可企及的。

人生浮沤感从小处说，是缘于对人生际遇的无奈和个人追求的不遂。比如说，在计划体制下，官本位诱导人们的选择，自己却不曾为官；在市场潮流中，钱场在风云变幻，自己却不拥有钱。自己总跟不上趟，远离潮头，平凡而无奈。自己的所作所为，均是命运的指派，与自己的性情、质材龃龉不已，从来不曾如意，更遑论得志。又比如不幸成为二十世纪六十年代出生的作家，在那作家吃香、文学轰动的年代，年龄尚小；正值创作盛年，文学却失去了“轰动效应”，便陷入尴尬的生存境界。而岁月如驹，在茫然孤愤中，人生已过了大半，怎不让人倍感人生飘忽?

这一切，都应该得到理解。

但理解是一回事，生活的感同身受，自我“受用”又是一回事。我们最需要的是深刻的人生自省。既然生命纯属偶然，对于个体生命，存在的意义不可预设；那么，为了避免陷入无所作为的虚无境界，就要寻找积极的对策，便是面对生命的挑战时不断地进行选择。

德国精神病学家维克多·弗兰克在他《活出意义来》一书中，也明确提出这样的观点。并且推出一种“意义治疗法”，让人在人生不定中，使自己“活出意义来”。

他告诉我们活出意义的三个途径：第一种途径可以说是常态的，即创造和工作，以取得功绩和成就；第二种途径是通过体认价值，也就是由体验某事物、某种人，如体验爱情、文化等来发现生命的意义；

第三种途径，若遇到的是苦难，则可以借助对苦难的忍耐与承受，获得生命的意义。

第一种途径，是一种幸运的途径，所从事的工作和职业，正与自己的爱好、性情和质材相合，又有较稳定的生存环境，便要努力创造，取得成就。这是功成名就之路。可惜的是，即使是这样一条幸运之路，不曾把握好的人也不在少数；那是一种自我蹉跎，怨不得谁。

第二种途径，系个人的人生追求与现实相悖与环境相悖，个体的争竞已无回天之力，却又不甘于生命徒然枯槁，便总要有所寄托：或寄依诗酒，或寄情山水，从中体悟出人之所以为人而别于山光物景、花鸟虫鱼的独特价值。艺术之途多系这种选择：竹林七贤的放诞，谢灵运的寄情山水，太白的高标，东坡的旷达皆是这一选择的具形。这种选择，有时是出于无奈，却并非消极与消沉，而是丰富了人生经验，把人的生命价值引向了时间深处。直白地说，诗书的寿命，到底比人的寿命长久。因为斯，人不仅是物种的偶然延续，更是历史与文化的恒定载体，是一种独特的生命。

第三种途径，是人在绝境中的选择。人们在绝境中不能选择生死，却可以选择面对它的态度。人所拥有的东西，都可以被剥夺，唯独人性最后的自由，也就是在任何境遇中选择一己态度和生活方式的自由不能被剥夺。在绝境中选择，最能标出个体生命的品格与质量。在绝境中，希望（生）与死亡几乎是一个东西。坚持，坚持，再坚持。希望的到来，往往就在于最后的那一刻的坚持。这种坚持是超越外在命运的力量，只有人才具有这种力量。所以海明威才会理直气壮地说，人并不是生来就要被打败的，你可以消灭他，而不能打败他。有一点可以肯定，以人生浮沤的想法去面对绝境，是绝对不会有通向希望的那最后一刻的坚持的。

这三种途径的说法，均可以从历史与现实中得到回应，是颇值得玩味与借鉴的。

自然，在人生选择上，有个具体操作问题。樊纲在其《求解命运的方程》中，将“机会成本”这一经济学概念引进人生选择，给我们提供了一个豁然的视角。“机会成本概念的核心在于什么事都不是全好全坏，而是有利有弊，有得有失。”透过这个“机会成本”，我们可以体悟到，人生的美景和人生的意义绝非用“成功”二字可以简单概括的，人们在不同选择和“人生操作”下，付出不同的“机会成本”，将换来不同层面、不同质地、不同色彩、不同意义的人生美景。那么，人就不必要太在意一时、一事、一个层面、一次选择的得与失。

如此看时，眼前便多了一些光明。生命偶然，对生存方式的选择却非偶然；有了选择，便有了意义，便有了理不断的生命情结和人生思绪。说人生如浮沤，便显得太简单了。

1995 年 3 月 28 日

向善的悲哀

善良，是强大的还是柔弱的呢?

是柔弱的。因为王蒙先生在其名为《善良》的文章中告诉我们:

> 善良与凶恶相对的时候，前者显得是多么稚弱而后者显得是多么强大呀。凶恶会毫不犹豫地向善良伸出毒手，而善良却处于不设防乃至不抵抗的地位。凶恶是无所不为的，凶恶因而拥有各种各样的武器。而善良是有所不为的，善良的武器比凶恶少得多。善良常常败在凶恶手下。

行善的人（好人），是强大的还是柔弱的呢?

亦是柔弱的。因为星竹先生在那篇《说给天下好人听》中也告诉我们:

> 也许，倒是正因为你是这样一个好人，在你身上才具有了更多的弱点与好人的特征，比如，对人容易轻信，做事爱从简单出发。只凭善良与美好的感觉评论或看待周围的事

物。以己之心去求万事万物。……好人的想法更多接近于梦。好人是一只美丽的果子，但并非一只成熟的果子。

几乎是一种定式，大凡人们“关注”什么，“强调”什么的时候，这个“什么”便已走入衰境，很是式微了。二君不约而同地写到了善良与好人这同一题旨，便让人感到，善良是不是一个已经过时的字眼，行善的好人是不是日子颇有些不好过了？那么，这个世道究竟怎么了？这不由人不作如是想。

心里感到沉重。

由于善良是如此柔弱，是不是就不要对善良再寄予人类的希望？

不可。因为王蒙先生又对我们说：

凶恶每“战胜”一次善良就把自己压缩了一次，因为它宣告了自己的丑恶。善良每败于凶恶一次，就是把自己弘扬了一次，因为它宣扬了自己的光明。……善良也是一种智慧。是一种远见。是一种自信。是一种精神力量。是一种精神的平安。是一种以逸待劳的沉稳。是一种文化，是一种快乐，一种乐观。

由于善良的载体——好人是如此柔弱，是不是就不要再去做好人？

亦不可。因为星竹先生又对我们说：

但这个世界毕竟是个好人世界，人们还是希望做个好人……我们在做好人时，首先还要做一个心胸海阔的人。做一个不但善解人意，还要尽量去悟解这个世界的人。不但要具有一颗同情心，还要做一个能够在生活中完善自己的人。不但要只接受自己是个好人的看法，还要接受我们眼见到的所有客观事物。不只是一种善良，还要拥有更多的正确性……这样去做好人，“好人一路平安”大概是没有错了！

二君皆是善良的好人。因为，既给我们指出善良与好人的艰难，又鼓励我们努力去善良去做好人。二君又是超凡的智者，给我们留下了关于善良关于好人的精妙至极的论述。这些论述是如此新鲜，读之，不禁五内俱热，欲全盘将其接受下来。但稍一沉吟，便多了一重疑惑。王蒙的“善良自然战胜凶恶”说，让人感到有一点阿Q式的自我安慰、自我麻醉；他对善良所下的定义，又太像是一种哲学游戏，近乎柏拉图式的精神梦呓。而星竹的“自我完善说”“接受所有客观事物说”，干脆给人一切都要逆来顺受才可做成好人的感觉；否则，“只接受自己是个好人的看法”，便会失去“更多的正确性”。

于是，善良其实是一种虚幻的抽象的东西，做好人是自己跟自己过不去的一桩颇为累人的事。

这日子口，谁不想活得实在一些，轻松一些，孙子才需要善良，孙子才喜欢闲着没事去做好人！这是循着二君的说法，让人自然而然得出的结论。

便感到向善的悲哀。

再静下心来想，二君之所论，实在是有着同一内核：向善，便是一种心灵的内趋，一种自我的规避与牺牲，便是一种无限的认忍。这或许会成就人的美德，却看不出善良的现实力量。如此善良，善良便更无用；如此行善，好人便更窝囊。如此如此，无异于善良向邪恶缴械，好人与世俗同流合污。卢梭在《爱弥儿》中所说，一切好事都来源于柔弱，指的便是这种情形。文人的善良、无用和误人，便在这里又找到了一例明证。

不禁想到鲁迅《忽然想到（之七）》中的一段话：

> 但是，在黄金世界还未到来之前，人们恐怕总不免同时含有这两种性质，只看发现时候的情形怎样，就显出勇敢和卑怯的大区别来。
>
> 可惜中国人但对于羊显凶兽相，而对于凶兽则显羊相，所以即使显着凶兽相，也是卑怯的国民。
>
> 这样下去，一定要完结的。
>
> 我想，要中国得救，也不必添什么东西进去，只要青年们将这两种性质的古传用法，反过来一用就够了：
>
> 对手如凶兽时就如凶兽，对手如羊就如羊！
>
> 那么，无论什么魔鬼，就只能回到他自己的地狱里去。

所以，善良应该走出纯粹的精神，寻找比邪恶还要多的武器；做好人亦不要囿于什么法则，找到切实可行的操作手段。套用鲁迅的话，便是：

> 要想使善良战胜邪恶，好人真正一路平安，也无须先做一个“心胸海阔的人”，无须拥有“更多的正确性”，只是持一种不调和的态度：面对善者我将更善；遇到恶者，以眼还眼！

1995 年 4 月 2 日

感念快乐

人，生来就是享受快乐的。

可是，人往往不快乐，甚至会感到痛苦；为了摆脱这种痛苦，人付出了很大的代价。

读周作人的《上下身》，感到人快乐不快乐，根本上，缘于人对生活所取的基本目标所向。

一种认为生活的目的是欲求的最终实现。

一种则认为生活的目的，不是欲求之果，而是追求过程本身。换一种说法，即生活的目的，不是经验之果，而是经验本身。

持第一种人生取向的，只对欲求实现的那一刻感兴趣，甚至把那一刻看作生活的全部。待到欲求实现的那一刻，常常会听到人们快乐的感叹："啊，这才叫生活！"有这种人生态度的人，欲求实现前的那段生活，是被忽视的，是无所谓的，甚至是多余的。然而，这段生活却正是最漫长的，躲也躲不开的，而且还需要浸以血汗，助以耐力的。这甩也甩不掉的生活过程便惹人痛苦。

持第二种人生态度的人，将生活视为整体，其过程是不可以随便选取一二的：既不能专为饮食而工作，又不能仅为工作而饮食；既不以为人可以终日睡觉或用茶酒代饭吃，又不把睡觉或饮酒喝茶作为可以轻蔑的事。这都是生活的一部分，不可割裂，都要认真对待，认真享受。还是引周作人所举的旧例：一精通茶道的日本人，有一回去旅行。每到驿站，必取出茶具，悠然地沏起茶来自喝。有人规劝他说：“行旅中何必如此？”他答得好：“行旅中难道不是生活么？”这种不割裂人生过程，认真地过每一天生活的人，才真正懂得了生活的真谛。生活无过程，每一天的生活都是人生的目的，所以，最终的目标实现与否便无几多意义。实现了，不会亢奋得失去理智；目的未果，也不会失落得终日昏沉。快乐伴随他整个人生。

从这个结论出发，人生要得到快乐，便不要苛求成功。

曾国藩曾在给其子曾纪鸿的书信中写道：“凡富贵功名，皆有命定，半由人力，半由天事。惟学作圣贤，全由自己作主，不与天命相干涉。”这是曾国藩老境之中的感叹，有深厚的人生况味。以时人的话说，人的成功，一半在于自我努力，一半在于人生机遇；而人海茫茫，又有多少机遇独钟于我？便要想得开。事事存一种“平常心”。这不是人生消极，而是积极的自我开怀，保留一种健康平静的心地。举凡人心有大贪，如果不果，必有大失落；大失落之后，往往堕于恶俗，声色犬马，酒肉人生，践踏人伦，于己于人均有大伤害。有“平常心”的人，才能忍受“有所失”，从容裕如地在凡常生活中，享受人生之温和快乐。另，有“平常心”者，才可“学作圣贤”，做有修养有内质层次的人。

当今现世，所谓“圣贤”者，系处世旷达，不争市利，不骛市声，平平静静地做自己想做的事情，又不在乎旁人评说的那一类人。因为，有多少人为了追逐一己成功，而不择手段，丧失了人性天理；又有多少人为了一时的热噪，而急功近利，将一生快乐悉数押在了一瞬之间。

读哈兹里特《谈有学问的无知》，觉得获取人生快乐，还有一个技术性手段，便是求知。

一个人受时空的限制，视之无多，听之寥寥，生活在一个很狭窄的世界里。狭窄的世界，造就狭隘的心胸，近视的眼力，脆弱的性情，造就囿于鸡毛蒜皮琐碎恒常中的人。而这种人，激情消遁，想象力萎缩，又能感受到几多快乐呢?

便要求知，便要阅读。

读书，是借别人的眼睛，借别人的耳朵，看自己所未见，听自己所未闻，积累更多的人生经验，扩宽更大的感知空间。人生经验和感知空间，是人想象力的培养基；而想象力丰富的人，是有激情的人，激情，正是快乐之源。具体地说，读书读得多的人，起码是不自以为是的人，是不会认死理的人。

自以为是的人，排斥他人排斥身外的世界，而离开他人离开身外的世界，快乐便失去了生发的条件。

认死理的人，心灵幽闭，故步自封，不接受新异的事物，自己跟自己过不去，快乐便无处附着。

需要特别指出的是，哈兹里特给“求知”予以鲜明的界定——求知，是汲求“切合我们的经验、感情和追求，有助于人们的事业和心灵的那些知识”，而不是为了作“学问”而求知，为了“学问”而求知。即便成为所谓的学者，如若“他知道一首诗有多少韵脚，一个剧本有多少幕，可是关于诗的灵魂或精神却茫然无知”，那么，于快乐，几无裨益。他称这叫“有学问的无知”。

所以，从人生快乐的角度看，读书亦不该读死书啊。

1995 年 4 月 30 日

几种欲望

读萨特的《词语》，突然想到幼年时的一个欲望。幼时，家中缺粮，各种野菜均吃遍了，吃得人口唇肿大，甚至对吃饭都失去了兴趣。那时，正读小学五年级，考好了才可升到初中去，虽饿得在课桌前眼冒金光，却仍努力地撑着瘦肩颈，把老师也同样饿疲软了的声音听真切。因为心中有一个极强烈的欲望，便是考出去，到山外去当个伙房的大师傅。当大师傅的，白面馒头可以吃个够，能当个大师傅是多么幸福啊！

其实，一个被烟熏火燎得渐渐臃肿起来的大师傅，算什么幸福呢？只为了享受那饱的滋味、饱的感觉，这是多么可怜的欲望！一种草民的欲望。

王安忆在《叔叔的故事》里，写她叔叔失意后，为了抵抗灵魂的压抑，便有意无意地夸大、强调、扩张他肉体的需要，把这种需要与生存联系起来，成为生活的第一位。在现实生活的压抑下，他白天可以喝劣质的白酒，抽报纸卷的粗大的旱烟，但一到晚上，必须花样百出地从老婆那里寻求肉体的快乐。他企图在肉体的极度疲惫中，寻得内心的平衡。这是一种可悲的肉的欲望，是被外力所异化的一种欲望。

川端康成去伊豆的路上，看到了轻风吹拂下茂密的山草，心里很感动，不禁倒卧在草丛之中，听草叶弄歌。他感到这一刻身心通泰，幸福原来离他很近很近。躺在茂密的山草上，都令川端康成感到幸福，是不是不可思议呢？川端的心地极淡泊，无强烈的欲望，他那颗易感的心又是那样的纤柔；轻风吹拂的茂草中那一刻小憩得到的满足，便可以理解了。这种境界，非闲淡的雅人不可成就，对凡人来说不是一件容易的事。但换个角度说，像川端康成这样的大文人，有追求雅趣的惯常欲望，一俟机会来到，便适时地寻求满足，因而弄出一些雅境，让常人钦羡。这是一种有益而无力的欲望。

雨果无疑是伟大的，他有很强烈的创作的欲望，但他有一个更为强烈的欲望，便是不断地追逐和征服女人。读雨果的传记，使人知道他每次爱上一个女人，便会有一部伟大的作品问世。他创作的欲望是淹没在征服女人的欲望中的。他到了耄耋之年，仍能写出生机盎然的青俊诗篇，比青年诗人的诗还具青春魔力，是因为他始终对生活充满了火热的激情。雨果是被两种欲望的坐标确定了的，他的内心从未平静过，过于汹涌的情感激流，使他饱尝忧患和痛苦。纵观雨果的个人生活，本身就是一个“悲惨的世界”。

两种纠缠在一起、互相吞噬的欲望，却并未把雨果毁灭，是何因由呢？因为雨果是天才，天才拯救了雨果！凡常人切不可觊觎这样的欲望，那会陷入泥潭，遭没顶之灾。这里要说一句题外的话，就是要坦然地承认天才，承认天才与凡人间的差别。人不可无欲望，但存何种欲望，亦须从自己的实际出发，实事求是才好。

法国女作家西蒙·波伏娃在她的回忆录中说过，不可过分追逐金钱，金钱本身给你带不来什么——追逐金钱，会给人一种为了活着而活着的感觉。为了活着而活着是一种原始的生活，为真正的文明的现代人所不能容忍。

读《北京人在纽约》，那个王起明，没钱时，拥有心灵的平静，拥有爱情，拥有他的音乐艺术。在纽约他拼命赚钱，成了华人圈里的富者；但有了钱之后，却失去了女儿的爱，失去了妻子的爱，也锈蚀了他的琴。他在无奈中感叹道：“我这一切，到底是为了什么？”嗟夫，人类追求美好情感的欲望，到底还是不会被金钱的欲望所湮没的。追求人性的美好，是人的本能啊。

1995 年 6 月 6 日

在温暖中读书

读书，是不是也需要一个氛围呢?

需要。

比如我之于读书，屋子须温暖。有一爿热炕则更好。

这缘于少时的读书生活。

山里老家睡土炕。土炕下有纵横的几截通火道，与土炕前的地炉子相连，土炕便很温热，得腰腿病的人极少。

在土炕的一头放一张小方桌，盘腿坐着看一些读物。父母睡前把地炉封了煤，土炕便是一个温床。夜愈来愈深，愈来愈静，地炉的火渐渐强劲起来，身下也愈来愈热。如无数温柔小手轻轻撩摸，周身通泰着，无困倦的一丝影儿，书读得好有滋味。

到小城之后，睡土炕便是一种奢侈。把屋子弄得暖一些，还是很容易的。

在书斋中生了一个洋炉。围炉而读，再佐以一杯热茶，直弄得手热、脸热、心热，那读书的趣味与在土炕上睡觉便无二致。

另，不仅围炉而读，与合得来的友人，围炉而谈，或围炉小酌，心热无芥蒂，也能侃出厚厚温温的妙趣。不到三年，与莫逆张先生合著了《两个人的风景》《两个人的故事》等三本书，便是额首拥炉的产物。所以，这些书与其说是思想的结晶，莫如说是围炉趣味的积叠。

伏案著书是一桩苦差事，炉前啜茶闲聊却是大乐事。书生有书生的日子可过。

然洋炉生得久了，烟尘太厚，书架上的新书，也像从旧书堆上捡来的，便生出一些不快活。掏了仅有的一点积蓄，置办了土暖设备。靠在暖气片上读书，热气从背膀间沁进心中，那昏暗纸面上的黑黑的字，就也像一棵棵春草，青葱起来。

朱湘说："科学，哲学，等于脑；宗教，艺术等于心。"那么，读书便是灵魂与灵魂的交融，心与心的相印。交融，相印，都离不开一种东西，即温暖。

在温暖中，血液流得畅快，从趾梢到发尖的郁积皆渐渐地散去，七窍均悄悄地开放了，成一种吸收的场。在如此特殊的场中，那寂寞的书香，飘进寂寞的心田，作透彻的融合，是忒自然的事。

土暖气的暖气炉有个大大的炉膛，延续那近似生命的温暖，要烧去很多很多的煤。

自己的女人说："煤烧得太快了，钱花得费。"

我说："煤可以再买，钱可以再挣，灵魂的那一刻愉悦，一旦逝去，便不可再捕捉了。"

自己的女人爱自己，不怕烧去她一文一文艰辛的血汗钱。但我们的作家，却常常忘记心疼自己的女人。当自己把自己安置得很温暖，心和脑皆作开放状，捧一本堂皇的书而读，而读到的却是粗鄙、卑污、伪情和假的科学、假的意识。那一刻，给人的感觉，仅仅是"三春寒"么？一个恋人，含着深情，去吻自己的爱人，对方却亮出了一把匕首，与之为一辙尔。

近年来，屡遭这般情状，便生出一丝无用的愤慨：与其让这些末流的书充斥市井，不如无有书。因为，人真知道了无，才能创造有；拥有伪有的时候，决无创造真有之望。

噫吁，从温暖中读出温暖来，须好书啊！

但不悲观。温暖的炉子是不熄的（人类生命与创造之火不熄），依然有可读的书闪着寂寞之光。即便没有，几本好读的旧书还在书架上放着，温暖的读书趣味，是终究不会失去的。

文人幸福

《门外文谈》是鲁迅晚年所写下的一篇著名的短论，在文中，他论述了文艺的起源问题。他说：“上古结绳而治，后世圣人易之以书契。”文字的发明是与史官记述官事有关的，并非为了生民的生产生活，它是统治阶级立足于“治”的工具。这种文字（文艺）观，正解释了自古以来文章成为奇货，文艺家被无上尊崇的历史原因。通俗地说，文艺家的地位，不是建立在大众需求的基础上，而是依附于统治阶级的地位而衍生出来的。

这一点，从科举制度与知识分子的关系也可以得到印证，金诤在其《科举与中国文化》一书中写道：

> 在漫长的封建社会中，为中国文化的丰富发展做出了巨大贡献的一切伟大的政治家、思想家、文学家、史学家以及其他学问家，很少不是通过科举考试而跻身社会上层，由此获得了做出其贡献的活动基础。而同一时期对于中国文化的建构有巨大负面影响的那些大人物，也很少不是同一道路的过来人。如果说，一个民族、一个社会的文化代表是知识分

子，那么中国无数知识分子的面貌、精神，都是由科举制度塑造出来的。

所以，历代文学家的辉煌文字，差不多都是科举入仕、或入仕为政时的副产品。

也就是说，科举制度并不是为了造就专门意义上的作家，而是为了培养与选拔国家的管理人才，学而优则仕也。而科举考试内容偏重于文史，意外地造就大量的文学家。在他们入仕之后，又常常吟诗作赋以文学家的面目出现，这就给社会一个错觉，似乎文学家在社会阶层中占据了优越的受人尊敬的地位，这便是一种误会。在官本位的社会中，受尊重的是他们的官职，而不是他们的文学创作本身。所以作家的失落，从科举制度被废除的那天起，从作家脱离了政权而须以自己的创作养活自己之时起，就已经开始了。

鲁迅是最敏锐地感到了这种失落的，他在小说集《呐喊》的自序中说："凡是一人的主张，得了赞和，是促其前进的，得了反对，是促其奋斗的，独有叫喊于生人中，而生人并无反应，既非赞同，也无反对，如置身毫无边际的荒原，无可措手的了，这是怎样的悲哀呵，我于是以我所感到者为寂寞。"

这种感觉，使鲁迅迅速自省："因为经验使我反省，看见自己了，就是我绝不是一个振臂一呼应者云集的英雄。"于是鲁迅从救世的姿态转向立足现实的文化启蒙，以"盗天火，煮自己的肉"的牺牲精神，向大众播撒文明的种子。这时的鲁迅已不企及现世的回报，而寄希望于遥远的未来。

当代作家很少有鲁迅式的自省，因为他们生长的环境，正是文艺为政治服务的口号叫得响的时代，文学的作用被政治性地夸大了，作家们陶醉于“灵魂工程师”的美誉中。殊不知这是文学对政治的最后一次依附，对作家来说，既是造就，亦是捉弄。有论者说，这是农业文明向工业文明转换途中的特殊的“历史中间物”，也是科举制度在我国文学中的最后的余荫。笔者颇以为确。

所以，进入后工业时代，文学的边缘化是历史的必然。那些不曾以社会理性与文化理性冷静待之的所谓的“人文精神”的拯救者的铺张扬厉的宣言与鼓噪，便显得愚盲与虚妄。其实文学的失落，并非就是文学的末途，恰恰是重新上路的机遇——文学脱离了对权力的依附之后，正是回归它自身的历史大赐。文学可以建立独立的文化品格，发出属于自己的“金石之声”。人性中的天然的向善向美向真的本性，自然要亲和于具有丰满的真善美含量的文学作品。

于是，所谓市场经济对文学的冲击，也是暂时的——因为中国刚刚进入市场的层面，文化市场处在先天不足的状态，文化还未真正进入流通环节。文化一旦进入流通环节之后，它的再生价值是巨大的，发达资本主义国家的文化现状有力地说明了这一点。

文学工作者应该对自己的身份有理性的定位：既不是救世主，也不是落魄“贵族”，而是平凡而特殊的一族，是精神产品的生产者。德国哲学家雅斯贝尔斯说：“在几百年的时间里，人们愈益清楚地看到，精神创造的工作必须由那些从内心深处获取动力的人来承担。事实上，在全部历史中，孤独是一切真正的能动性的基础。”也就是说，作为精神产品生产者的作家，应该是具有独异品格的人——一是内心的强烈需要，二是承受孤独的坚强意志。

有记者问博尔赫斯：

“在您的一生中，文学究竟意味着什么？”

博尔赫斯无限深情地从容答道：

“幸运和幸福。在我撰写生平第一行文字之前，我就有一种神秘的感觉，而毫无疑问正是这个原因，我知道我的命运是从事文学。除了读者之外，我还有当一名作家的幸运。”

所以，为什么说博尔赫斯是“作家们的作家”，原因也正在这里，他把文学作为生命价值实现之途和生命幸福之源。其实鲁迅的《门外文谈》中，也表达了这样的意思，只不过，鲁迅来得更深刻更沉潜，善作平面思考的所谓文人，一时还未品味得出。

2001年9月9日

风声在耳

走在熙攘的街市上，看着攫利者飘忽的行色，听着叫卖者嘹唳的贩声，内心不禁忧郁起来：感到人到底是被生计追迫着，本质上是与觅食的兽们无多大差异的。古人把人叫“两脚兽”，是确当的。既然是兽，对物质的索求，便是情理之中的事——这是生之维系的基础。并且，世人多认为，物质索求得愈多，支配起来就愈有余裕，生命的自由就愈多。

然而，即使对物的追逐是人性的，但被物支配着的人的生活，终有沦落的味道，因为人到底是人，而不是兽。想到此，心情竟烦躁起来。

从街市踅回书房，翻几本闲书，一本纪德的《人间食粮》，一本《梁宗岱批评文集》，一本《难忘徐志摩》。当我作无目的的阅读的时候，总是同时翻几本书。便发现了一个趣处：即同是面黄骨瘦之人，却均有丰腴的浪漫情怀，现实拘其不住，我行我素地活得很热烈，很幸福（至少在感觉上很幸福）。稍做思忖，我笑了：他们都是被书香涵养着的人，他们生活在精神里。因而，他们具有了超越兽性的一种“神性”，即：不为物象所动，煮字疗饥。感觉着他们的“神性”，烦躁的心竟在不知不觉间，平静如水。

便想到了梭罗。梭罗在瓦尔登湖畔筑屋而居，远离红尘，仅靠最起码的一点物质资料为生，居然喂肥了那原本枯瘠的心地，成就了伟大的超验主义代表作《瓦尔登湖》。在书中他说：多余的金钱，只能购买多余的物质，真正的生活所需，是不需钱的。沿着梭罗的指引，我想，人之所以生活得惶恐与急迫，是把追逐多余的物质，当作人生的目的了。正如饕餮的兽们，虽食已餍足，逐尸之欲却不能餍足，悲苦于欲望本身也。

所以，涵养着书香的人，与物欲淡远了，饱尝着简约之境给内心带来的平静。这种平静，就是心灵的自由，就是幸福本身。那么，书籍对人的意义就显得至关重要了，它作着这样的证明：人与兽的区别就在于，人可以不为生存而生存。

一书在手，神游太极。这是唯有人，才能领略的境界。也就是说，人完全可以生活在精神之中。

思至此，我又忆起素日的一些关于书的感受。

——当自己最看重的一些人、一些事、一些感情，由于世事的乖戾，机缘的作弄，突然就离你而去了，便感到山之欲倾，身之欲颓，几乎感到再也没有再生的出路了。无奈之下，躲进书房，拿一册蒙田的随笔，硬着头皮读下去，慢慢竟入巷了，从字里行间悟出：自己的苦乐感受其实古已有之，正是这种不请自到的磨砺，才使人聪敏起来。人间没有新鲜之事，更没有决绝之事，你只要有耐心走向时间深处，一切都会自行化解，一切都会有新的开端。于是，内心的皱褶竟慢慢舒展了，感到自己的偏执真是有几分可笑，我之愚甚于古人。当书读得沉酣之时，感到，有书可读得进的日子，其实什么都没缺少。书真是疗心的药剂啊！

——人时时会陷入沉沉的孤独之中，亦会感到人生的短暂和飘忽，便生出难以徘遣的幻灭感。但一旦进入书的境界，发现每本书都是一个无言的友人，只要你肯于与其亲近，他都会向你娓娓地叙说，就像小草淋到甘露，你的心便倏地清亮起来——日子其实是毫不灰暗的，是你未打开心灵的窗子。静静想来，书是人类不竭的生命：人只有一次生命，每人都只有一种生命感受，但你每读一本书，就多了一种生命感受。那么，读过千本万本书，你就拥有了千条万条生命。同样，一个人只能活一生，但只要你从古读到今，你就拥有了千百万年的人生经验，就等于你从古活到今。如果你再留心著述，你的人生轨迹会延伸到时空的深处，你是不死的。

于是，人与兽的根本不同，就在于：人可以以精神疗救肉体，也可以以精神的记述——书籍，拓展延续生命的疆域，使生命不朽。

正是这种属性，才使人高贵起来。那么，匍匐在物质之上的人，不仅是沉沦，而且是自戕。

“宫殿里有悲哭，茅屋里有歌声。”——人的幸福，是由精神支配的，不取决于物质的多寡。

“贫穷而能静静地听着风声，也是快乐的。”这是海德格尔“人要诗意地栖止”的形象阐释。人摆脱了物质的羁束，在精神的世界里会得到无限的自由。

在书房里阅读，不亦是风声在耳么？

这样的意象在脑中闪现出来之后，我不禁笑出声来。连忙点上了一支烟，吐出的烟雾，有甜丝丝的味道。巴斯加尔说得好：“一个人越是有思想，越是能发现人群中卓尔不凡的情调，一般人是分辨不出人与人之间的差异的。”这种差异，决定了幸福的深度和生命的质量，也决定了我手中这支烟，不仅仅是一支烟。

2001年9月22日

风吹在风上

一

“在最远处，我最虔诚”，因为它与杰出者的终极理想有关，因此被天才诗人海子所极力推崇。

我虽然不是杰出者，但这句话，却也令我百般回味，咏叹不止。因为没有哪一个词，能比它更准确、更私人化地表述我阅读的起点和精神生活开启的过程。

我出生在贫寒之家，但贫寒却并没有让我感到忧伤。让我感到忧伤的倒是因大山的遮蔽，远眺的目光总是瞬间之下被反弹回来，给我一种自生自灭的恐惧和幻灭感。祖父麻木地赶着一群羊，混浊的目光中是一种卑微的沧桑。他习惯性地亲热着他的每一只羊，在羊被赶进屠宰场时，又习惯性地流下悲伤的泪水。他被这种亲热与悲伤推着往生命的暮色中走去，周而复始，微不足道，仅是习惯而已。

于是，我躺在滚烫的土炕上，常常臆想着山外的事情，莫名其妙地烦躁起来。

在上小学的时候，不知哪一天，我意外地读到了一个叫闻一多的陌生人的一篇题目叫《睡者》的分行文字，读着读着，便泪流满面了。里边有一个简单的句子——

灯儿灭了，人儿在床

就因为它的简单，所以我哭了。因为少年的心在热炕上变得异常敏感，总是能在风声中听到远方的呼唤，而现实却把自己牢牢地钉在这温暖而僵硬的方寸之地。灯儿灭了，人儿在床，那是壮年的父母所喜欢的光景，在微光中，他们总是叠加在一起，颠簸的破棉被下，他们发出知足的歌吟。这不是我想听到的声音，因而我厌烦着、蔑视着、仇恨着，想在屋顶上捅个窟窿。

那屋梁上，正蹲伏着一只夜鼠。尽管光线幽暗，但是我们的目光还是碰撞在了一起。我难为情地笑了笑，只因为我识破了它的企图。房梁的另一头，有一挂玉米种子，穗大而沉实。它顽强地等待着一个间隙。我知道，它有强烈的欲望和足够的机智，它的目的一定会实现。于是我合上了眼，我不屑于干涉一个鼠辈的生活。并且那是一种可怜得很简陋的生活啊!

我想到远方。

那个时代所给予我的关于远方的概念，是由这么几个关键词构成的：北京——韶山——井冈山——延安——苏修——美帝。

第二天放学之后，我用从学校偷回来的粉笔，在村里的几处房屋的墙壁上画上了三角形的站标，形成了一条环村的行程路线。起点当然是我们家，终点便自然不会例外。其余几处房屋分别是：大队部、饲养棚、关帝庙、村口茅厕和下放右派南国仁的居所——一座四面漏风的土屋。站标上标的站名石板房、北京、韶山、井冈山、延安、苏修、美帝。石板房是我们村的村名，首先就标在我家的墙壁上，那么这条环线的顺序便是：石板房——北京——韶山——井冈山——延安——苏修——美帝——石板房。

我想，在这条线上走的，当然应该是火车，那样，才真正具有远行的味道。便集合了十二位同学勾肩搭背地组成一辆。我是车头，嘴里弄出一声汽笛，伙伴们便哐当哐当上路了。

“火车”一启动，一种幻化了的辽远感觉，就幸福得我们心尖儿奇痒，每人眼里都噙着庄肃的目光，山村的贫寒与窄仄顷刻间就离我们远了。我们在环线上不停地走着，似乎真的有了一股来自列车的惯性，直到把星辰走得繁密了。当时是隆冬季节，火车一边走着，小伙伴们一边用鼻子往棉袄的袖子上蹭鼻涕。但是手臂是绝不能松弛的，因为那是车厢间的搭钩。

虽然受到了大人的呵责，但我们的梦中，终于有了辽远的笑声。

“假的就是假的，伪装应该剥去。”时间一久，伙伴们的热情就消失了，一边喊着这样的句子，一边陆续缩回屋里，“猫冬”去了。猫冬是祖传的生活样式，一进入寒冬，人们就猫一样缩蜷在热热的土炕上，隐忍地栖止着，外面的尖风与狼嚎与自己无关。由此而遗传下来的务实的品性，使山里的孩子不会有经久的浪漫。

而我的心却因不能收束而愈加忧伤，像一只孑孓，落寞地游弋在清冷的街头。我鄙视着自己，因为自己太像一只孑孓了。

游移到下放右派南国仁的居所前，不知为什么，我兀地停了下来。抬头望时，发现南先生就在我的眼前，朝我眯眯笑着。他脸白无须，颊肉丰腴，无男人样相，像个胖大的妇人。

“你笑什么笑？”我发出一声愠语。

“你敢不敢上我的屋里来？”他还是眯眯笑着，但笑里却含有逗弄的成分。

我说：“龟儿子才不敢！”

进到屋里之后，双方都感到无话可说，便很尴尬地站在地上。我的目光是简单而率性的，甚至是挑衅地盯着他的那张大白脸。他竟像做错了什么似的，极不自在地躲闪着。后来，他像得救了一样，呃了一声，迅速地转过头去，掀开他炕上铺的破毡子，拿出几本包着牛皮纸封面的小册子。

看着我吃惊的样子，他反而平静了，说："几本世界人民反帝反修连环画而已。"

记得一本是中国人民反修的《珍宝岛反击战》；一本是越南人民反帝的《琼虎》。

琼虎是一个越南解放军侦查员的名字，我接过连环画之后，不假思索地念道："京虎。"

"不是'京'，是'穷'。"南先生笑着说。

"你不要胡说八道，革命的越南人民会是'穷'吗？就念'京'。"我生气地呵斥道。

他并不辩白，依旧眯眯笑着。

趴在自家的土炕上，首先翻的就是那本《琼虎》。画面上那高大俊美的椰树，铺天盖地的修竹，戴着斗笠英勇不屈的战士，都给了我前所未有的震撼。远方的一切，不仅美丽，而且是那么壮丽！便亢奋地喊了一声："操，我应该到越南去！"

心中荡漾着的豪情，居然支配我找来一本字典。那个字，果然是"穷"。

像激流遇到礁石，我的心被硌了一下，觉得这个世界，太多太多的东西还不属于自己。那些东西不在身边，而在你还未曾达到的地方。

那几本连环画，我翻了好几遍。起初是为了满足好奇，待激情过后，便为里边的许多生字而耿耿于怀，便怀着一股莫名的仇恨，借着字典的指引，把它们都认熟了。

这之后，我对阅读产生了强烈的欲望，因为在文字中遨游时，我忘记了当下的处境，感到自己就生活在远方。

这种由阅读而产生的“身在远方”的现场感，给我带来了微妙的心理变化——

我不再是山沟里的一只孑孓，也不再是房梁上仅仅觊觎于食物的夜鼠。反正我被膨胀了，我被洞开了一道裂缝，看到了上帝洒下来的一丝光亮。

二

一夜，耗去整个通宵，读了一本燎原写的《海子评传》，发现我们有相同的生活经历，有相同的血性气质，更有相同的心路历程。不同的是，他用他天才的创作和轰轰烈烈的人生告别仪式，把自己“完形”成一个杰出的精神的丰碑，而我却还是一个普普通通的读书人。

由于他，我变得既自卑，又自信。自卑，当然是因为自己的平庸；自信，是因为自己究竟也是个写作者，是完全可以把自己造就成杰出的。

我开始迫切地想要读遍他全部的作品。

不仅是要找到迈向杰出的坐标，而且是要从海子这个悲壮者那里获得勇气，剔除怠惰与浮躁，从自己的血管里掘出新生之血。

那个年月，由于贫寒，南先生给的连环画读完之后，因为买不起书，便从大队部借回“两报一刊”——《人民日报》、《解放军报》和《红旗》杂志。在灯捻炸响中，我读得像夜鼠一样贪婪。版面上虽然堆积着太多的与少年的口味不甚适应的政治术语，但这些术语，也是属于远方的信号，也足以把少年的心摇曳得绰约多姿。

即便是假期，我也在土炕上蛰伏着，吸啜报刊上浓浓的墨香。

母亲颇多烦怨，不迭地催促道："你也去挣几个工分吧，咱家不是地主老财。"

我被催促得怒了，恨恨地跪在她脚下："娘，你让我多读点书吧，如果我出息了，可不是几个工分能比得了的。"

我的口气太大了，把母亲骇着了，她不再言语。

我接着说："娘，你且放心吧，如果我不能出息到山外去，那么我就拼命地给你挣工分，不管是刮风下雨，还是数九寒冬。"

少年的悲壮又把她骇住了，她转过身去，擦了擦眼角，不声不响地走了。

卓越的海子也经受过工分的困惑。只不过他有过人的天分，他能够在学业之余，拼命地帮家里干活，在生产队的计时工里，以每天两分工值的顽强叠加，为家庭做出本分的贡献。

所以，在他的评传里当我读到这个细节，我失声大哭。

这不是自爱自怜之哭，而是悲天悯人之哭，因为在黑土地里，只能生长出麦子这样的植物。

所以，在读了他给他城里的恋人的献诗之后，我心里低沉地叫道："海子，我的兄弟！"

诗中云——

你的母亲是樱桃
我的母亲是血泪

我们都是土地之子，是承继着相同的背负而走出乡间的。

于是，正像艰苦的农人怀着仇恨收割期望得太久的麦子一样，困厄中的读书，反而激发了少年对阅读的苦大仇深般的热爱。到了后来，像祖父习惯性地亲热着他的每一只羊一样，我们习惯性地亲热着到手的每一本书。

但是，生命一不留神进入了时尚和享乐的时代，我们被孤立了，陷入了死一样的寂寞和孤独。因为，一般来说，生命的世俗快乐，无不是以“群”的形式体现的，但是“群”又使生命个体必须付出代价，它是通过对个体生命中那种最具光彩的个性的剥夺，使个体在其中获得接纳。一般的土地之子，在“群”的吸纳面前，很快就屈服了，因而在“群”的价值分配体系上得到补偿，甚至是超量的奖掖。而不幸的是，海子和我都因阅读而成了崇尚精神和个性的人，不愿为世俗的利益而牺牲自己的原则，于是，被“世所不容”。在精神者的傲骨面前，这种挤压，更诱砺出更加决绝的抵抗——海子在悲愤地写出了《在昌平的孤独》之后，凛然自决。我则仰天挥泪，辞去一个在别人眼里炙手可热的官职，为受伤的心争得一个喘息的机会。

《海子诗全编》终于买到了。那人群还在门口集聚着，为了遮蔽飘落的雪花，甚至搭起了两座简易帐篷。我上前同他们搭话，得知是一个乡亲因交不起电费在村部被电工打了，伤得很重，而村部却置之不理。他们并没绝望，因为他们相信，上级机关一定是亲民的，便自发地来到这个大门前。

我知道，他们的问题一定会得到解决，因为我看到信访办的几个干部正急急地朝这里走来。

但是，我还是生出一丝不安，甚至愧疚。感到，平民百姓在为生存奋争的时候，我却躲进了书斋，这种生活是不是有些奢侈？

稍作沉吟之后，我突然看清了自己：我虽然是个读书人，是个沉浸在思想中的人，但毕竟也是一介平民。所不同的是，诉众是向政府要生存的说法，寄希望于权力话语的价值评判；而我却是向书本、向自己的内心寻找生活的理由，建立一种能安妥灵魂，甚至具有普世意义的道德评判。他们是世俗的，也许卑微；我是精神的，却未必高贵。

因为我们的来路、诉求和对未来的追索，在本质上是一样的。

因此，愧疚是不必要的，相反，要想真的高贵起来，就要扮好自己的角色，在终极价值上作不懈的追求。因为民众是精神者的生存麦地——麦子收获了，仍旧是一片空旷和荒凉；而通过阅读，使自己有能力发出一些声音，恰恰是对麦地的知恩图报——“风吹在风上”，增加一点正义和公正的力度和分量。

同时，我也体味到：精神之光在坚硬的现实中，从来是微弱的，所以，纵然有超人的天赋和超常的感悟，也绝不应该轻薄矜夸，以聚群喝令的“王”而自美，从自我救赎方面计，从增强对现实的道德干预能力计，读书人（包括写作者）应该是带着使命而读书，做自己心中之王。

“在最远处，我最虔诚”，实在是读书人应该具有的理性和理想。因为，所谓“最远处”，其实就是知识者的人文理想和终极价值。做自己心中之王，其实就是寻找或者营造自己内心的“光源”。当你本身就是一个光源的时候，你便不再是一个可有可无的旁观者。面对莽莽苍苍一望无际的麦地，你会从容地不图回报地播撒人文关怀之光。

这当然是一个漫长而痛苦的过程。

但拉丁美洲有一句格言：罪过一定是痛苦，而痛苦未必就是罪过。那种功利性的阅读，享乐主义的阅读和自恃高人一等的阅读，却绝对是一种罪过。因为，这种阅读，疏离了与民众和民生的联系，遑论普照与救世，便是读书人最起码的良心与操守也付之阙如。这种缺失，即：诗与悲悯。

2003 年 11 月 13 日

阅读而行远

宁肯在《想象的悬崖》一文中说过一句话：阅读就是写作者的故乡，一个没有故乡的人是走不远的人。

他的话，我是同意的，因为经年不断的阅读使我感觉到，已有的书籍，都跟人类的来路有关，是精神遗传的细胞，影响着心灵的走向。也就是说，信念的确立，心像的形成，精神的创造，都不是空穴来风、无本之木，而是有着历史的根脉和思想的坐标的。

林徽因给我的印象，一直是才情皆具、生活优裕、不食人间烟火的，有着“纯粹”的优雅之美。读过她的书信之后，我发现这样的感觉是错的——

她虽然是林长民的女公子、梁启超的儿媳，是大家闺秀，但并不就是衣食无忧的——林、梁的没落，时局的动荡，致使她的生活起点与民女无异。事实上，抗战时期，她甚至穷到买不起鞋的地步，儿子也只得穿草鞋上学，而且还是最便宜的草鞋。对此，李健吾先生是感慨不已的，傅斯年还暗自向当时的教育部长朱家骅致函为她求助。

但是，生活的煎熬，并没影响她的生命品质。

卢沟桥炮响，她立即写信给在北戴河避暑、才七八岁的女儿：“如果日本人来占北平，我们都愿意打仗，那时候你就跟着大姑那边，我们就守在北平，等到打胜了仗再说。我觉得现在我们做中国人应该要顶勇敢，什么都不怕，什么都顶有决心才好。”北平沦陷后，当梁思成一接到日寇“亲善”的请帖，林徽因就毫不犹豫地和丈夫一道，扔下家产，扶老携幼，穿过封锁，匆匆南下。不仅如此，1938 年春她在昆明写给沈从文的信中还表达了直接参战的心愿：“陇海全线的激战使我十分兴奋，那一带地方我比较熟悉，整个心都像在那上面滚，有许多人似乎看那些新闻印象里只有一堆内地县名，根本不发生感应，我就奇怪！我真想在山西随军，（尽管）做什么自己可不大知道！”

然而，长期极度贫困的物质生活对一个优柔的女性毕竟是残酷的，暗暗的销蚀使未满四十正值盛年的林徽因，已变得形貌苍老而憔悴，疾病缠身如风中残烛。为了挽救这一美丽的生命，外国友人安排她出国疗养，她再一次做出了坚毅的抉择——决不做“白俄”，誓死留在祖国，患难与同胞共！

这感天动地的情怀，都是从林徽因给挚友亲朋的书信中，感受到的。林徽因是个科学家，她的书信不像文学家那样，是“公然”表演的道具，而是传递心灵消息的“私人”文件。成为“文学”而发表出来，也是身后的事，因而是可信的。

唏嘘之余，不禁追问：林徽因因何具有这样的精神品格？

我看是与她的启蒙教育、自身修为、知识环境有关。

林长民和梁启超都是“民粹”人物，通体的承载是中国的传统文化。林徽因的出生、成长、生活都是在“国学”的环境之中，尽管她也出过国、留过洋，但知识谱系的起点、骨架和细胞基因却是中国的。她是在“国学”的土壤上长成的一棵清奇的植株。

中国传统文化最核心的一个人文精神便是“修身、齐家、治国、平天下”。所谓“修齐治平”，就从源头上规定了中国知识分子的自身修为不是利己的，而是利它的，要有民生意识、家国忧患和历史担当。

所以，有理由说，正是这种“家学”的来路，使林徽因作了那样的选择，她所呈现出的境界，是文化的作用。

现在看来，鲁迅的“不读中国书”之说，多少是有些感情用事的。中国的传统文化，固然有保守、不易“变通”、阻滞“改革”的一面，但是它温厚的伦理因素，却可以给知识分子以起码的操守和应有的气节。换言之，读中国的书，也是可以行远的。

1953年3月17日林徽因在给梁思成的信中，透露了另一种耐人寻味的消息：

> 昨天是星期天，老金不到十点就来了，刚进门再冰也回来，接着小弟来了，此外无他人，谈得正好，却又从无线电中传到捷克总统逝世消息。这种消息来在那样沉痛的斯大林同志的殡仪之后，令人发愣发呆，不能相信不幸的事可以这样的连着发生。大家的心境又黯然了……

金岳霖、林徽因和梁思成有“金三角”的情感，萧乾为此曾感叹道：“这三位都是了不起的人，有才能，有学问，品格高尚。他们之间是人与人关系臻于最美最崇高的境界。”所以，即便金岳霖经常陪伴在林徽因的左右，由于爱得纯粹，也得到了梁思成的尊重和信任，彼此是不猜疑的。但是，在信中，林徽因还是悉数地报上会晤的实况的，再冰、小弟之在，绝不是闲笔。从这一点上看，林徽因虽然是个超凡脱俗的人，但也是不乏人间女性的细腻和周致的。她有按常规出牌的一面。

然而，这并不是我的兴趣所在，耐人寻味的是，作为一个不问政治的建筑学家，居然为斯大林殡仪之后捷克总统的逝世而心境黯然。那时的捷克，也是社会主义阵营中的一员，在林徽因的意识中，捷克的总统也是自己的领袖和同志的。不难看出，在她优雅优游的表象背后，骨子里是有很深的“政治情结”的。这里自然要包括那个特立独行的金岳霖，因为林徽因的笔下明确地写着：大家的心境又黯然了。

因为读的是私人信件，便不存在外界“迫压”的问题，一切都是内心情感的真实流露。

这不免让人想到知识分子的“个人话语”与“国家话语”（或曰“政治话语”）的关系问题。

有论者说，新中国刚刚成立，从延安走来的知识分子，就已经基本完成了从以“个人话语”为中心到以“国家话语”为中心的思想转变，成了革命的知识分子。之所以这样，是因为这一部分知识分子经历了“文艺抗战”“延安文艺座谈会”和“延安整风”等思想改造运动，主观世界已深深地打上了“阶级的烙印”。

然而，解放区之外的知识分子，在事实上，接受“改造”的态度也是积极的，也是自觉地将“小我”融入“大我”的，甚至表现出更加急迫的姿态。这一点，有大量的历史案例放在“明处”，是无须详细论证的。

为什么会这样？从林徽因的私人信件里，是可以“窥”到一个合理的解释的，这还是与中国的文化传统有关。

中国传统文化的核心部分是儒学。儒学从本质上看，是一种政治文化、制度文化，它主张忠君、孝悌、克己、复礼，主张家国合一，是为“国家话语”和“政治伦理”服务的文化。经过长期浸淫，儒家思想已经成为中国知识分子的思想“正统”，是修为的起点和指归。既然家国已在，凭什么不爱国？“大我”是正统，“小我”乃偏锋，是容易折断的，也是不道德的。

建国后，林徽因的身体每况愈下，但她为共和国工作的热情却是越来越高涨了。1953 年间给梁思成的信件中，已没有丝毫私人的成分，通篇通报和讨论的都是人民英雄纪念碑的设计问题。她不担心自己的气管是否能承担那样的负荷，只关心是否“最有把握”地把事情弄好，不至于“全功尽弃”。

两年后，她病故了。但是，她却把自己灰色的名字镌刻进了红色的历史之中。

因此，她永远也不再是“新月派”的女诗人了。

2006 年 4 月 16 日

杂在别的东西里面的甜

八月初的天，闷热得令人心慌。晚间，邻里都去附近的一个公园避暑，人群攒动，混迹其中，心烦气躁，暑热反而难消，便懒在凉席上，裸身读金岳霖的《哲意的沉思》。不期竟沉浸而入，享受到习习凉意，如沐春风。

此公有真气，不仅因为他为爱才女而终身不娶，更因为他把复杂的逻辑搞得很简明。比如人们严重地说道："金钱如粪土，朋友值千金。"可他却像顽童一样说道："如果用这两句话作前提，推出的结论恰恰是'朋友如粪土'。"他弄的是玄学，生活中却说质朴的话，不混淆做学问与做人的区别，自己活得率性，也深入浅出地点拨别人的单纯——朋友就是朋友，既不是金子也不是粪土，不过是一种正常的人际关系而已——志同则合，品异则离，无须弄得那么严重。

读过他的几篇经典论文，发现，他在中国开创的逻辑学，虽然有西学的底蕴，却绝对是东方的，其核心是"顺生"助人，不高高在上，刁难凡人，而是让人懂得自适的道理，在庸常中，活得有些趣味。

他不主张世间万事非此即彼，不鼓励极端的情绪，而是要保持一种中间的状态，心平气和，厚德载物，仁心对人。从他那里，分明能感觉到，所谓“中庸”之道，绝不是大批判话语所说的消极哲学，而恰恰是安身立命、循序渐进的进取之途。

他在自己的回忆录中写道：

> 甜是大都喜欢吃到的味。但是，糖的甜是一件直截了当的事，西洋式糖果的甜，非常之甜，似乎是一种傻甜，好些人欣赏，我不欣赏。我欣赏的反而是杂在别的东西里面的甜。“大李子”的甜、兰州瓜的甜都是特别清香的甜。“清”字所形容的品质特别重要……

他的说法，我是会心的。“直截了当”的甜是一种极端的味道，没有回甘的余地，会钝化味觉，口舌黏着，喉咙发痒，已无快感可言。这点感受，是稍有些人生阅历的人就能体会到的。比如民间有“齁”之说，即是用来形容太甜或太咸的食物使人的喉咙不舒服的感觉的，这个时候，甜和咸是没有区别的。

京西是杏的产地，而我是京西人，注定对杏子有特别的嗜好。但是，这里的杏子有两种不可调和的品质：甜的太面，口感差，而爽脆的又太酸，容易倒牙，总让人感到遗憾。夏天去了一趟新疆，在北疆的喀纳斯居然也发现了杏子。更令我喜出望外的是，新疆的杏子，又酸又甜，又爽又脆，综合了两种让人喜爱的口味，一经品尝，便欲罢不能，每次享用，均二斤有余，惹同伴瞠目。这时的甜，是“杂”在酸里的甜，而酸，又有甜的中和——酸甜这两种口味在此时都不极端，便都显得清爽，反而都好。

由这种切身的体验，我觉得金岳霖那个“清”字概括得真好，他告诉人们，厚味反而没有真味，在适度的状况下，美味才能被品赏得清晰。所以，他的学问不是形而上的空论，而是一种对人生了悟之后的生命哲学，是可以拿来用的。

大家都知道，由于终身未娶，金岳霖没有自己的家庭，也脱离了亲情的生活，一生都是生活在朋友的屋檐下，甚至完全“进入了朋友的生活”。其中，梁思成和林徽因夫妇、张奚若和杨景任夫妇、钱端升和陈公蕙夫妇都把他当作自己的家庭成员。一般的人是很难处好其中的关系的，而金岳霖却能如鱼得水，喜悦了自己，也感动了他人。

为什么会这样？盖因为他能清楚地分辨出“爱”与“喜欢”两种不同的感情和感觉。他说，爱说的是父母、夫妇、姐妹、兄弟之间的来自天伦的比较自然的感情；而喜欢说的是朋友之间源于相互交往、彼此接纳的感情。二者经常是统一的，既是朋友又如家人，这种关系是人人都希望的，但是，恰恰是不统一的时候居多。在这个时候，如果处置的不得当，往往会出现怨恨和背叛。有了这样的思维逻辑，金岳霖在与朋友交往时，绝不向朋友索求“爱”，而是追求彼此之间的“喜欢”。爱是一种极端化的情感，是使命和担当，相互之间是需要回报的；而喜欢是一种趣味，不需要附加条件，只要能共同分享到一种叫“喜悦”的东西，大家就都心满意足了。他说，朋友的关系不想则已，想起来是非常古怪的：血统既不相干，生活方式也可不必一样，然而居然能走到一起，似乎是一种山水图案，中间虽有人烟山水草木土地的不同，然而彼此各有彼此的关系，而彼此的关系又不相同。然而老朋友在同一历史道路上辗转而来，一见面就会心领意会，情致怡然。所以，金岳霖一生都没有陷在朋友间的恩怨纠纷中，之所以有那么多朋友，道理就在这里。

静下心来想一想，“杂在别的东西里面的甜”的这种情味，西方人也是认同的。苏珊·桑塔格在《论保罗·古德曼》一文中述及他与保罗的关系时有一段耐人寻味的话——

我发现我只能连名带姓地称呼他，而无法只喊他的名……在我脑子里，以及在我与别人提起他的时候，他从来都不是“保罗”，也不是“古德曼”，而是连名带姓的“保罗·古德曼”，同时也带着全名所包含的情感上的全部距离感及熟悉程度。

保罗·古德曼的去世让人感到悲痛，但我感到更悲痛，因为我们尽管共同生活在几个相同的圈子里，却不是朋友。

不是朋友，却更悲痛，给人的启示是深刻的。苏珊对保罗的人格和学问充满了敬意，为了能够在心灵深处永远地保留神圣的位置，即便十分熟悉，也必须与之保持“全部的距离感”，如果“甜”在一起，做成通常意义上朋友，家长里短，香香臭臭，就俗了，就同化了，就失去了精神互补、心灵提升的功能。同时，因为死亡使能够走到一起的人永远定格在那样的距离上，留下无法弥补的遗憾，是永远的痛，对生者的影响是邈远的，所以，就“更悲痛”。

换言之，“杂”在“敬意”中的“情意”是永不掉价的，有恒定的重量。

皮埃尔·勒巴普的《纪德传》中记述的一个小人物对待友谊的态度，也是颇令人寻味的。

纪德的家庭教师安娜是个平民小姐，但在与纪德那个资产阶级家庭成员相处的时候，却也没有感到地位和财富的挤压，相反，她享受到了友谊，且常常笑容满面，似乎所有的忧伤、挫折都与她无关，灵魂深处只有无上的快乐。究其原因，固然与那个家庭的人们都有很好的修养、待人友善、富有同情心有关，但起决定因素的是她选取了“符合身份”的情感姿态——“虽然有美貌、气质、善心、智慧、品行，但安娜并没有忘记自己是个穷人，只配拥有这么一丁点友谊。”她识趣、知足，不奢望人家给得更多，因而既保持了独立人格，又不与雇主陷入敌对情绪，既与之情感交融，又不得意忘形而自讨其辱。节制、适度，成就了她情感上的自在、富足与快乐。

我在这种摇曳不拘的联想中，在那个溽热的晚上，手捧金岳霖的那本书，竟一气读完了，然后香甜地睡下了。虽然有热汗的附身，蚊虫的叮咬，居然一夜未醒。

现在想来，立足于让人受用的书，不仅能抚慰心灵，也能舒展肉体。

2006年9月26日

景词皆我

阅读也是选择环境的。

午后六点钟的夕阳仍高挑如烧，与所谓的“暮气”无关。大自然的境况一如人的心境：己心温暖，则世间温暖。温暖萦怀之时，激情暗涌，绝无衰象。

但夕照之下，毕竟多思：或自审，或度势，或忖人……思想的火苗闪闪烁烁，不知要照亮哪一个角落。竟想到读王国维的《人间词话》。读到了其中的《点绛唇》：

> 高峡流云，人随飞鸟穿云去。数峰著雨，相对青无语。
>
> 岭上金光，岭下苍烟冱。人间曙，疏林平楚，历历来时路。

正如他的“境界”说，这是“有我的境界”。“我”之情与“客”之景相依相融，不隔不游。

不隔：分不出“景语”与“情语”之别，以至于“意境两忘，物我一体”。不游：自然之景与“我之性情”是一种有机的对应，不虚不伪，绝无造作。

“高峡流云，人随飞鸟穿云去。”是状人格的高拔与性情的飘逸。被金钱、名利等小欲望羁身的人，绝不可有“随鸟穿云”的自由情致。“数峰著雨，相对青无语”，是高标的境界、伟大的人格——巅峰人物，总是傲岸青俊着，不事自夸，不待人夸，著雨青秀，披雪苍茫。有自身情态，率意而自然，无言而景奇。

这正是王国维自身人格与学问的真实境况。

这不禁令我们想到自己的为文与为人——

我们常常感到压抑与落寞，系太看重世间的小幸福小得意，亦太看重市井之上的价值评判。我们也常常感到文章之途的无奈与无用，系我们“为人”与“为文”的隔与游：我们呼唤真情，面对他人，我们却很是“薄情”；我们崇尚道德与秩序，在具体的生活中，我们却耽于“自我放纵”与“虚伪矫情”……我们一味地希望社会与他人如何，却从不认真地想一想我们如何。

王国维“不如何”之时，选择的是自沉；我们“不如何”时，选择的不是自省自励与自强而是自怨自艾——这是“岭上金光”与“岭下苍烟”之别，乃境界的差别。拜伦的意义，在于“不但要写，而且还要像写的那样生活”。

萨特的不朽，在于他心不旁骛，自我入定，以读写为乐，生活在他自己的“词语”里。所以，景词皆我，或曰物词皆我，不仅仅是美学与文学的问题，而且是一个人生的问题。

2006 年 5 月 21 日

士的自救之途

每读丰子恺的《缘缘堂随笔》，总是感到，这真是一部奇书——细屑的凡俗生活，一经他的描摹便都有了诗性和禅机：再艰难的境遇，他也能剔沥出生的大悦；再清苦的日子，他也能酝酿出透骨的温馨——生活简直就是一部可读之书，一首可吟之诗。

不禁让人陷入沉思：一个人到底需要什么？

沉下心来想一想，其实人的需求很少也很基本——生民需温饱，士子求安妥。

温饱是肉身的本能，安妥是灵魂的归宿。虽在生民与士子之间有诸如官人、商贾等不同身份的个例在，其所求亦颇异，但终是两种需求的杂糅与变种，未逃其左右耳。

生民的耕作与劳顿，是求温饱。其温饱得以基本实现之后，仍拼命奔波，无非是在衣食之外，积攒一些钱财。他们并不是为了钱而活着，而是为了温饱得以维持，他们有不尽的温饱之虞。所以，要使生民从肉体的生活崛升到灵魂生活的层面，需要从根本上解除这种温饱之虞。这就需要使生民极大程度地富裕起来。这是政治家和统治者思考问题的立足点。只有生民的生活渐渐地从生欲转到灵欲，社会才真正走向进步，人类才真正走向文明。

所以生民追求自身富裕，是一件无须指摘的事。在社会未给予其足够的生存保障的前提下，追求自身富裕，是一种生命的自尊、生命的必然，亦是对人类社会进步的切实的贡献。

再说士子。士子是人类文化积累的承接者。这种承接，使他们过于深刻地认知了人类生活的本质：肉体生活的终极，其实就是灵魂的安妥。所以，一些士子便自觉地放弃了肉体满足的追求过程，直奔灵魂的栖息之地。他们便表现出对世俗的物质生活的鄙弃与不屑。这不是清高与孤傲，而是对生命能源的保护，是对生命能量的节俭。

人类的生活经验证明：人的肉体，具有惊人的承受能力，而人的精神和心灵却是极为脆弱的。肉体的残损，有时可以化为生的意志与耐力，而灵魂的残损却往往使人走向绝望。所谓痛苦与幸福、失落与满足、富有与贫穷，都没有绝对的标准，而是一种相对的概念：都是人类内心的一种感觉。感觉幸福便幸福，感觉美好便美好。换言之，已心妩媚，则世间妩媚；已心温暖，则世间温暖。

所以，最容易满足的，是人的肉体，最难对付的，是人的心。一个满面泪光的饿儿，几粒糖果，可以使其破涕为笑。一个内心死寂的老者，那韶光迸射的束束春花，亦会被视为蔓草丛丛。

所以，与其为喂养肚腹而被折磨得死去活来，而不如径自喂养心灵，寻一个怡然之境。

至此，不由得要想到弘一法师。

弘一法师，在出家之前，是名扬四海的风流才子，兼擅书法、篆刻、绘画、音乐、戏剧与诗文。他所创作的歌曲，是当时的流行歌曲，几乎家喻户晓。他在日本发起话剧社，亲自饰演茶花女，系中国话剧事业的开山鼻祖……他有旁人不可企及的声名，有享受不尽的世俗快乐。所以，他不是“走投无路，遁入空门”的，是为了人生根本问题而做和尚的。正如他的俗界弟子丰子恺所言，人的生活可分为三层：一层是物质生活，就是衣食；二层是精神生活，就是艺术；三层是灵魂生活，就是宗教。弘一法师做人一定要做得彻底，所以他不满足于一二层的生活，不断攀缘，终于做成了旷世的佛界大师。

如果说“佛界大师”这样的称号，尚属世俗的声名，尚不为据。那么，就让我们看一看他出家后的生活状态—他出家凡二十四年，他的被子、衣物还是出家前置办的，补了又补，一把洋伞则用了三十年。所属禅房，除了一桌一橱一床，别无他物。二十四年里，均以衣服代枕。他持斋甚严，每日早午二餐，过午不食，饭菜极简。有官员请他赴宴，他回字条曰：“为僧只合居山谷，国士宴中甚不宜。”他致力于律典的整理，写出《四分律戒相表记》《南山律在家备览略篇》等重要著作。

所以，他是一个真正超拔于肉身之外的灵魂生活的圣者。

我看到一帧弘一法师的涅槃照片。那涅槃之态，让人心灵为之震动不已：他身着旧衣裤，赤足，头枕右臂侧卧，面容安详。身下是单薄的木板床，床下是破旧的草鞋，此外了无一物。整幅照片，看上去是那么素朴、纯真、自然，没有丝毫与苦难和死亡争斗的痕迹。其人之死，恰似巅峦中的一块岫石，虽然死了，却仍是一片风景。死与不死，已无界限，来也从容，去也从容。灵魂在这躯体里安息着，一点也不急于离去，因为，离去不离去，亦了无界限。

弘一法师出家前是当然的士子，那么，他的人格风范，堪可为士之圭臬。并非要士子都远离凡尘，而是在万丈红尘之中，执着于灵魂世界的修炼，不怨不艾，不浮不躁，固守心性，永不失落。

2006 年 6 月 6 日

生日暖吟

四十八岁的生日就这样到来了。想到蒙田所说，人一到三十八岁就是老年了，情绪不禁阴冷了一下。

看窗外，香椿又悄悄地萌芽，即便相距在远处，也能闻到似有似无的暗香。

阴冷的内心，温柔了一下。

刚坐下来，那只三个月大的小狗，就悄悄地踅过来，偎在脚下，两只明亮的眼睛，专注地凝视着你，等你来亲抚。这是一只柯基犬，体型娇小，但是它的名字却叫“刚特”。是我把人的一点心思给了它：既然行走于世，就要有一点刚性，有一点风骨。但它一点也不体会人的用意，刚一被人抚摸，就索性躺倒了身子，静静地承受着，不发出一点声音。

阴冷的内心，就又温柔了一下。

一派温柔中，懒得做繁累的事体，比如弄家炊，比如写作。

只想懒在沙发上，散漫地读点什么。

看一眼刚特，竟然有了一个想法——

从十二世纪的查理一世到现在的女王伊丽莎白二世，柯基犬一直是英国王室的宠物。那么，就读一本英国书吧。

瞥一眼书架，一眼望到的竟是那册三联版的《伊利亚随笔选》（刘炳善译）。拿到手中，封面的颜色——葱绿的底框，框着一爿莹白，正迎合着眼下的心情，就选定了。

开卷的时候正是午间，终卷之时竟到了午夜。记得日暮的时候，家婆进门，抱怨说：“人就待在家里，也不弄家炊，难道连饭也不吃了？”我漫应到：“可吃可不吃，全由你吧。”家婆气冲冲地进灶间，弄出一片重音。待菜肴停当，她吼了一声：“吃。”其阵势，有唤猪狗的味道，离贤惠的妇德远些。但此时内心盈满，无隙羞恼，笑而曰：“不用管我。”

家婆吃饭，然后出去遛狗，然后躲进卧室看电视台热播的《告密者》，然后阴着脸去洗浴，然后就睡了。一句话也不说，果然真的不管我。

《伊利亚随笔选》的作者是查尔斯·兰姆，著名的《莎士比亚戏剧故事集》就出自他手。“随笔”分“初笔”和“续笔”，均是他发表在《伦敦杂志》上的专栏文章。

因为家贫，他没有进过正规学校，只进了为贫寒子弟开设的基督慈幼学校。因家有病父与疯姐，他十四岁就开始做工，当一个小小的账房先生，直到退休。其间，姐姐发疯，刺死了母亲，父亲也紧接着亡故。为了照顾病姐，他终生未娶。兰姆是个内心温柔的人，自然敏感于浪漫的爱情，然而为了道义担当，他克制了。其实，最应该的一个说法，当是“自我牺牲”，但是，我不愿意用这样的词，因为有殉道的意味，好像他是人间基督，是个居高临下的角色。兰姆矮小、瘦弱，地位低微，是个典型的小人物。小人物的“无我”，不是一件轻松的事，是对欲望的抗争，对诱惑的坚拒，是撕裂之后的自我修复，是陷落之后的自主救赎。所以，唯有“克制”一词，才能体现凡人的人性之美、人格之健和意志之坚。

事实上，兰姆也曾经疯过，他的复原，是对“凡人”身份的彻底认同。作为凡人，体面地生活是第一要义，重亲情、重伦理是立身之本。然而，“体面”和“重”的背后，是艰难的承受，所以，“优雅的”兰姆，心中有大苦。

是苦难，让兰姆直逼生活的本质，而耻于说装腔作势的话，笔底的人与事，均娓娓道来，一派坦诚。也是苦难，使他心生体恤和悲悯，叙述的格调，是一以贯之的善意和尊重。

他不发恶声，即便是丑陋和粗鄙，也被他转化成“优雅”。他书写无趣生活中的有趣、冷漠人情中的有情，文字之象，一如春天的阳光在芸芸众生头上深情地照拂，遍地温暖。他饱含对生活、对人的大爱情怀，以欣赏的美意抒发纯正、纯净和纯粹的“趣味”。

譬如《拜特尔太太谈打牌》。在凡俗的话题中，也看到了生命的庄严。拜特尔太太是个行将就木的老妇，在一般人看来，已经是相当无趣了。但是，兰姆却从她打牌的态度上发现了她身上最动人的趣味。“亮亮堂堂的炉火，一尘不染的地板，规规矩矩的牌风”，拜特尔太太居然不把打牌当作消闲的儿戏，而是第一等了不得的大事，认认真真地打好每一局牌。因而她很挑剔牌友，能上她台面的都是些有教养的人。打牌的时候，要静声，要端正，要优雅，要守信，不能衣冠不整，不能嬉笑糊弄，更不能轻易缓牌。她不在乎输赢，在乎的是牌友是否用心打。这真是个令人肃然起敬的人物！

她对打牌的态度，正是她生活的态度。依着拜特尔太太的逻辑，生活的每个时辰，都不是过程，都是“正日子”，都要认真地过好。一个人是不是有品位、有风骨，往往不在大处，而是在于那些不易察觉的细部。这对过于功利化的当下人生来说，不啻一付疗治焦虑浮躁、幻灭迷失的良药秘方。换言之，生活从来没有糊弄过人，而是人自以为是地糊弄了生活。

又譬如《病体复元》。他认为人们患病，表面看来是坏事，其实是好事。因为病重的人可以脱去铠甲，把自己还原成儿童，暂时丢掉责任、使命、担当等诸种沉重的东西，心安理得地承领别人的照顾和疼爱。除了养好病，其他一切都不必想。他说：“卧于病榻，一如王侯，君临一切，不受约束，任性而为。”兰姆的“王侯”说，与中国的民间哲学——病者为大，是相通的，不由得让人莞尔一笑，心境豁然。而且，病中的人，对体贴、同情、关爱等尤为敏感，因此，病，反而离人性近了。“病床乃人道和温柔心灵的培训之所”，他说得实在是好。

还譬如《关于尊重妇女》。兰姆似乎很随意地说着市井之上种种对待妇女的行状，在真相面前，也表现得毫无机心，露出“原来如此”的顿悟状。其实他早已深思熟虑，通透在心，只不过他不想弄教化之态，而是以“现场”的生动吸引人进入，从而一同生发，一同信服。原来，所谓绅士风度，对妇女的尊重，尚没有普适的原则，从来都是势利化、功利化的。议员决不会主动与挤奶工握手，焦大也决不会真心爱戴林妹妹。兰姆质朴地说到，所谓尊重妇女的风度，这个如此被吹嘘夸耀的目标，不过是老一套的虚构，不过是那些具有某种身份的男女之间在某一时期、某一场合的公开表演，这对他们双方都有好处。进而他假想——

> 有那么一天，在上流社会的圈子里，对于老太太和年轻姑娘，对于不好看的面孔和漂亮的脸蛋儿，对于皮肤粗糙的妇女和皮肤白皙的女性，都同样地表示殷勤，就是说，对于每一个女人都作为妇女来尊重，并非因为她是美人儿、富家女和贵夫人。

兰姆的假想，其实就是尊重妇女的根本原则。对妇女的尊重，绝不简单是一个个人风度、个人修养问题，而取决于整个社会的文明程度。核心之处，在于社会的公平正义和人格平等。在一个过于势利和功利的社会，谈对妇女的所谓尊重，不过是装潢门面，自欺欺人而已。

这样沉重的话，是我等对兰姆的衍发，在他那里，只有谦卑的“假想”，他不愿意败坏他“文雅的趣味”。然而，这也正是他的高明所在——虽不咄咄逼人，但也绝非止于趣味的孤芳自赏，而是要引发人们的思考。所以，兰姆的“趣味”，妩媚之下，其实是严正的底色。

从兰姆身上，正验证了哈罗德·布鲁姆的一个说法，“尘世的黑暗”，包括曲折、不幸、贫穷与苦难等“消极性”的人间因素，对人性往往“具有净化作用”，使一个凡人，拥有了超越“视域性绝望”的伟大品质。他自己也说过：“我绝不让当前的事情遮住了眼睛。”为什么他能够穿透尘世生活的遮蔽，对其中的高尚事物具有精细入微的鉴赏能力，能够给看来极其普通甚至不堪入目的东西赋予醉人的诗意和幽默的光辉，原因就在这里。可以说，经典作品之所以不朽，是它能穿越时空，随时为文学赢得尊严。

读完《伊利亚随笔选》，推窗而望，看到的是一个难得的大好星空。便感到，虽世事变幻、人海浮沉，美好的人性总是以原有的模样默默地沉积在那里，发出永不泯灭的光芒。

满心温柔，了无睡意，便写诗——

狗偎在脚下
温顺地任人抚弄
所谓乖巧
是与人类为伴的本性
即便相互无言

乐生的信念还是彼此相同

推开窗页
铁青的枝柯
已皴染了毛茸茸的暖色
漠然的内心
陡生出一波莫名的涟漪——
坚韧的生命不畏惧寒冷
最不能承受的
是轻微的体贴
会没心没肺地发芽
忘却不公

爱情盈满于怀的时候
心中往往有忧伤
因为已看清了生活的模样
一如嘉木懂得了季节
累累果实之后
枝头一派空茫
所谓爱情
乃适逢其时的成长
一旦错过，还待来年时光
虽花开有时
但万寿无疆

2011年4月17日

重塑散文批评的尊严

床头夜读，最适宜的，是轻薄的册子，可展、可卷、可近、可远，盈尺之间，心眼相随，一切由我。

睡前读了几页陀思妥耶夫斯基的《卡拉马佐夫兄弟》，郁黯的情调，迫压心室，有苦味。移到床上读，那厚重的身量，更让腕力不支，便放弃了。从架上抽出鲁迅的《集外集》，一本发黄的小册子。书不仅轻，且有隐隐的暗香，阅读的兴味一下子就浓了起来。《鲁迅全集》我有两套不同年份的版本，虽每五年都要通读一次鲁迅，但多是读那些单行的小册，而很少读“全集”的大卷——省了体力，而增了心力，暗自窃喜。

这或许能给出版者一种启示，那些厚壮、堂皇、豪华的出版，反而离读书的真味远，甚至还推拒阅读亦不可知。但出版者有自己的法眼，对阅读者的照拂，类似奢侈的意愿，终究落空，便感慨一下而已。

《集外集》中有一篇名为《“说不出”》的短文，仅三百余字，却说出了殊胜的道理，其中云：

> 看客在戏台下喝倒彩，食客在膳堂里发标，伶人厨子，

无嘴可开，只能怪自己没本领，但若看客一开口唱戏，食客一动手做菜，可就难说了。

所以，我以为批评家最平稳的是不要兼做创作。假如提起一只屠城的笔，扫荡了文坛上的一切野草，那自然是快意的。但扫荡之后，倘以为天下已没有诗，就动手来创作，便每不免做出这样的东西来：

宇宙之广大呀，我说不出；
父母之恩呀，我说不出；
爱人的爱呀，我说不出。
啊呀啊呀，我说不出——

鲁迅的这段话，让我兴味不已，因为让我想到了日前的一个散文研讨会。岂止是日前，还有日前的日前，昨天的昨天——包括1993年的北京宽沟，1998年的河南新乡，数时数地的数个散文研讨会。不论何时，不论何地，均是那几个相熟的面孔，以权威的姿态，指点散文江山，慷慨激昂，义薄云天，让听者呼吸急促，有病灶在身般的忐忑不安。但是，激烈的言辞之下，总是那一套经年不变的散文理念，都是党同伐异的腔调。好像散文创作的正宗法则都掌握在他们手里，若想修得正果，依从便是。否则，即便你有繁盛的创作实绩，令人耳目一新的文本样式，他们也会视而不见。其核心论点，是散文要“规范”，且规范在他们的经纬之间。

事实上，也正如鲁迅所说，虽然他们的文论富丽堂皇，令人生畏，但一亲自做起散文来，均是不入流的货色，古板、单薄、枯涩、乏味。更有甚者，本一介老生，正懂人生况味，应有庄重的笔墨，却强抒少年之情，“纯”得虚假。翻检每年的散文年选，好文章多是不入他们法眼的作者的创作，即便他们的文字也收在其中，相形之下，更觉得与他们权威的姿态不符，很难让人生出敬意。因此，鲁迅的伟大，就在于他在历史深处的发言，总有现在时的意义。

于是，不管他们在台上如何高声地说，广大作者均不以为然，依旧故我地潜心写。于是，与其他文学门类不同，散文的创作日益精进，散文的理论一贯滞后。散文家便在私下里感慨：不拘于他们的“规范”，便不被他们看重，虽稍感郁闷，却是散文创作的幸运。因为，正是在他们的指责声中，当代散文实实在在地一天比一天繁荣了，其文体样式、文字品质，相对于中国的现代散文，均有实际上的突破。那种今不如昔的议论，实在是那些散文理论权威们，面对作者的不驯顺，而发出的个人义愤，有私密性质。

还是在《集外集》中，鲁迅有一篇《杂语》。他说，新的批评家要站出来么？您最好少说话，少作文，不得已时，也要做得短。但总须弄几个人交口说您是批评家。那么，您的少说话就是高深，您的少作文就是名贵，永远不会失败了。这不啻为散文理论家们开出的一服方剂，如果照方抓药，权威的尊严是可以保住的。然而，他们没有鲁迅的通透，更没有鲁迅的睿智与理性，依仗着是某某所的住持、某某刊物的主事、某某论坛的主讲、某某奖项的评委，把不驯顺者拒之门外，让其不进入“主流”，消减其影响，让你即便是一身华彩，也依旧暗淡，一如衣锦夜行。然而，迫压愈重，反抗愈坚，创作者干脆视批评为无物，以更强劲的主体意识、自我意识特立独行，便形成了你论你的，我写我的，互不商量、互不交融的隔膜局面。到头来，批评魂落，创作寂寞，散文忧伤。

这是散文界由来已久的悲哀。

公平地说，散文理论家们的所谓“规范”，也是有善意的用心的。但是，他们一味地向“内”看，而缺失了向外的视角。如果放在社会语境下，便不难看出，他们的“规范”之论，多少有些书生意气，可爱得有些不食人间烟火。他们把自己封闭在散文的瓶颈之中，就散文而论散文，有坐而论道的意绪。不免有些迂阔，至少是有些自虐。

事实上，中国的市场经济、社会生活，都是在“不规范”中谋求发展的。在经济领域，多种市场主体、多种经济成分并存，既对抗又补充，既自立又融合，形成了有机的竞争局面，因而焕发出了从来没有过的勃勃生机；而在社会生活中，允许各种主体发出各自的利益诉求，也允许各个阶层对社会事务发出自己的声音，民主之风日浓，社会愈加和谐，有盛世之象。在经济多元、社会多元，因而也带来了文化多元、价值多元的社会语境下，作为对社会生活进行镜像反映的散文创作，反倒自求“规范”、自求一元，岂止是迂阔，说其逆潮流、逆时代而动也是不为过的。

另外，在天地语境下，大自然的生生不息，也不是“规范”而来的。

万物繁盛，自由生长使然。

天空明阔，大地厚暗，有各自的内涵在。

美妇有冰冷，丑女有温柔，均有动人之处。

寸有所长，尺有所短，价值呈现，是“在场”之用。何为在场？缝衣须针，铁杵只能撬动石头。

如果用统一的价值尺度来规范，万物皆废。

张守仁先生有篇《林中速写》，写了大莽林的万千气象，昭示出大自然不灭的道理。林海幽深，不是靠伐，而是靠涵养——小草钻隙而出，大树顶天而立，荆棘迎风摇曳，银杏沐雨而华——不整齐划一，生长就是了。到头来，自然淘汰的法则，颓者自颓，秀者自秀，成就与风流在不拘、不拒之间。

《林中速写》其实就是一篇形象的散文创作论，可惜被散文理论家们只当作了一篇小散文。

窃以为，散文批评要建立新的尊严，最要紧的是，要打破自我封闭的心理模式，学会在社会语境和天地语境中考量散文。要营造开放、自由、宽松的散文创作生态，而不是画地为牢，人为地设置藩篱，凭个人好恶界定哪些属于散文、哪些不属于散文。而且也应该树立一种广泛吸纳、气吞山河的胸怀和气魄：世间万物，均与散文有关；人类情感的种种，皆属于散文。不同样式、不同风格、不同写法，一概平等，均为“正宗”。文无定法，就是法——让写作者天马行空，魂游八极，自由运笔——

散文为什么只能写“美”？有时候“真”的“惨淡”，让人警醒，更裨益于世道人心，至少让人有直面的勇气。

散文为什么不能有诗？诗正是灵魂的意象所在——魂游荡是生灵，魂凝定是僵尸。

散文为什么不能有小说笔法？小说化的叙事，正可以还原历史的现场，让人性的显现符合逻辑，让心灵的评判有物可依。

散文为什么不能写得长？长河落日，大江东去，是身量、气量、容量、力量的复合品质。

总之一句话，只要关乎灵魂、关乎精神，散文创作大可以放开了写！

“各美其美、美人之美、美美与共、天下大同”，费孝通先生这句关于中华文明发展的话，也正适合中国的散文创作。存录与此，与散文界同人共勉之。

2010 年 10 月 16 日

另一种眼光看“八股文”

读邓云乡《清代八股文》，深被吸引，大开眼界。

八股文在晚清被废，系变法维新、排满革命的一个成果。可以说，它亡于新旧势力的较量——清政府被迫做出改革的姿态，把一个小小的文体推上前台，为其腐败没落买单。

八股文之所以臭名远扬，毛主席的一篇鸿文——《反对党八股》，起了关键作用。

人们曾义愤填膺地臭，却不知八股文是何物，一如堂吉诃德秉长矛而立于无物之阵。

邓云乡的书，对八股文的产生基础、历史源流、文体特征和文化作用等诸方面，立足于文献史料，做了通透阐释，让我们看到了八股文的真实面貌、存在基础和历史作用，是理性之说。

八股文是在中国特定历史时期的考试制度下产生、发展和形成的。第一，它基于汉语、汉字的单音四声条件和对仗思维特征。第二，它以中国的传统文化最核心的部分《四书》《五经》为教育和写作内容。它是立足于国家人才选择的唯一方式——科举。换言之，在世界上，只有汉语特有的语言条件，只有中国特有的“独尊儒术”的思想文化传统，只有明清特有的考试制度，才能产生八股文，因此，它是唯一性的存在。

八股文是一种极为严格、极为规范的语言文字训练，在文体上严格遵守八个步骤：破题、承题，起讲、提比、虚比、中比、后比、大结（结论）。所出的题目，是截取《四书》《五经》中的一句话或一段话，然后以原作者的口气顺势衍发，即：代圣人言。

据邓云乡分析，八股文的积极作用至少有三个方面：第一，在思想体系上，把儒家思想作为统一的道德标准、行为规范，因而形成了人心凝聚、民族安定的发展局面。第二，在文化传播上，使以《四书》《五经》为代表的文化经典得以普及，使孔孟言论家喻户晓，并得以奉行，有效地提高了国民（民族）素养。第三，在人才遴选上，制度化的运行手段、统一的命题范围，为人才提供了相对公平的竞争平台，从“有状元徒弟，没有状元师傅”一说上，可见科举面前人人平等。

邓云乡还说，其实八股文最根本的作用，是通过严格限制的强化训练，提升人的思维能力，使人的思维活动，具备集中性、准确性、敏锐性、全面性和辩证性。

分析八股文的历史作用，并不是要为八股文翻案，也不是对这种已死亡了一个多世纪的旧文体有什么眷顾，而是让人们对这种文化现象有一个符合客观实际的科学认识，否则就无法解释为什么在明代就被骂为十分腐朽、导致亡国的八股文教育制度，却在几百年中培养出那么多杰出人才（包括维新人物、新文化运动的主将）；为什么清代照搬了明代的考试制度以后，不仅没有迅速灭亡，而且还开创了一百五六十年的繁荣昌盛局面。

总之，我们在反对腐朽落后文化的同时，不能因历史理性的缺失，而沦入新的“文化虚无主义”。

由八股文联想到现在，在文化领域有两个最大的弊端，一是对国学经典的传播，缺乏规范，不是从“代圣人言”角度，原汁原味地传承传统文化精髓，而是衍发个人偏见，以此沽名钓誉。二是写作者已不再注重严格的文字训练，仓促运笔，通俗、世俗、平俗、庸俗，文字品质整体低下，殊少堪可玩味的文字之美，更遑论意蕴。由此可以说，从八股文那里借鉴基本的学术规范和行文准则，还是必要的。

2013 年 8 月 5 日

生命的自由与诗意的安顿

热爱智性生活的人，特别喜欢遇到智性的人，也特别喜欢阅读智性的文字。那样的人，好像是自己的生命转世。那样的文字，好像是他代你而写。

读毛瑞珩的文章《生命的自由与诗意的安顿》，我岂止是眼前一亮，而是深刻陷入，反复地读。因为它正验证了我以上的感觉，让我不得不痴迷地去与之接引、共振、共鸣在一起。

这篇文章所涉及的话题，正是是我多年来勠力思考的问题。因而我已经有了许多灵光一闪的思绪，只是还没来得及梳理，令其完篇成型。读到毛瑞珩的论述之后，我觉得我没必要再写，他已经把我思想的“断片”，串成了完整的珠链，很系统了。

我十分感谢他，但心中又充满了妒意，他说得实在好，精确而通透。比如他对人生境界的论述，很是让我会心，让我强烈地感受到，读他人往往就是在读自己，都是夫子自道。他认为——

假如人生是一条河流，根据个体对待它的态度，大致可以划分为三种境界：像溺水的一切生物一样挣扎着扑向对岸的是生存境界；像技术娴熟的运动员一样纵情地游戏其间，借以暂时忘却彼岸的是生活境界；像无法离开水的鱼一样超越彼岸的是生命境界。

我们绝大多数属于第一种，尽管我们不承认这种貌似不雅的说法，但每当独处一室时，无论因隔断外界的攀援而使得内心欲望的喷薄袒露无疑，还是因痛恨人生的苦空而拜佛参禅以使内心寂然宁静，我们都是在极力挣扎，挣扎着逃避溺水却无可避免地扑向死亡的彼岸。挣扎的方式不同而已，一种赤裸裸的急切而笨拙的愚钝，一种踌躇的缓慢而貌似慎重的狡猾。

中间的一层是所谓的社会精英，即历代文人士大夫。他们或煊赫一时、富可敌国；或逍遥隐遁于文学艺术、哲学思辨，皓首穷经而不知老之将至；或慷慨济世、胸怀天下而乐此不疲。

最后一种则是历代得道开悟的智者或高僧！我无法用自己的语言直接描述他们的境界，只能以“濠梁之鱼”来比拟，并通过与智者或高僧同等境界的人——也即历代文人士大夫和高僧之间的相处来间接了知。以上的三种境界，一般而言是与人生的阅历乃至社会地位和资源的占有成正比的，也即基本生存解决不了的人，无法进入生活价值阶段，而生活价值和意义没有很好解决的人，无法进入生命真相的阶段。当然，如颜回那种“箪食瓢饮，居陋巷，人不堪其忧，回也不改其乐”拥有上等根器的人虽然鲜见，却并非不存在。更多的还是生存条件早已不是问题，却迟迟无法过渡到生活价值和意义阶段的人，以及生活价值和意义已经得到很好的彰显，却依然无法过渡到生命真相阶段的人。

人生之最高境界，莫过于“自由”二字，而人生最大的不自由则是生死问题。作为一个生命个体，我们这一生的起点和终点都不是自己可以决定的。因此二者的不自由，往往导致林林总总的人生态度。看重起点的人导致贪生的人生观，焦虑终点的人导致怕死的人生观，两头都忽视或者不肯面对的人则是普罗大众的“罔顾死活”的人生态度。

所以从某种意义上来说，作为一个个体的人的最大自由莫过于对生死的超越。

儒家对死是存而不论的，一句“未知生焉知死”，以一种貌似务实的反诘规避了对问题的解答。一句“敬鬼神而远之”的存疑论，则同时又透露出一种对死亡及死后的隐忧。道家派系中痴迷于长寿修仙的自不必论，即使智慧如庄子也是以“莫寿乎殇子，而彭祖为夭”的生命长短相对论，来达到齐物论的认识平等和心理平衡，并通过对生死的忘却，来代替对生死自身的超越和解决。对芸芸众生来说，先不必谈生命的自由，即便小小的生存自由，或者生活的自由的获得也似乎永远处于欲求不达而又欲罢不能的矛盾痛苦之中。但对于高僧和智慧超轶的士大夫而言，自由的追求往往是在主动地探寻生命真相，在彻悟生死原理的真相之时达到“照见五蕴皆空，度一切苦厄”的大自在境界。

关于禅与艺术的关系，几年前我就与本地书画家王书樵做过探讨。探讨的结果是，王书樵去搞他的禅意画，用绘画语言追索其中的深意，我则去创作立足于大地道德的土地散文，试图用草木山水中所蕴含的神秘信息，呈现出一种鲜活的生命哲学。虽均有斩获，但没有进入形而上的境界。一如《易》之所说，形而上者谓之道，形而下者谓之器，我们只有器识，而没有理趣。但毛瑞玠则把禅与艺术之“理”提炼得周匝细密，让人茅塞顿开，视为圭臬。他说——

参禅与水墨山水画艺术创作，在某种意义上说来是一种主动追求人生自由、安顿现实人生的善巧手段。究其实质，艺术是介于宗教排他性精神信仰和世俗吞并性物欲情感之间的人类活动形式，同时也是宇宙本然的精神特质的自然呈现。宇宙是物质性和精神性同时存在的，并不是唯物或者唯心，二者相互作用相互影响。既然宇宙有精神性的特质，为何人们更多地感受到物质性特质，而较少感受到精神性的特质呢？因为在宇宙本身而言，物质性的内容是显性的，精神性的特质是隐性的，隐性并非没有，只是需要我们用隐性的心灵之眼而不是物质的肉眼去感知。

禅的思想并非一种狭隘的宗教派别化的教义，更确切地说是一种超越一切现象迷惑的智慧。它超越现实的物质（色）、心理感受（受）、思想束缚（想）、意志抉择（行）和观念认识（识），达到彻见宇宙人生真相的大自由境界，并在安顿现实人生的随性中呈现出一种诗性状态。如荷尔德林所说“人诗意地栖居在大地上”。这种精神，与儒家的“率性而行”、道家的“自然无为”是有相通之处的，但从内在真实的生命践履而言，禅家说“如人饮水，冷暖自知”，分析哲学家维特根斯坦说“对于人所不能说者，人必须沉默”。生命自由的境界也只有通过自由者自身才能感受和体验，所以自证自悟是禅家的基本出发点。士大夫阶层应该是敏于内省的高智慧人士，其中一些人对生命自由的追求和诗意的向往，不会仅仅停留在理论层面，而是更加主动地去体验和践履。

然而，培育士大夫文化的土壤，在今天已被工业化的柏油马路所覆盖，人与自然的和谐已经濒临全面的失衡。所谓的现代化，某种意义上等同于西方化或者工业化，以及西方价值的全球化。尽管从生命意义上来说，人类不分种族与肤色，儒、释、道三家也没有任何一家的学说会将西方人排斥在外，但从文化属性来说，东西方文化乃至文明的差异的确是存在的，东方文化更多的是一种兼容和融合，而西方文化更强调兼并和侵吞。前者是“合则双美”，后者则是“离则两伤”。

与全球化相伴的电信、网络使人与人的交流即时化，交流沟通零距离。在带来便利的同时，也带来了精神危机，心灵的思索、体验被略过，被忽视，导致人的情趣、审美平庸而雷同。社会大环境日趋恶劣，摆在我们面前的不只是一种物质化的生活方式，更让人警惕的是过度物质化的生活，已经异化了我们祖先留下的自由与诗意的心灵生活空间。

追求自由、消解压力的方式固然有多种，但禅与艺术作为这种目的的归宿却由来已久。他们可以通过转化人的欲望、净化人的心灵而消解现代人的恐惧和紧张，给人以精神的自由，使人在快节奏的生活中，也能体验到轻松与满足甚至智慧的超越。基于此，禅宗美学所倡导的自性即佛、顿悟自性、无修之修等思想对艺术化人生的建构有着重要价值。也就是说，个体可以通过禅美学的自觉实践，促进人生艺术化的实现。

2015 年 6 月 10 日

性情之书

《外国文人日记抄》，是著名海派作家施蛰存编选的本子。初版印制于 1934 年 10 月，那时的书名叫《域外文人日记抄》，上海天马书店出版。此书的出版在当时影响极大，不久便再版。新时期文学开始解冻之后，书界仍牵系着这部书，在众人的催促下，1986 年 5 月，百花文艺出版社将其作为名家散文书系的一种，更名新排了。

以宽泛一点的标准，《外国文人日记抄》应该算作一部名著。理由有二：其一，此书遴选的是外国著名作家著名的日记，包括曼斯菲尔德、倍耐脱、托尔斯泰、乔治·桑、高更、络克威尔·肯脱和有岛武郎等；其二，此书在书界，包括在创作界，有恒久的影响，人们对其阅读的兴味持久不衰。

无论如何，我对她是以名著视之的，因为，无论何时阅读，均有新的况味和发现，属经得住品味咀嚼的一类。像这样的书，在今天已是凤毛麟角了。

首先，这是一部率性的书，是一部纯粹的“私人叙事”，由此可以领略到情感的本真与人性的原生态。在日记中，这些伟大的作家并没有超拔之相，他们或者琐碎絮叨，或者偏执轻狂，或者脆弱柔怜——

有端庄，也有轻慢；有自持，也有病姿；有下意识的掂量，也有无序的叙说……那一种自然而随意的生活样相，与凡常人心无丝毫隔膜，让人感到精神的巨子，其实也是在阳光普照的土地上长出的一株植物，也是人类自然进化之中蓄势而结的一颗自然之果。

说其率性，从他们在个人情事之中的表现和对女人的态度上，可以得到真切感受。

比如高傲的乔治·桑。在她的情感日记中，她已无丝毫矜持，有的是她对情爱对象缪塞的极端乞怜。在失恋中，她的智商已降到极限，她恳求缪塞驾驭她，并劝说道："我的爱人，你只要有一次失掉了她的爱你之心，你就没有别的方法能驾驭一个妇人了。"这种自甘被驾驭的努力失败之后，她选择了一般小妇人惯用的手段，去勾引并委身于别的男人，以激起爱人的嫉妒之情，从而以特有的方式收复"失地"。当这样的努力亦告无效之后，情爱便转化成情怨，她喊出了一个绝望之音："热情的能力兼有残忍及神圣两种性格。"这样的一个锐音，让我理解了一句中国民谚：最毒不过妇人心。妇人的刻毒，是遭到极度伤害后的一种本能的反应，因而，是一种无奈——既然让我"神圣"不得，那么就只能"残忍"。妇人的刻毒，来源于男人的压力；妇人的作奸犯科，便有男人的责任在。

对待女人的态度，在男性作家的日记里，表现出不加修饰的微词，全没有在社交场上的那种恭敬与献媚。这在托尔斯泰的日记中表现得最甚。在托尔斯泰眼里，女人是浅薄的，是十分功利的动物。如果你不读到托翁的日记，你怎么也不会相信满嘴都讲着平等博爱的一个精神圣徒，会这样鄙薄女性。所以，我们可以理解，为什么他的日记，一旦被他夫人强行阅读，他便感到极端痛苦，以致有的论者说托翁之所以离家出走，就是为了摆脱其夫人的这种侵入性阅读。我觉得，持此种论断的论者是有道理的，因为，巨人的内心是一个阴森的黑洞，不可窥的神秘，增加了他思想的厚度与魅力，也增加了他生命的自由与舒展。作为公众人物的名人，在众目睽睽之下，一切都演剧化了，其日记，是他真实人性的最后一块栖息地了，所以，是不容被侵入的。

《外国文人日记抄》除了有率性的“私人叙事”的成分外，更是一部极个人化的“思想档案”。既然是档案，所记载的便是思想结晶前的中间物。这种中间物，不免含混，不免偏颇，也不免前后矛盾，但却是货真价实的思想材料，是成熟的、系统的伟大思想的前期积累。这种积累因为是为了个人受用的，便不记述产生的条件，让人感到有些主观与突兀，甚至有空穴来风或天赐的味道。

比如高更的一则日记劈头就说：“格言！这些都是不切实际的东西。”不知他为何如此感慨。他在另一则日记里也是劈头就说：“千万不要对一个来恳求你帮忙的人有所劝告或责难，尤其是当你倘若并不帮他的忙的时候。”不知他受了什么刺激，变得如此神经质。

托尔斯泰则在日记中说：“只有当你没有过去未来这些时间观念的时候，你才是过着一种真的、自由的生活，这种生活是没有阻碍物的。”这与他思考未来、寄希望于未来的习性很矛盾。但只要你通览他的日记，发现这种矛盾处处存在。他是把日记作为自己的备忘录，他看重的是瞬间思想的及时捕捉，他来不及既顾头又顾尾，况且，他的日记是写给自己的，他没有必要照顾观点的前后关系。

这一切，让我们看到了，什么是思想的自由。

整部《外国文人日记抄》中，有岛武郎日记中的两个观点是最让我激赏的。

其一：

善是带着民主性质的东西，只要精神上没有缺陷，谁都可以以努力而达到善。至于美，却不然。美是站在贵族的根基上，有美的观念的人，是一生下来便有着的。那是不能靠训练、教育而增进的天生的感情。

其二：

“艺术家是王者，同时也是乞丐”这句话，在这一点上，乃是真理。所以真正的艺术家，应被当作天特别赐给人类的东西而尊崇，应该被视为人类文化的高贵的完成品。这个，正是艺术家的厉害的地方。而同时，不能吸引没有天赐之才的人们，不能博得人望，乃是其弱点。

其一与其二是个因果关系，道出了善和美、天才与庸常的相生相克的本质，也道出了文人清高的心理背景。然而有岛武郎既是个敏感的人，也是个有世俗之心的人，所以，他只能把这样卓越的发现写在日记里，而不是公然流布到市井上去——他怕激怒了俗众，把他排挤成一个无处容身的“乞丐”。

所以，真正的日记，又是“不合时宜”的思想的地下容所。这样的秘藏，对思想者的诱惑，是远远大于坊间的任何一种典籍和册页的。

便可以说，这部日记，是不朽的。

感性的大地道德

在我的阅读生活中，有三部质朴而隽永的书是我长读不舍的：一是梭罗的《瓦尔登湖》，一是苇岸的《大地上的事情》，另一部就是《彭斯诗选》。说它们质朴而隽永，是由于三部书都写的是土地上的事情，均以土地的深厚、平静和质朴来挖掘生命的本源与精神的原点；无论散文还是诗，其语言的质地都是那么的简洁、清澈而准确，不事铺陈，绝少杂蔓，自自然然地点化着，率然地告诉你心灵的消息。它们的精神命脉是一致的，便是梭罗所说的“大地道德”。

“大地道德”在他们那里，已非生态学的意义，对土地的热爱与尊重，已作了伦理学的延伸——尊重生命，崇尚和平，完善道德，节制自奉，忠于精神，勤劳向善等等，已成为一种生活原则。写作对于他们来说，不是生命的派生物，而是生命本身。人格与艺术的一致性要求，使他们回到了生命的原点——人性与爱。

然而，梭罗、苇岸和彭斯之间，是有区别的。

梭罗与苇岸对“大地道德”有着自觉的思考与追求，他们的精神活动是置身于理性光辉的照耀与引领的。因为，从世俗含义说，梭罗与苇岸已不是“土地人”，而是现代城市文明中的一个代表性“符号”——

士。他们对土地的亲和是以精神为指归的。即便梭罗在瓦尔登湖畔筑屋而居，亦不过是这种亲和关系的试验方式，或者如林贤治所说，系“一种人格的实践活动”，是以获得感性体验为出发点的。

在士阶层中，梭罗与苇岸是心灵极端敏感的人，敏感得甚至有几分神经质，因此，他们最深刻地感到了物质对精神的挤压。正如苇岸叹息的那样：“这是一个被剥夺了精神的时代，一个不需要品德、良心和理想的时代，一个人变得更聪明而不是美好的时代。”士人格的内在驱动，使他们不甘心于精神的“被剥夺”——因为精神是士的生存基础，那么，他们本能地选择了抵抗。

士阶层未尝不想在城市文明里筑起抵抗的营垒，城市毕竟是文明传播最快捷的地方。然而，城市是以物质繁荣为象征的，鼓励消费，使欲望膨胀，对精神的几声呐喊才刚刚出口，就被甚嚣尘上的市声遮蔽了。那么，就只能把目光转向乡野。乡野上的播种、繁殖和劳动多少还保留着自然的状态；乡野上的人性还多少保留着善良、淳朴、谦卑、友爱、宽容、和平与宁静等尚未被“物化”的人文特征。也就是说，农业文明的土壤正可以承接他们的人文主张与人文理想。他们找到了精神的最后凭依，便提炼出“大地道德”的理念，走乡村“包围”城市的道路。以农业文明反抗城市文明，是一种矫枉过正的做法。但，正因为矫枉过正，才能惊动和震动人心，才能产生有效的反拨效果。所以，梭罗与苇岸的“大地道德”是捍守精神价值的一种斗争策略。因此，他们从来不是迂腐的落伍者，而是睿智的精神战士。如果不看到这一点，就会发生误读，就会钙化他们的心灵韧性，就会弱化他们的精神刚性。

概括地说，梭罗与苇岸是借解读大地而阐述他们的“大地道德”，继而对人类施以真切的人文关怀。他们不是纯粹的“大地之子”，也不是大地文化的创造者，而是以农业文明为素材，以城市文明为坐标的旨在反物化反异化的思想者。

而彭斯却不同。他是纯粹的大地之子，是农业文明率性的歌者，他的整部《彭斯诗选》，是“土地文化”的原汁原味的经典的感性文本。

彭斯是十八世纪苏格兰土地上的一介农夫，没有受过什么教育，一直干着“超过体力所容许的苦活”，在贫困中只活了三十七岁。然而他却写出了极为优美的诗歌，被人称为“天授的耕田汉”。一句“天授”，道出了彭斯的写作本质，便是服从心灵的愿望，率性而歌——当歌则歌，当止则止，全凭着心性的起落，别无他顾也。纵观彭斯的诗，记农事，诉交往，论事态，均流淌出一股清亮的调子——愉悦。有论者说，这种不计世事沉浮与生命悲苦的一味愉悦，透出彭斯之浅。这是文人的隔世之论，与彭斯的心地无关。作为耕夫的彭斯，肉体已疲苦不堪，心灵自然要诉之以愉悦的抚慰，这是生命律的自然调节。所以，彭斯的诗正应和着文艺的本源，即生命的自然表达。他无意成诗人，生命的自然律却把他造就成诗人；他无意发表诗作，但心灵的声音却会不胫而走。

以心灵表达为起点的彭斯，他的诗，便具有了彻底的自然的本色，即：土地的本色。

他抒情，而不矫情。田埂为什么美？因为心爱的姑娘坐在田埂上。

我紧紧把她抱住，
她的心直在扑腾，
我祝福那快乐土，
月下的好田埂！
天上月光又加星光，
照耀那个良辰，
她将永祝欢乐的夜晚，

在那月下的田埂。

（《麦田有好埂》）

在彭斯的诗里，是美好的感情，使人和大地达成了最自然最和谐的关系。对自然的热爱，离不开满怀爱意而又敏感的心。因此，人与自然交恶的罪魁，便只能是人。这是土地上的真理。

他真纯，而不功利。田园之上，也有世事；即有世事，便有是非。事故者，只见利害，不论是非，常作欺世之谈。而彭斯的诗，听凭良知的呼唤，对世事亦做本心的臧否。

有没有人，为了正大光明的贫穷
而垂头丧气，挺不起腰——
这种怯懦的奴才，我们不齿他！
我们敢于贫穷，不管他们那一套。
什么低贱的劳动？
官衔只是金币上的花纹，
人才是真金，不管他们那一套！

（《不管他们那一套》）

那么，便知道现在的作家为什么活得那么累，概与他们的写作态度有关——他们陷入功利化的写作之中，成了世俗的奴隶。他们把自己迷失在对金钱、权势、美色和时尚的追逐和依附之中，为了保住那尺寸间的利益，他们心无所据，不敢发出真实的声音。

他质朴，而不迷乱。大地诗章，鲜花和美女自然是表达的母语。而他写爱情写美女，像田野的土，像山头的树，像林中的风，是美丽风景的一部分——有醉人的欣赏，而没有非分的占有。其语言的净洁与感情的纯粹一如土地的品格，提升了生命的尊严与美好。他写美人的裸足，却不写着了丝袜的腿，因为裸足是行走在泥土上的自然之美，而丝袜的颜色，却是对肉欲的撩拨。读过彭斯的情诗，便会感到，他是多么的重情，却又是多么的纯情——他是爱的处子，又是大地的赤子。

所以，要想参悟梭罗与苇岸的“大地道德”，便不能不读彭斯的诗。他的诗是“大地道德”的原生态，是标本，是具象，其人性的感性濡染，远远胜于形而上的理性说教。

梭罗和苇岸执着于“大地道德”的理性建构，本意是为了接近文艺的本源和精神的原点，其努力是高尚的。但他们的人格实践活动，却多了几分矫情（如梭罗的隐居、苇岸的素食），从某种意义上他们又远离了那个本源与原点，因而增加了心灵的负担，使他们的心路历程上少了心性的愉悦，而多了疲惫之色，以至于自损，让人扼腕不止。

人性的真实

人性的真实，是一种本性的真实，任何外力不可遮掩与压制。《十日谈》第四日的故事，便是一个谐谑的例证：一个从小就与世隔绝的少年，随父亲下山进城，平生第一次见到女人，却不知何物，问父亲，父亲系一介教徒，乃告之曰：那是大绿鹅。儿子三步一回头，对父亲说："爸爸，让我带一只绿鹅回家吧。"可见要窒息人的天性，是一件多么不容易的事。真实的人性，像山隙中的暗泉，随时会喷涌而出。

人性的真实，往往是一种复杂而怪异的情形，是一种一下子让人难以相信难以接受的真实。契诃夫在给高尔基的一封信中，讲述了一个女人的"爱情"：

> 您知道，我要写一篇关于小学教员的小说，她是一个无神论者，崇尚达尔文，认为应当同群众的偏见和迷信作斗争。可是半夜十二点，她却到洗澡间煮一只活猫，取其锁骨来作为饰物，吸引男人的注意与爱感。是的，就是这样一根小小的骨头……

这是一个令人震惊的事实。让人感到，爱情不仅是一种妩媚的颜色，而是多种颜色的复杂调和，只不过经这种复杂调和之后，呈一种表象的妩媚罢了。所以，我同意朋友伍立杨《在古今爱情形态》中对此的议论：

> 在这里，爱情既是玫瑰花，又不是玫瑰花；既是乐趣，又是烦恼；既是真挚，又是手腕；既伟大，又龌龊！那个女主人公呢，可以说，既是宁馨儿，又是罪犯，其言外之意，是无穷的，仿佛钟磬的敲击，末韵纡转盘旋，久之不去。

法国女作家萨冈在《转瞬即逝的悲哀》里，又给我们揭示了一种情形——主人公马蒂厄是个四十多岁的建筑师，是个强悍的人物。在他患了绝症之后，考虑到他的承受能力，医生率然向他宣布了实情：“第一，您就要死了；第二，我告诉您这一点，因为您是成年人。”马蒂厄并没有表现出成年人“应该”表现出的镇静与坦然，却说：“不，人碰到这种情况就不是成年人了，我真想靠在我母亲的肩膀上哭一场。”人们其实并非如想象的那样勇敢坚强，而是不敢面对自己的软弱，并千方百计地掩盖自己的弱点。由此，无论什么人，在内心的深处，最担心的恰恰是没有钱、没有健康、丢掉工作这些世俗的物质的东西。精神的所谓超拔，在不少人那里只是一种标榜，一种口号，是人性软弱的遮羞布。所以，精神的东西经常被人漠视，被人嘲笑。但正因如此，精神的超拔便更加可贵。这是人性自救的一条途径，或可以说是唯一的途径。否则，一味地任人性软弱下去，“人”的两条腿，便不好在芸芸众生中站得稳。

老作家萧乾在《我回来落户了》一文中袒露了自己的一段经历——在那个特殊的年代，他被诬为“反动刊物”《新路》的骨干，在严讯威逼“折腾一宿”后，还是“在谎言上画了押”。当时他抱的是这样一种心态：“洁若（萧夫人）下放了，我再有个三长两短，为客观真理而殉了难，三个孩子可怎么办？”后来萧先生认为自己所持的是一种不健康的心态，并鄙视自己的怯懦。其实，他没必要为此而过多地责备自己，其心态也未必不健康，那恰恰是在特定的生活场中人性的真实流露。

宁折不弯是一种悲壮，为了责任而背负“心灵的阴影”而抑郁地活下来，亦是一种悲壮。萧先生曾经说过，要想出大作品，出进入世界行列的作品，作家的心灵不能缺乏一股悲天悯人的感情。这个悲天悯人，可以理解为是对真实人性的自觉认知，对人性的弱点，人性的种种历程作“感同身受”的体悟，不以“局外人”的视角作“鸟瞰”或“俯视”。重要的，是要把人放在人的屋檐下，而不是放在神坛之上，悉心贴近悉心询视。反映真实的人性，是作品真实的基础，而作品生命力的获得亦在于此。

雄踞之处，未必是巅

奈保尔出生在特立尼达的一个小镇上。这是一块主要从事农业的小小的殖民地，人口稀少，文化稀薄——殖民地文化、亚洲移民文化及衍生的次文化，似有似无，还彼此隔绝，用奈保尔的话说，就像是一个“被移植来的非洲”。这里的人只有一小部分受过教育，而且是以有限的本地方式，便感到，他的未来几乎就是一个“死胡同”。

然而就这么一块不毛之地，居然有一个写诗的人，而且当他薄薄的一本诗集出版之后，还有几个人聚集在一起，认认真真评价一番。荒蛮之处，居然有“思想生活的守护者”，这让奈保尔惊异不已，一如沙海里见到了一小块绿洲，即便小到近乎无有，也给了他“向死而生”的希望。他觉得，文学是无路之处的路，与渺远的远方连着。

帕斯捷尔纳克也出生在一个小地方——莫斯科郊区的一个叫别列捷尔金诺的小村庄。黄土漫漫，枯枝层层，林间空地上，马车好像自己在走，因为刻板而恒定的生活，让马车夫选择了昏睡——闭塞与小，剥夺了歧途。帕斯捷尔纳克捡来枯枝，面无表情地扔进壁炉。烧熟了的马铃薯起了多余的皱褶，他知道已到了剥食的时分，便从烟灰里“掏”出来。一如乡下的工匠，不紧不慢地干活，安安静静，而没有累的样子一样，他吃得也是那么安静、从容，似乎不是为了吃，而是咀嚼着一份安于现状、终老于斯的心情。

然而他的父亲在打理好庄园之后，还钟情于画画，后来居然还有机会为托尔斯泰的《战争与和平》画插图，也因为这层关系，还结识了德国现代派诗人里尔克，以至于有了偕帕斯捷尔纳克到火车站为其送行的场景。这个场景改变了帕斯捷尔纳克的人生轨迹——他知道医治生命慵懒的方剂中，有一剂最让人心旌摇荡的良药：诗。诗能给枯槁之树萌发新芽生命的冲动，不仅“向死而生”，而且，不再能忍受生活的平庸。

我的出生地更是狭仄，四面大山顽强地纠结在一起，抻出了巴掌大的一小块平地，赶羊的人在那里歇歇脚，把一根枣木拐杖插在那里，走时遗忘了。第二年他又走到这里，发现拐杖居然发出新芽，便把一家老小带过来，安了家，便衍生出一个小小的村落。这就是我文字里经常出现的那个“小垭”。垭，一个状形的字体，喻大山匝着的一小块平地，与贾平凹的“鸡窝洼人家”相仿佛。小垭真是咫尺之地，村东有一爿石碾，村西有口山井，村里人在二者之间循环往复，从不知山外事，也不想知山外事，就这样自生自灭了。

然而当支书的父亲到山外开了一次会，居然还带回两本《房山文艺》，一切就不同了。那是县文化馆的一个人散发到会场上的，不少人都扔了，而父亲出于怜惜，随手装进他的干粮袋里。书册里的风光开了我的蒙昧，才知道山外的世界五彩缤纷、无奇不有。心中便生出大忧伤，感到如果一辈子活在小垭里，还不如不活。便生出一个向外飞翔的欲望，隐忍贫寒，潜心苦读，缓慢而真切地飞出山外。后来去拜访那个散刊物的人，看到那个人戴一顶米黄的鸭舌帽，面目黧黑，无灵光样相，但是，却在别人的心中播撒了灵光，感到文学真是一种类似羽翼的东西，轻，却可以致远。

奈保尔幸运的是，特立尼达那个地方不仅有写诗的，而他父亲居然就写小说。父亲努力把身边的事情都装进他所认为的“短篇小说”。但父亲的文学一辈子都在低地徘徊，影响从来没有跨过本地域的那排由庄稼编成的栅栏。日子的凡常，生活资源的稀薄，笔底生出波澜是很难的，便刻意地设置“巧妙的结尾”，终至让人感到虚假、可笑。但是，在奈保尔眼里，这是一种“伟大的悲壮”——因为父亲的努力，让他懂得了“何为文学”以及文学背后的艰辛，给了他足够的心理准备。更重要的是，即便是他到“别处”去寻找生活，文学坐标也对应着特立尼达的生活，便避免了“轻浮”与“精神的漂泊”。

后来的奈保尔有了一重真实的感受——走出生地，云游四方，对于一个从事写作的人是必需的，因为只有那样，才会有眼界、才会有心胸、才会有联想的能力。但是，在广阔的世界里游弋不止的人，也往往会迷失自我，走上一条不归路。他曾痴迷于毛姆和亨利·詹姆斯文字，并试图用他们的方式写。但是，却总也找不到写作的自信和“如释重负”的感觉，写出的作品，也缺乏独特气韵，给人的印象是似是而非、似曾相识、似有实无，终不可取。他最后的成功，是因为找到了自己处理素材的方法——用他的特立尼达生活经验，比照他的英国生活经验，融汇他的印度生活经验——抬头看路，回到“原点”写。所以他说，“我”的素材与他人的素材之间差别太大，只能走自己的路，让自我“在场”——“这里根本就没有文学共和国！”

帕斯捷尔纳克也有自己的幸运。他籍籍无名时，正巧遇到了鼎鼎大名的马雅可夫斯基。后者的意气风发、激情四射以及《列宁》《穿裤子的云》发表后，莫斯科街头争相传颂、群情激奋的情景，让他感受到了文学的崇高及伟大——“文学几乎可以在一夜之间改变人们的思想和生活，甚至是社会生活。”所以他坚定了“为文学而活”的信念。马雅可夫斯基的高蹈与躁厉，导致了最终的毁灭，让他感到，文学人生其实是很脆弱的。但是，在刺痛和阴影中，帕斯捷尔纳克获得了从来没有过的文学理性：文学是“冷的”，是“向下”的，莫斯科只能制造“传声筒”，而不会创造出纯粹的文学。

他又回到了那个叫别列捷尔金诺的小村庄，在燕麦田埂上，在瑟瑟的桦木林中，在深陷而坚硬的车辙里寻找“实生活”的意象，忠实地运用现实主义的写作手法，潜心于他的“最高准确性”的文学追求。到了后来，苦难与岁月，终于兑现了对他长期的忍耐理所当然的奖励。他给人的启示与奈保尔是一样的，在列捷尔金诺的小村庄的价值实现，离不开他的莫斯科“出走”。一如陀思妥耶夫斯基、屠格涅夫、果戈理，虽然“只有在俄罗斯的大地上才能写得好”，但一个最重要的前提，是他们都拥有“俄罗斯本土以外的生活”。面粉自身本无酶，酶是人加进去的——“别处的生活”是酶，拿到本土来发酵，才有独异的思想植株借势而长。这或许就是评论家笔下的所谓“二律背反”。

最后，自然要谈谈我的幸运。

我的幸运在于，在我本能地亲和文学的时候，我身边的那几位一直被城里人小觑的农民出身的作者，在发表单篇作品都很艰难的情形下，居然出版了短篇小说集和长篇小说！这提升了我的信念，甚至诱发了我的野心，所以，我能走到今天，文学的动力是家乡人所予。但是，他们的步伐虽然一刻也没有停顿，至今却只有半只脚迈进了京城。因为他们虽然拥有沃土，但在任何时候，都不曾主动接触外界的世界，他们信奉的是，自己的世界就已经足够了。因而便缺失了联想和想象的能力。同时也没有建立主观批判的立场——有魅力的事物，未必合乎道德；文明的存在，常常缺乏趣味。他们总是非白即黑，非彼即此，不敢想象，事物的真相，往往在不黑不白、不此不彼之间。乡党所失，正是我之所得，他们给了我不早不迟的警醒，使我以“急迫的姿态”向自己世界之外的世界进身。

不仅是更广阔的社会生活，让我胸廓大开，而且包括有机会接触到的所有作家、评论家和学者，也让我感到已身甚小。为了阔与大，甚至一度还想“连根拔起”去到城里工作、学习、生活。之所以还生活在本土，是因为：一、自己所珍视的那些人一旦走近了，会有许多负面发现，不仅是做人，更包括作文。一如奈保尔所说：“友谊之所以保持得久，也许就是因为我不曾细读过他的作品。”文坛的许多同志，远看是花，近看是绢。二、外界世界存有成见，并不真心接纳你。那些尊重你学识和写作的人，往往并不会读或认真地读你的作品，在他们眼里，尊重就够了。这种尊重近乎于漠视、蔑视，让你无法承受。三、便是奈保尔和帕斯捷尔纳克式的启示，雄踞之处，未必是巅，大作家，往往都是在小地方写作的。

但是，要想突破局限，必须要有超越本土的眼界，要有“别处生活”的经验。如何获得？唯有读书一途。

古人云，秀才不出门，便知天下事。如何知道？读来的。

从蒙田那里也得到了一个会心的意象，即：坐行者。读书人，也是行者。以“坐”的姿态，纵览历史，游历天下，阅尽万物，饱识人生况味，就是拥有了大生活了。

原本是心虚的，还标榜“在乡土上嫁接文化”以雅身份，读过了能够读到的古今中外的世界名著之后，气运丹田，胸装万象，便不再以农民的出身为鄙，也不再以用这种方式接触外界世界为非，且心中有了一种盈满的自信与豪迈——峰巅如何，不过是大地的皱褶而已。

文人的力量

一

一个崇拜力量的文人，对于一帆风顺而又自鸣得意的人们，有一种天然的厌恶。

我便是这样，便亲切地想到卢梭。

卢梭是温柔的，平静的，从未听到他大声地张扬。但他内心却崇尚有力量的东西，而不是丝弦管乐、红粉脂尘那些软绵绵的东西，所以他在正值名声的盛期，毅然远离了热闹的巴黎社交界，独自躲到郊外，过他农民式的日子。我很理解当时的卢梭。这事本身，使他成为追求力量的一个勇敢的人。

海明威创造了一系列硬汉形象，因而使他本人也挂上了一种力量的牌证。海明威毕竟是幸运的，尽管他也有过曲折的经历，但他一生都是在花天酒地中度过的——他一边享受着女人，一边享受着文学，这一点，妨碍了我们对他硬汉形象的欣赏。他的硬汉人物，让人感到突兀、尖冷，虽惊心动魄，却不会让人感动。他的人物是优裕的人对力量的一种图解，或多或少有一种概念化的成分在。所以，伟大的海明威，其实是很造作的。

因此，读海明威之于我一直是在生活过于平淡过于沉闷时，在他的“硬汉”群中找一些刺激，并不真当作那么一回子事。而读卢梭的《漫步遐想录》，却每读一次，心灵都要经一次泪的浸洗。因为写这部著作的时候，卢梭正是一个弱者，一个被迫害者。他是在孤独与苦闷中向内心倾诉微音，是在黑暗与绝望中为生存掘一丝光亮。他没有像一般被迫害者一样，自行死掉，而是坚韧地活下来了。一部《漫步遐想录》，让人真切地体会到了人类对于苦难的承受程度，同时让人坚信，人是柔弱的，更是坚韧的，是有力量在苦难中生存下去的。

于是，卢梭虽未塑造硬汉形象，他却是力量本身。

“艺术为奴役者兴建宫殿时，人们是信任它的。人们以为它在分担共同的见解，而在日后又分担共同的命运。”（帕斯捷尔纳克《安全保护证》）所以，笔者对卢梭和海明威的认识，并不是一种个人的感情的偏颇，只是因为人类有着共同的命运，对命运的态度，卢梭更可信而已。

“人生本来就是被击败的，你可以毁灭他的肉体，却无法击败他。”这出自享乐的海明威，而不是苦难的卢梭，让人觉得是一件遗憾的事情。

二

坦然地说，文人的力量，主要表现在他的创作生活。换言之，文人与常人的不同，在于他想象空间的广阔，意象世界的绚丽；其作品，是那个世界的瞬间捕捉，是其外在表征。

帕斯捷尔纳克罹难，在于《日瓦戈医生》的意象世界对当时当地的生活产生了反拨。所以，他说：“天才作家的下意识领域是无法度量的。”（《安全保护证》）他自己对自己的“下意识领域”亦即那个想象世界都无法度量，社会的尺度就更显得不知所措，便只有禁止。勃留索夫饱尝了他诗歌意象给一己心灵的甘美浸润之后，情不自禁地感叹："在无拘无束的幻想中诞生的意念有时真会令人震慑的。"（《勃留索夫日记钞》）他于是抓了幻想的触须，把自己造就成俄国象征派诗歌的领袖，成为俄国的历史人物。

于是，文人的成功，得益于"想象的世界"，这是人们的共识。

然而，命运不会因此对文人特别青眼，给文人一个强有力的想象世界，却往往让文人在现实生活中软弱无力。这是已无须例证的事。我们可以这么想，一个人的生活世界可能是个定数，富此便贫彼，"占尽人间春色"的努力，几近于徒劳。

这其实没什么可悲哀处，伟大的文人，正是敢于直面这个现实，才接近了永恒——福克纳避开北方繁华的诱惑，在南方的故乡，一边经营自己的农场，一边苦心经营"约克纳帕塔法世系"小说；没有这套世系小说，福克纳不过是个乡巴佬。

《麦田里的守望者》畅销后，塞林格马上过起了隐居生活。他幽居的日子愈久，人们探知他想象世界的欲望就愈强烈，他的名声因此而大噪。

索尔仁尼琴遭放逐之后，索性在美国的卡文迪什小镇上营造一间小木屋：过简朴的生活，一心一意创作《红色车轮》。这部著作比托尔斯泰的巨著《战争与和平》还要长两倍，因这部著作的支撑，七十五岁的索氏比青年人活得还要年轻。

……

可以这么说，节制自己的现实欲望，纵情于孤独的想象生活，是文人的立足点，是文人的自尊。

顾城的悲剧，便在于他未曾觉醒于这种自尊。

他的诗的童话世界是美丽的、纯洁的，因而纯洁了多少颗已被污染尚未被污染的灵魂。“黑夜给了我黑色的眼睛，我却用它寻找光明。”我们没有理由不被打动，这样的意象太具有穿透力。所以他的死不在于他的“女儿国”梦想及梦想的破灭；因为他不仅有梦想，还有极强的占有欲。占有欲是世俗生活中最强烈的一种欲望；而一个连生活都不能自理的世俗的低能儿，却怀有这么强烈的世俗欲望，不发生悲剧才是怪事！

由是，文人发于想象（精神），而止于想象（精神），乃大觉悟也。

还可以说——文人的生活是一种节制的生活，也是一种苦难的生活，这之于他的肉体；苦其肉而悦其灵，而灵肉像昼与夜，本是一体，却常分离。所以，做一个文人，实在不是一件简单的事。

与写作有关

文心与人心

夏丏尊是教育家，又是个文章大家。系统地阅读和玩味夏公的文采,《平屋杂文》是最好的文本。

我阅读的版本是开明书店版，其装帧的质朴，正与文章的情调相谐，美得平静而质深，堪可玩味。然册中的文字多为叙事文，称之为杂文，便有些不确，这是夏公自谦使然。夏公的憨朴，在文中处处可感，与丰子恺一样，具有一颗“佛心”。与丰子恺不同的是，他显得更平易——他有一肚子的“热情道理”，怕他的读者读不懂，理解不到，便给你讲一段故事，举一个人物，推出一组情节，设置一种氛围。让你在不知不觉中，接近这些道理，以至最终地接受这些道理。

他对他的读者真是太体贴了。

他的《怯弱者》《猫》和《长闲》等篇，是最能体现他的这一点的。这或许缘于他对“知识分子”的自我定位:“所谓知识阶级者，实仅指下层的近于无产阶级或正是无产阶级的人们。”

因为他自认为自己是“下层人”“无产阶级”，便自觉地接近底层，对百姓的生活给予同情心，甚至投入一种“感同身受”的感情。所以，他的心是民间的，作文时他取的是民间视角，而叙事文体也正是民间的文体。他文章中叙事的成色，便不难理解了。这让我想到了现实的文人，还有那些所谓的精神界的“志士”。这些“志士”或许有高贵的品格和高尚的情怀，但却选择了“形而上”的文本方式，抽象的演绎和论辩占了大部，除了少数“同心同气者”之外，能够给予理解的人实在太少，更况乡土上的生民。因其“受众”太少，其“振聋发聩”之力便贫弱，呼号几声之后便被市声淹没，是必然的命运。

要想完成对民众的“启蒙”，启蒙者高高在上的姿态显然会引起民众的反感，是不是像夏公那样，找一种“形而下”的文体为好？其实，这不是一种简单的文体问题，而是一个世界观、文学观的问题。是只关心自己的内心，还是更多地关心“世道人心”，这才是问题的本质。

夏公写《良乡栗子》，不是立足于描绘一种民俗图景，而是取“良乡栗子，难过日子”的视角，关注秋凉之后穷的生活，诉说一种体恤，一种慰安。

这就是当代文人常说的所谓的“生命关怀”“文化关怀”。他虽然没有说出来，但做得已足够了。

与夏公可伯仲者，还有一个汪曾祺。

汪老是个大器晚成的人，人生境界的深厚，使他不愿展示伤疤，以逞英雄豪气，不愿发小我激情，以臧否纷繁大千。所以他没有太重的肝火，更没有太浓的烟火气，因此他不会教训人，而是取与读者平等的角度，娓娓地跟你谈些什么。他之所为，“人间送小温”而已。而他的这个“送小温”，与“生命关怀”“文化关怀”也正是同一层意思。

所以，他的小说中，没有善到不可接近的人，也没有恶到不可亲近的人。他不写至善，认为至善是一种幻境；他不写至恶，以为至恶与人性相隔。他写的是善与恶的“人间性”。而人们易于接受的生活，正是这种“人间性”的生活；人们愿意承受的情怀，也正是这种“人间性”的情怀。所以，汪曾祺的小说，读来亲切，与人不隔，人性的温暖，增强了作品的渗透性——渗透到人们的心里去了。比如他的《钓鱼的医生》——那个叫王淡人的医生，痴迷垂钓，爱做傻事，傻到把人人嫌弃的抽大烟的病人接到家里，不仅管治病，还管吃喝，却不取分文。感于他傻得仗义，汪老在小说的结尾，写了这么一句：你好，王淡人先生！

作者已把笔下的人物当成自己的朋友爱了。

他是与读者一道，与笔下的人物一道，共同感受“世道人心”啊！

文道即人道，文心即人心。汪老与夏公，无声地说出了这么一个道理。

2001年9月17日

大在小处

沈从文写湘西的文字，个性鲜明，耐人寻味：表面的字词极朴拙，但简单的背后，总存有深意。以往，总认为是他刻意经营的结果，读过他晚年自述，才知道，依他的出身，他只能写那样的文字。

他只有小学文化，做湘西王陈渠珍的文书时，因为长官爱书，他才多读了一些典籍。此前，他算不得博览群书。然而湘西是蛮地，生活不遵从常规，物事复杂、多传奇，便让他讶异，甚至震惊，于是，便产生了记述的欲望。

对他来说，不掌握更多的书面语言，心里稔熟的，是那里的土话——也就是地方方言。用纯粹的方言写作，有不灵光的一面，就是容易与读者产生隔膜，理解的困难，往往会使读者不能跟他一起叹息或感动，费力不讨好。

毕竟是沈从文，他天分高，有悟性，在无奈中，对方言进行了便于传达的改造。既保留原有的韵味，又让地域外的人能读懂——他把方言转化成汉人的口语。但究竟不是书面语言，不遵循既定的语法规则，表达的效果就又蛮荒又市井，又俚俗又文雅，像国语中的“外语”。他的书写，因此就有了自己的个性。

湘西的传奇与独异风俗，再配上这样的“个色”语言，就另类了。

哗变的士兵被枪决前，既不惊惧，也不悲苦，而是满脸的淡漠，甚至麻木，皆因为那个地方兵变频仍，经常有成建制的人被杀掉。看多了死亡场面，传奇变成了家常便饭，也就懂得了生命的真相。吊脚楼上的白脸长身的女子，与人相悦时，送出全部身心，狐媚得蚀人魂魄。一旦被人遗弃，甚至遭沉潭的厄运，却并不报以情怨，而是平静地隐忍着，毫不计较——她们经多了风情，知道感情这个东西，之所以诱人，就是因为它不可靠。

自足的传奇信息，被既通畅又滞涩的笔调叙述着，自然就愈加动人了。

所以，“粉红色”作家沈从文并没有那么复杂的背景，他的不可捉摸，是敬畏字纸的读者和自以为是的批评家自我催眠的结果。

至于他的学生——被孙郁称为中国最后一个“士大夫”文人的汪曾祺，也是深知其中三昧，忠实地延续了乃师的余脉。他把《诗经》的古诗意绪、明清小品的清雅品质，同民俗风物、市井趣味相融合，弄出一个既有丰沛的书卷之气，又有氤氲的平民情怀的书写文体。这种文体，既属于书斋，又属于民间，因而他的文章被广泛接受。这一点，比周作人入世，因为周作人的书袋气太重，有拒人千里的毛病；又比废名练达，因为废名太看重个人异趣，故意和常人口味相执拗，便患孤患寡。

所以，汪曾祺一派风雅的背后，底蕴其实就这么简单。

《故里三陈》里陈小手这个人物身上就凸显着汪氏的文体特征。写他作为男人，却有着一双女性般纤柔的小手，且去给军官肥白的美妇接生，就有了诱人阅读的市井趣味。军官像对恩人一样报以重金，且客客气气送他出门，却从背后一枪把他打下马来，就有了小品的内涵。小品是重雅洁的，是重回味的。他这样写，效果就出来了。

巴金的小说，包括他晚年的随笔，细细品味，都有很重的感伤和虚无色彩。

长期以来，许多论者都认为那是缘于他早年所受的巴枯宁、克鲁泡特金等无政府主义的影响，甚至还包括赫尔岑伤世情怀的熏染。读了《巴金的两个哥哥》，我突然觉得，这些认识都是靠不住的。在这本书里，巴金说——

> 我的两个哥哥都是因为没钱而死去的，而现在我有了钱还有什么意思？我也不想过好生活。

这虽然是一句平易的话，却有催人泪下的血泪滋味。重新思考，不难发现，人的一生可以经历种种改变，有些因素是从来也改变不了的。其中，血缘、亲情关系，是最不易改变的，因为它是社会关系和人性的基础。一个人，无论如何漂泊、如何奔竞，他最后的回归之处，无非是故里和家庭。家庭是人心中的圣殿，血缘、亲情关系是人性最根本的牵制。一个再冥顽不灵的人，也知道要衣锦还乡，而不是衣锦夜行；一个再不慕虚荣的人，也会把荣誉的光环放大于家人之间。家人对一个人的价值认知，往往比社会对他的认可，还令他满足。所以，“光宗耀祖”不是什么见不得人的狭隘伦理，而是根本的、积极的人性驱动。

后来的巴金，虽然金钱、地位、名分等，统统都有了，而且还都是大有，但是最能够欣赏，并与之分享的家人——他的两个敬爱的哥哥却都不在了，他的生命失去了价值认知坐标和根本动力，所以他说：“我也不想过好生活。”

他的这句话，让我感伤了很多日子——我父亲是个山地人，一无所有，是自虐一般耗损了自己的身体和心智，才把我成就为一个平地人。我因此就不敢懈怠，暗暗发誓，要用不凡的作为回报他。但是，他没有等到那一天，仅仅五十二岁的年龄就死了，死的时候，他的面相年轻得跟我不分上下。

所以，当我有了官职和文名之后，我高兴不起来，每出一本新书，就在他的坟茔上，一页一页撕下来烧。火光中，总是出现他那张年轻的脸。这种阴影，是一直也抹不去的，现实中的我，便一边追逐着，一边心灰意懒。

将心比心，我觉得巴金的感伤和虚无，不是什么主义的产物，而是生命化的东西。晚年的巴金为什么是那个样子？因为他不再看重自己的所得，心无羁系，便敢于自嘲、自审、自剖，随心所欲地说话——说真话。

所以，伟大的人道主义者的巴金，不过是一个更重亲情的人！

著名漫画家丁聪先生，跨了两个世纪之后，依然思维前卫，佳篇迭出，可谓艺术之树常青。有人说，丁聪不竭的创造能力，缘于他的天分，他是个千年一出的天才。跟丁聪接触密切的人说，这真是见文而不见人的冬烘之论。他年近九旬，还自称“小丁”，待人接物率真坦直，毫无机心——他的创作激情，源自他始终不肯长大，始终不肯一息消泯的童真和天趣。

他自己也说：“有天趣的人就是天才。”

我相信这种天趣说。人幼时，个个都发天问，个个都有惊人的灵性，个个都有天才之相。为什么长大之后，天分反而就少了？盖怕别人说自己不成熟，便努力遮掩天趣，而皈依“人说”。人说是个什么东西？人说往往是庸常之论、庸俗哲学。

一说话，就要合辙押韵，哪里还有自我言说？一做事，就要循规蹈矩，哪里还有个性施展？

这就是天才消失的真相。

由沈从文、汪曾祺、巴金到丁聪，皆是从小处看大，从简单处看复杂。看来看去，感到世间的事，不过如此。

俞平伯在《中年》里说：“人生变来变去，总不出这几个花头——男的爱女的，女的爱小的，小的爱糖。”

品味之余，我不禁会心而笑，感到他简单得复杂，小得深刻。他所言之小，恰恰是人性的支点。

2005 年 5 月 6 日

咫尺之艰

1848年1月10日，因《死魂灵》而功成名就的果戈理在给友人瓦·安·茹科夫斯基的信中说：

> 对不起，亲爱的！每天我都准备写——但都被不可思议的“不愿意”写制止住了。

真是不可思议，一个被视为文字天才的大作家，居然“不愿意”写！

我曾对止庵先生的创作多产表示敬意，我说：“只要打开读书类的报刊，包括著名的《博览群书》《中华读书报》《文汇读书周报》和《中国图书商报》几乎准有你止庵先生的文章，你的创造力何等地强劲啊！”

止庵摇摇头，面色阴郁地说：“你这样说，我一点也不会得意，因为文章背后所经受的煎熬，时时让我想到放弃——跟你说实话，我居室里的床，离电脑仅有一米多的距离，但是，要想从床上爬起来坐到电脑跟前去，开始一天的写作，要跟自己的惰性较很长时间的劲儿——我真的不情愿写，甚至时时问自己：我为什么要写？而情愿摊散在床上，慵懒地阅读，或者在影碟机里放一张盘，轻松地观赏——所以，咫尺之间，要花费万里长征的心力——写作的勾当，真不是人干的活儿。”

从果戈理联想到止庵，不禁想到，作家笔下的文字，并不是像一般人所理解的那样——是像泉水一般喷涌的，而是心血缓慢聚结的产物——这个过程，包括对灵感的耐心等待，对生活的痛苦思考，对思想的痛苦提炼，也包括对准确字词的艰难捕捉。所以，一个严肃的写作者，从床头走到案头——从生物状态步入灵魂境界——不仅仅是个才智的调动和运用的问题，更关键的是有没有足够的毅力支撑的问题。正如从黑暗和苦难中走出的人，反而有恬淡的心态和灿烂的笑容一样，作家的那些浪漫和雅驯的文字，其实是经受了精神的苦役之后才有的一种书面状态。

我之所以有这样的联想，缘于我本身就是一个已在文字之途上跋涉了二十年的写作者。

我常常经历这样的情况：一个新颖的观点突然出现在脑海里，使我兴奋不已。我急切地走到书桌前，想把它生动或完整地表达出来。但写下几行文字之后，却不得不停下来——因为要想把那抽象而又缥缈的思绪固定住，需要准确的叙述（词句）和与之相对应的意象，但是，这个意象我总是捕捉不到，写下的字句总是似是而非、词不达意。心情便被败坏了，头脑变得混乱，甚至出现空白。这次的写作，便宣告失败。

搁置一段时间之后，又有了跃跃欲试的冲动，便情不自禁地拿起笔来。然而，期待中的意象和字句还是没有如约而至，思绪再次陷入困顿，不禁对自己产生了怀疑：莫非你本来就不具有写作之才？

于是，即便心存不甘，也不敢再贸然动笔了——对失败的担心，使我望而却步。

所以，对果戈理和止庵所说的“不愿意”或“不情愿”，我是能够理解的。

还有一重理解，就在于他们（包括我本人在内）与一般的写作者不同，他们是“成熟的写作者”。

旷日持久的写作生活，使他们对文字质量有了自觉的追求：他们加高了写作的标杆——既不想重复自己，更不想重复他人——写作的出发点，不再是能不能写出文章，能不能发表文章，而是能不能写出独特和“原创”性的东西。包括独特的思想、独特的意象、独特的情感、独特的人物和独特的文体、独特的语言，等等。这种书写状态，便是文坛里常说的——难度写作。

所谓难度写作，就是写作者不安于已有的成就，不安于驾轻就熟，不向已有的情感向度、思想深度和写作规则妥协，而是不断地向卓越的境地冲刺，试图创作精品、成就经典，因而进入不朽的写作追求。

这岂止是不降格以求！实际上是个向自我局限不断挑战的过程，颇有些堂吉诃德的味道。

之所以有这样的说法，系因写作者的自我局限实在是一个巨大的客观存在——

局促的生命空间、有限的生活阅历、狭窄的情感体验……从根本上制约着写作者的思维方式、心灵境界（眼界）、思想深度……

生得局限，身陷凡常，却要追索超越和独特，那个境界，真是个令人生畏的地方！

这就注定了“成熟的写作者”的痛苦生涯——

杰出的诗人海子，虽然有着“在最远处，我最虔诚”的豪迈，但他的神经最后还是崩溃了，到死亡的黑甜之乡，去寻求解脱了。

果戈理为什么发出“不愿意”写的哀叹？因为他太追求不朽了，所以，《死魂灵》的伟大对他来说，既是光环，也是阴影，他日后的写作便成了一种艰难的跋涉。他用了整整五年的时间，苦心经营地写完了《死魂灵》的第二部，但是因为不满意，竟一把火把它烧掉了。从此以后，他心灰意懒，一蹶不振，不久就病死了。

为了超拔文字，他们承担了过重的生命压力。

索尔·贝娄在《洪堡的礼物》中，借人物萨克斯特的嘴说过这样一段话：

> 有的人带着感激知足的心情接受了自己的天赋。有的人却对自己的天赋不领情不满意，所想到的只是自身的缺陷（局限），甚至放大了这种缺陷，变得难以忍受
>
> ——因此，为了心安，他们只对克服缺陷挑战局限感兴趣。

这段话，给了我们一个新的认知角度：像海子和果戈理这样的写作者，是有着极高的天赋的，凭着这种天赋，他们就完全能够写出非常出色的作品，也就完全可以坐享到中常资质的作家所享受不到的写作快乐。然而，他们放弃了，而是朝着天赋之外的精神苦旅进发。于是，这种执意于卓越的写作者，就具有了苦行者的成色——他们不仅远离了物质上的享受，也远离了世俗意义上的精神享受。

而在东西方的生命哲学中，都有这样一种思想：适当的享受，是才智的食物。

这一点，我相信，他们是明白的。之所以决绝地放弃，是他们更明白，享受往往还会引发怠惰。

这不禁让我想到日前看的一张影碟——《耶稣受难记》。

《耶稣受难记》虽然是一部好莱坞版的传记片，但是却给人一种“颠覆性”的震撼。因为它对耶稣的受难过程进行了全新的诠释——

在影片里，犹大对耶稣的出卖，并不是在危急关头的变节，而是他接受了耶稣本人的秘密指令，指使他在关键的时刻履行一个对上帝的使命——把耶稣的形迹主动供给罗马人。因为这时的耶稣，人间的快乐、现世的温情，使他为上帝献身的意志不像原来那样坚定了，产生了一种“不情愿”的情绪，多次自问：那个救赎人类罪恶的人为什么必须是我？上帝为什么偏偏选择了我？

于是，为了最终履行“人之子”的使命，他必须借助一个外力，切断自己最后的退路。

这是一个被还原了人性面目的耶稣，使他更加伟大，更加深入人心，同时也更强化了芸芸众生对“信仰”的敬畏！

由此看来，果戈理们的“不愿意”，与耶稣的“不情愿”具有相同的性质，是信仰者和圣徒的心路历程——他们远离“享受”，就是为了远离“动摇”，毫不怠惰地步入精神的“耶路撒冷”。

所以，从床头移位于案头，一个小小的空间距离，却是人类从肉体状态进入灵魂状态的一个转化界面。这是一个神圣的精神指标——完成这最后一步的跨越，灵魂便从肉体的羁绊中涅槃而出！那么，写作者所经受的咫尺之艰，便具有了极为庄严的生命意义——

他们痛苦的写作生涯、所承受的苦难，便不是作为个体生命的人生苦难，而是整个人类的精神苦难——有了他们，人类的精神，才有了那样的深度和那样的高度，他们为整个人类，赢得了生存的尊严和价值。

这就是人类敬惜字纸、敬畏精神的理由。

另，咫尺之艰，恰恰是一个人性的证明：杰出者，不是没有弱点，而是他们有战胜弱点的意志和勇气。

2005 年 7 月 28 日

万物生长，诗人复生

屠格涅夫说，在草木中散散步，读读果戈理，真是件幸福的事。

他此时所读，是《钦差大臣》《狂人日记》和《死魂灵》之外的文字，是《狄康卡近乡夜话》这些来自小俄罗斯（乌克兰的旧称）乡村的东西。果戈理描绘乡间风情、乡间人物和乡间草木，活色生香，摇曳生姿，令人迷醉，堪称圣手。即便是在《死魂灵》中也能窥到这样的底色：他写的大吏、命官，总有观念化的影子，像他手中的提线木偶，是为了表演（表现）的需要。但一写到车夫、狱卒和小地主，就不一样了，他们都呼之欲出，有自己的生命。为什么？地主与车夫、狱卒，虽然不属于同一个阶级，但他们都是乡间人物，有共同的承载，即：自然的风情，泥土的呼吸，土地的感情。

所以，令写作《猎人笔记》的屠格涅夫沉醉的，自然是土地上的信息。

就不难理解，俄罗斯文学中，为什么有那么多土地叙事、风景描写。

建国初期的中国作家，很痴情于风景描写，下笔泱泱，不遗余力，其受俄罗斯文学（苏联文学）的影响是显见的。

但那时有关风景的经典描写，现在看来，就感觉繁冗、沉闷、隔膜，了无生趣，不堪卒读。究其原因，或有二：

其一，匍匐于风景。认为，风景如画，巧夺天工，有玄妙莫名之美，乃神力与天地造化。便采取仰视的视角，醉倒之，描摹之，痴迷到目盲，只见风景而不见人。

其二，功利于风景。这是对前者的反动，只是把风景描写当作营造环境、塑造人物、图解观念、表达悲欢的手段，人为地呼风唤雨，而漠视风景自身的韵致，便只听人声而不闻景语。

两种态度，均把风景外化于人，非俯即仰，俯仰之间，是游离的状态。这类似于中国人之于宗教。正如鲁迅所说，国人从来没有用端正的态度看待过宗教，要么跪倒了膜拜，要么就拿来一用，总之与信仰无关。

于是，就带来了消极的影响，在当代作家的作品里，很少看到描绘风景的笔墨了。

这既是一种反拨，也是一种缺憾。因为稍有些文学常识的人都知道，自然的风致与文学的情怀，从来都是交融在一起的，文学史上的那些经典篇章，那些引人入胜、魂牵梦绕的文字，差不多都是田园牧歌、山水画卷、草木诗篇、虫鸟吟赋。

其中的道理是不难理解的。大自然不仅为创作激发了灵感，提供了源泉，也是人的来路与生存土壤，更是人性的启迪与教化。所以，才有“人算不如天算”的说法。老庄的“天地不仁，以万物为刍狗”，其核心含义，就是人生来并没有特别的尊贵，与万物是一样的。不仁，系无差别，是平等的原则，人一偏离了天地法则，人性就恶化了。万物的不和谐，人世的纷争，便是人与自然渐行渐远的结果。

面朝大海，春暖花开。

海子的这句诗，每个读到的人，都说感动，都感到有一种热流在内心里涌动。这其实正说明了人对于自然之美，有着本能的渴望，乃人性的状态，是永恒不变的。

春天，万物生长，诗人死亡。

这是终其一生，都钟情于书写“大地上的事情”、被称为“土地之子”的苇岸的一句话。出自他对海子的一篇周年祭。现在吟味，顿生感触：这与其说是对海子的凭吊，不如说是对中国文学山水精神缺失的痛惜。是挽歌，是呼唤。

春夏之交，草木荣发、山林蓊郁，正是读风景篇章的季节。

便从藏书中搜寻相类的书籍。首先取到的是托马斯·曼的《魔山》，因为据说，书中有关风景的华彩，是颇撩人心的。但是，真正读的时候，却异常沉闷，有苦不堪言的味道。即便是极受推崇的有关“雪”的那一节，虽雪山壮阔，晚霞灿烂，却是为了象征，为了推理，为了形而上的思考，毫无山水性情。便废书而叹。其实，这是应该想到的。德语文学是“思想者的文学”，呈现的是日耳曼民族善思索、善抽象思考、善哲学思辨的性格特征。它的文学，整体地就趋于难懂，“不好看”，更遑论对风景的描绘。

就取海明威的《乞力马扎罗的雪》。依旧是读不通畅，感到他山水之外的抒情过于泛滥，风景遭遇的是主观涂炭，已见不到自然本身的模样了。

等读到德富芦花的《自然与人生》，峰回路转、柳暗花明，眼前豁然一亮。一如鳏夫久旷之后突遇红尘知己，纵情得毫无节制，终夜耽读，不忍释卷，洋洋二十万言，竟一气读毕。然后，欢快一嘘，双眼盈泪。内心叹道：还是日本文学的山水精神涵泳得纯粹啊！

以为德富芦花乃专工风景散文的写家，不足为凭，便又读谷崎润一郎的《阴翳礼赞》、芥川龙之介的《侏儒的话》、川端康成《我在美丽的日本》、永井荷风《断肠亭记》、松尾芭蕉《奥州小道》、直至清少纳言的《枕草子》。在三、四月间，河北教育出版社 2002 年版的“东瀛美文之旅”丛书，凡十五卷，悉数读破。

掩卷回味，感到，说日本文学，最得自然精奥，且贡献了足可凭依的描写经典，是不为过的。

东瀛美文，特别钟情于对自然的描写，几乎到了无词不景的地步。文字的气韵暗合着自然的流变，辞采的旋律共鸣着自然的律动。譬如写阳光与林荫，明媚处欢快，阴翳处凝重，是很情绪化的。即便是小草的浅唱，也如在恋人的耳畔，温柔的喁喁低语。见人见景，浑然一体，

究其内里，与日本作家的自然观念、人生信念和文学状态有关。

日本作家珍重万物，认为草木也有人格，而人，也不过是行走的草木——人和万物是平等的，不分灵愚，休戚与共，情感是相通的。不难看出，他的哲学底蕴是老庄的，与“刍狗”说类同。

德富芦花写黄昏落日，一旦落笔，便是景人合一。他在《相模滩落日》中写道——

> 在如此风平浪静的黄昏看落日，颇有守侍圣人临终之感。庄严之极，平和之至，令凡夫俗子也会感到肉身被灵光包裹而消融，好像灵魂端然伫立，化为永恒……太阳已西沉，然而，其余光忽如万箭向上攒射，映照得西边的天空一片金灿。啊，伟人的离世皆如是矣。

落日一经与伟人隔世相望，就壮丽了。人一旦有夕照金辉相衬，

就感到了生的庄严。

既然万物与人都是平等的关系，那么人与人就更不在话下。所以，当在永井荷风的《断肠亭记》中读到如下一节，我不禁会心一笑——

> 看到街上卖号外的奔走呼号，一打听，原来是首相在东京车站被刺。一位大臣之死，亦不过等同于牛马之死，便未曾动容，回到家里与百合子在炉边饮柑桂酒一盏后安然就寝。

稍一追索，人的自然观的背后，实乃就是人生观也。

也就不难理解，为什么日本作家整体地选择与大自然“零度接触”的生活方式——筑草庐而居，躬身于天地之间。

德富芦花对自己说：“要有个家，最好是草屋，更希望有一小块地，能自由耕种。”便毅然从都市逃亡，真的住在了乡下。“屋子虽简陋，尚能容膝；院子虽小，亦能仰望碧空，足可以信步遐想。”在他那里，大自然不仅是环境，也是精神，一如《圣经》所说，人不惧苦，苦的是找不到生之“喜乐”。何言喜乐？乃心灵的安妥、生命的自足。所以，走进大自然，不仅是“诗意地栖止”，更是“喜乐”的境地矣。

这就注定了他们笔下的风景一定是与之对应的文字。

他们写自然景物，不是旁观，而是融入——“自然”与“情怀”相依相伴，“万物”与“人生”相辅相成。美景，一如良友，旦暮相守，通款曲，相晤语。

永井荷风看到庭前落叶，就想到了波德莱尔的诗，因为它开启了心灵的记忆。

从潇潇落叶到波德莱尔。多美的意象转换，给人无限遐想。

“天色微明薄暗，陋巷里苦雨尽洒，吾心凄凉，一如雨泼。”他不禁发出“雨胜于花”的感慨。其中的底色，是人生的沧桑——欢乐的时光易逝，痛苦的记忆永存。

“融入”化为笔致，便是以物拟人，以人拟物，物我同一了。所以永井荷风说：“一个缺乏特有情调的都市，就跟接触一个没有品行节操的人一样。”他又说：“我不喜东京而喜游京都，因为京都里有大自然里最令人尊崇的两样东西——庄严的庙宇和欢悦的艺妓。”

“缁衣”与“红唇”，是情怀的两极，却妙在一起，直逼人生情状，世间本相，就有大趣了。

德富芦花把在大自然里的行走，不说是旅游，而是冶游。一个“冶”字，道尽了人与自然的万般风致。冶情、冶性，均与人性的涵养有关，其着眼处，不是人定胜天的迂阔与傲慢，而是对物语与天启的倾听，是对自然万物的欣赏与敬重。

儒家曰，物候不调，人心浮躁。

诗也云，关关雎鸠，在河之洲，窈窕淑女，君子好逑。

民谚说，蟋蟀鸣，懒妇惊。

在中国，对自然，对自然与人，早就有殊胜的思想与态度，好的风景文字也宏富地放在那里。但却被今人忘却了。

教会了学生，饿死了师傅。老理真是弄人。

但这不应该是常态，应该是一时的迷失。醒来之后，应是崛起的身姿和超越的存在。

是曰：万物生长，诗人复生。

2009年5月22日

戏侃作家

一

在商海钱潮的翻滚中，作家，已从神坛上跌下来。神秘的面纱被猝来的风决然地揭去了，作家深深地陷到现实的浮尘之中，发几声怨艾的、轻微的喟叹。

但作家发出的无奈的喟叹，并不预示着什么，现实依然茁壮。作家中，一些仓皇者已纷纷“跳海”了，前程尚未卜，忧伤却已深。追随风尚和降格以求，使作家失落了自我。“天生我材必有用”的激情也显得苍白和奢侈。

也好。

面对现实和命运硬塞给作家的一张答卷，做何种选择，该如何写，挥毫之间便见真心：或点出风骨，或涂抹成泥……寻常人家，正好看个明了。

以往，作家给寻常人的训谕和“启发”已太多太多，今天回过头来，看几眼“长衫人”的真实行状，有何不好?

这是一种公平。

二

其实，现实正赐给作家一个机会，一个回归的机会。

现实还赋予了作家真实的属性：作家不属哪一种特定的人群，哪一种特定的氛围；不负责制造“圣经”，也不必穿传道的那一袭黑袍，更不必要装什么样的“孙子”……而是试着（这两个字很重要）用文字探索怎么活着才会更好些，试着给人生经验找到准确的文字方位，把瞬息飘逝的价值层面予以固定。写作本身就是目的，文字之外的一切，不该是作家所求。

也就是，以康德的乐观主义精神，表达所能表达的。正如篾匠，只关心把手中的篾篓编好，而不关心使用篾篓的到底是些什么人。

作家也是摆摊的，在孤灯黄盏下练活儿。

常常卖不上好价钱，但仍不哀怨、仍不停息，寂寞地把时光剥蚀得斑驳，世人由此而感动，觉人间不只是一种物化的世界。足矣！

三

遗憾的是，作家是人。

人如何逃得出现实的束缚呢？所以，在现实的冲击下，作家有一刻的困惑，是多么可以理解啊。但作家毕竟属于精神的一族，就必须从现实中超然而出，即：作家要把现实作为探索（探索的含义或许是探索心灵的自由，或许是生存的自由，每个作家都有自己特定的内容）的原始材料，而不是把它作为束缚自己手脚的因素，作家要把自己视为一种完全独立的力量。

无论是金钱、冠冕、美丽的颜色，无论是顾忌、恣妄，还是妩媚的情感……都不能阻碍作家根据自己的理智和愿望行事。

问一问那些真正的作家，比如巴金、冰心、钱钟书，他们肯于在根本价值问题上随波逐流么?

于是，具有独立力量的作家，其创作便是在现实的旋涡中的一种孤独的遨游。驱逐孤独的是幻想——永葆激情的燃料，是思想的自大。

四

是不是退一步说呢?比如说快乐。

因为追寻快乐是人类的一种禀性。

金钱、名誉、权力能给人带来快乐，但取得这些快乐常伴随过分的悲伤、惶惑、卑琐、羞辱、恐惧、倾轧、仇恨、虚伪、阴暗、污秽、堕落……在这种快乐中浸淫久了，便会产生对世界的冷漠和厌恶。

这，已无须寻找例证。

便想到快乐与婴儿的关系。

婴儿时时能得到快乐，因为婴儿对世间的需求太少太少。所以，弗洛伊德说，金钱本身之所以不能带来任何快乐，那则是因为没有婴儿想要钱。

那么，作家为什么不存在一些婴儿心态呢?

婴儿最想得到的是一个玩具，乐意做的是一个游戏；作家最钟情的是一支笔，安心的是写一纸温馨的文字。

与其被商海钱潮徒然困扰，不如相信作家是一种人类的独造，文章是其快乐的源泉!

天哪。

1995 年 7 月 15 日至 25 日

苍凉的书写者

一个爱好书写的人，字词对他有着非同一般的意义。

字词具有独立的生命。书写者往往是被字词拖曳着的一条长长斜斜的余影。

譬如，分行文字不一定是诗，但分行文字的语势，却可以诱发诗意，让书写者不由自主地去选择意象、去营造境界。一个写作者一旦进入语境，就再也不能为所欲为。所以，对于写作者来说，文字气象，既是他主观所为，又是超越于主观的客观存在。虽然是书写者创造了作品，但作品一经完成，就像婴儿出了娘胎一样，它便有了属于自己的生命。作品有它自己神秘而广泛“生发”的命运。所以，对那些有太强的字词归属感，因而一味地标榜自己文字风格的人，我们更多的时候不是给予同情，而是感到他好笑。

但这并不是说，字词对写作者只存在一种“背叛”关系——卓越的字词，是对书写者先天才智和后天修养的双重回报：字词之于先天才智，是率性醉人的叹息；之于后天修养，是意味深长的沉吟。二者有本质上的区别——叹息，是本能、是抒情，而沉吟，则是理性、是思想。也就是说，书写者的光荣与梦想，是建立在二者关系的融合与消长上的。

同时，也应该承认，字词也是有原乡的。

一个出生在平原的人，见到巍峨的群山，会有一种阴森森、毛骨悚然的感觉。在这方面，歌德曾说："从根本上说，人只能适应他出生的环境。于是，一个人如果不是因为自己伟大的报负而漂泊异乡，那么他待在自己的家里才是一件幸福的事。"写作者的书写也是这样，文字也有着自己的来路——生活的环境决定着、至少是影响着书写者的文字风格——我是嚼着青杏长大的，所以，即便是状写幸福的字词，也带有酸涩味道。钱钟书是书斋中人，即便是写放达的小说，也多是"字话"，有不容分说的闲逸与从容。至于歌德，由于他长期担任魏玛宫廷剧院监督，缱绻温柔的诗句之中，也常常有装腔作势的文字。

但是，字词独立于书写者的存在，并不意味着字词就具有绝对主宰的地位。

奇怪地，一部字词平凡的著作，反而有非凡的思想品质。比如巴金的《随想录》，比如埃林·彼林的乡土小说。

对此，博尔赫斯曾有经典的论述：

> 具有不朽禀赋的作品，经得起印刷错误的考验，经得起拙劣译本的考验，也经得起漫不经心的阅读的考验，它不会因此而失去其实质精神。

所谓"实质精神"，可以诠释为事物生成的内在规律、时代的发展趋势（时代精神）、人性存在的本质特征，即所反映对象的内在品质，也就是"客体"自身的情感含量、文化含量和思想含量。

客观事物内在品质的挖掘与揭示，当然需要借助于字词，但它决不依附于字词，它"已经"存在于字词之外。拙劣的字词，并不构成对"意义"的最终伤害。

顾城的《山溪》在字词层面上不过是一首小诗——

碧色的山溪
投入大江，
绿盈盈的泉丝，
在浊流中飘荡，
是应该叹息它
丧失了纯洁的本色？
还是应该祝贺它
逃脱了徘徊和枯亡？

稍作吟读，你便会感到，它其实是一个大作品，因为在清浅的字词背后，有一个宏大的题旨：纯洁的山溪只有融入浑莽的江河，才能获得奔腾不息的无限生机——“纯洁”的丧失，正是一种悲壮的新生。

于是，不禁发出一声感叹：字词的制胜点，在于情感的深度和思想的标高。

所以，属于书写者的自由是有限的——字词的独立存在，迫使其不得不拼命地去捕捉字词的“余影”。而事物本质超然于字词之上的独立存在，又使他不得不牺牲字词的所谓“纯洁”，而进行“意义”上的苦苦追索。前者是为了汲取“生发”的张力，后者则是为了获取生存的理由。所以，合格的书写者，不仅是自觉的文体家，更是伟大的思想者。

平凡人生，已是满目苍凉，书写者的特别追索，更皴厚了他苍凉的成色。时间深处，书写者往往是一些面色忧郁的人。正是这层忧郁，加重了他的生命重量。

2003年11月26日

文字的命运

文章写了二十余年，已形成了“文字思维”——所经历的人事与物象，即便是没有明显的意义，也想用文字的编织，勾画出意义。这是一种本能，在它的推动下，居然就有文章源源不断地写出来，令人惊奇不已。

文字真的是一种性灵，而不是工具，它默默地独处着，等待着“意义”。

文字的等待与作者的等待是相向而行的寻找，一经“路遇”，就结伴而行了，共同地完成了“意义”的过程。

路遇，因为不是预先的邀约，便具有宿命色彩，能写出什么样的文章，作者本人也是难以预料的。

二十年前的一个晚上，在吱吱响的日光灯下枯坐，脑子里突然冒出了“媒婆”这两个字眼，自己便感到很诧异，因为此时的我，已经有了很优雅的生活，所处的语境是与如此俚俗的字眼不相干的，便想把它们驱赶出去。但是，愈是驱赶，愈是呈现，弄得你心情烦躁。便只好抻过几张白纸，在纸面上把这两个字写下来。奇怪地，一旦落笔，相关的字词就接踵而来，直至写得筋疲力尽。掷笔回眸，竟是一篇很完整的关于媒婆的文章，且有不可遮掩的“意义”透出纸背。

便不敢再儿戏了，定了一个《中国媒婆》的名字，恭恭敬敬地抄录在稿纸上，寄给一家叫《散文》的杂志。一月有余，竟被登在重要的位置上，不久，竟又被著名的选家、著名的选本（选刊）接连地选载与收录。二十一世纪的开元之年，居然被一本叫《二十世纪中国散文经典》的书树为“经典”了。真是始料不及。

有论者说，这篇文章文字典雅老到，非有深厚的生活积累和长期的文字修养而不能为。这个评语把我吓坏了，因为那一年我才 25 岁，弄文字也不过三五年的功夫。真正的原因，是“媒婆”这样的字眼显得老旧，老旧到最后，就“老到”了——是文字驱动的结果，与作者的阅历和修养无关。

还是二十年前的一天晚上，低档的烧酒喝多了，神魂颠倒，愤世嫉俗，不平之气盈满胸臆，便口出悖语，且喋喋不休。酒友被吓坏了，把我推进房间，叮嘱道：“有不平事写在纸上，莫在大庭广众之下胡言乱语。”便把那些放纵的字眼涂鸦在纸上，不期就涂成了一篇《悖语人生》。文章在《青年文学》发表之后，竟得到一片喝彩，还被选家选进一部“先锋散文”，意外地捞了一个先锋散文家的名号。

这真是一件哭笑不得的事。素日的我，是循规蹈矩的一个人，笔底的文字也是很本分的成色，与“放浪”是无缘的。是被酒液烧灼了的文字推动着我往前走，稀里糊涂地呈现了“先锋”的意义。那样的文字，既属于我，又不属于我，是命运之赐。

这种情状给了我一个启示：所谓内容决定形式，是偏颇的，文字（语言）本身的存在方式，往往就是内容，就是“意义”。

孙犁早期的文章为何有湖光水泽？因为他使用了与水汽有关的字眼。晚年之后，他怕动荡，怕水，躲进书斋里，整理旧书，对古色古香的文字有感情，下笔为文，便是“芸斋小说”和“书衣文录”那样冷峭、简朴的文本。俞平伯和废名的散文为何有“涩”味？是因为他们欢喜于用涩味的字词书写。是文字之“涩”，而非内容之“涩”。如果把他们的文字特色解构掉，文章的内容其实是很平白的，甚至是很平庸的。

换个角度看，说到“能写出什么样的文章，作者本人也是难以预料的”，这是对不成熟的作者而言。对于那些成熟的写作者，他们深知文字对作者的推动作用，为了从“宿命”中挣脱出来，他们自觉地采取了“反抗”的姿态，有意识地选定了一种与自己的身份、影响和年龄、阅历相适应的文字样式，就写那样的文章，就发那样的格致，于是，“风格”就形成了。

所以，所谓“风格”，标志着写作者已进入了一个与文字和谐相处，有所为、有所不为的写作境界。

从本质上，这体现了对文字的敬畏。

2006年4月22日

象征与幽默的高超运用

王蒙的《煮鸡蛋和广播操》，是一篇关于治学和做人的人生寓言。

他把人生修养和成就事业的几个重要论题，比如无限向往与矢志不渝，比如博览群书与精心钻研，比如好高骛远与始于足下……用象征的手法作了深刻而形象的阐释。

关于从事文学，王蒙说他父亲主张他只读一本《唐诗三百首》。其实《唐诗三百首》只是一个象征符号，它象征着我国悠久而深邃的历史文化和以它为代表的古典文学成果。他父亲的意思是说，要想在文学上有所成就，就要精读中国古典文学的代表性作品，夯实历史文化的根基。因为文学的诸多要素，包括人文要素、思想要素和技术要素，在这些古典名著中都包括了。而且因为这些名著是被时间淘沥而出的，它们代表着历史文化的最高境界，如果你学习继承得好，你将会站在历史巨人的“肩膀”上，拥有很高的文学起点。那么经过后天的努力，你就会取得辉煌的文学成就。王蒙的文学实践和他在中国文坛具有的地位，有力地证明了这一点。

之后的关于唱《苏武牧羊》、做第一套广播操和吃煮鸡蛋的三层象征，不仅仅是关于文学的艺术修养，更是针对人生的道德修养。他告诉人们，人间有诸多诱惑，有各种各样的做人标准，但是，做人的基本准则是不能变的——人必须有基本的道德恪守，必须有“所持”；一个人可能有各种欲望和追求，但是要想获得成功，就必须选准一个目标，进行执着的追求，就是必须有“所舍”；一个人应该有高远的向往，但一切都要始于足下，从基础做起，一步一个脚印地做扎实的努力；等等。

王蒙毕竟是一个文学大家，在论理时，他避免直白地进行说教，而是把思想寓于形象之中。通过象征手法的运用，使文字具有了无限的张力和广阔的蕴含。也就是说，给了读者参与思考的空间，简单的文字，有了极为丰富的解释。

王蒙是当代中国文学的代表人物，美国华语写作协会连续两年把他推荐为中国作家诺贝尔文学奖的唯一候选人，他的文学成就是举世公认的。所以，他不可能一生只读过一本《唐诗三百首》，也不可能只会唱一支《苏武牧羊》。他被打成过“右派”，又当过中国的文化部部长，有很丰富的人生经验和政治阅历，他经历了各种运动、尝遍了各种人生况味，所以，不可能只会做一套广播操，不可能只吃过煮鸡蛋这么一种菜肴。于是，在王蒙的这篇文字中，在巧妙地运用象征手法的同时，也融入了一种不露声色，然而却是极耐人寻味的幽默。这种幽默，就是人们常说的冷幽默，或“黑色幽默”。

因此，王蒙的这篇文章，既生动形象、蕴藉隽永，又机智幽默、趣味横生，在方寸之间，营造出了万千气象。是中文写作中，形象说理、“以少胜多”的典范。

2007 年 1 月 10 日

幽光独照

一

京西有山，名百花山者。北翼有刘恒，南翼是我。凭依旧俗，可谓乡党。然名号不同：刘恒显达，小说获奖，影视辉煌，声振华夏，慕者云涌；而我之凸凹者，虽小说、散文、批评样样勠力而为，勤勉至呕心沥血，文章篇篇都能发表，却像篇篇都没发表，似有似无，不温不火，乃至心绪不平，时感凄凉。

问计于他，且企望帮忙鼓吹，他却笑而答曰："作为乡党，说句实话，这一切，你是不需要的——你的文章，有自我品位，静观价值是在的，时间深处，自有你的位置，耐心地写就是了。"他又说："作为一个纯粹的写作者，没必要借助外力以增其雄，也没必要攀星摘月以增其辉，你自身就是一个光源，如灯盏、如红烛，只要燃烧，就有光亮，足可以照亮自己的内心和一己天地。"他还说："其实你写作之初，亦非身外的声名，亦非对他人的影响，而是服从于内心的冲动，是自我的需要，如果不是这样，你也不会写。"

他之所言，类似乡间的大地物语，朴质中有深刻的含义，属于把天启的信息作忠实的传递。遂信然。

萤火虫夜行，始终带着一盏小灯笼，它没有照亮别人的主观设计，只为了自己不迷失方向，却成了别人眼中的一方风景。

大河横流，并不是为了载舟，而是奔腾的习性使它不得不汤汤致远。

玉米拔节时有响脆的玉音，遂成天籁，但它的本意却只是为了到达一个高度，好结下籽穗。

小儿啼哭，没有向大人邀宠的意思，只是为了生命的欢畅。所以，父母即便因此宠过来，他依旧是哭。

我等本是土地之子，大地道德与伦理是懂的，但名利乱眼迷心，把这一切都忘了。就活得不满足，身心苍凉而疲惫。累之所在，不是生存（写作）本身，而是攀比、争雄，乃至入史、不朽等多余的欲望。

二

内省之后，不免要审视一下时世。时世真的是变了，变得只给写作者留下了一个堪称尴尬的生存罅隙。

母亲自然是望子成龙。但她所想望的龙是龙辇，是人上人的位置，并不是精神的高处。所以，当她看到她的儿子写得昏天黑地、白发丛生，便怜惜地问道："写文章是不是与高就有关？"得到无关的答复之后。她说："那还吹灯拔蜡、劳神费力地写它做甚？再写出个好歹，就亏了。"她之所说，既关涉身体健康，也关涉社会处境。"避席畏闻文字狱，著书都为稻粱谋。田横五百人安在，难道归来尽列侯？"她虽然与龚自珍的胸廓遥之千里，但她那代人的有关意识还是有的。文既不能"列侯"，又没有裕如小康的"稻粱"，为什么还写？

婆娘自然是望夫得道。因为“一人得道，鸡犬升天”的道理她是懂的。起初，正是文学产生轰动效应的时候，文章刚一发表，就有倾慕者至，且多是文学女青年。与美女论文，虽不免让她生出情感的担忧，却也让她看到了“道”的影子，她是喜乐的。但是很快，文章之道就越走越窄，且日渐式微，与荣华富贵乃至与应有的体面都愈加无关，她终于失去了耐性，说：“你能不能也炒炒股，倒腾倒腾房产？”其实她并不是惧怕贫，而是不能忍受世人对文人的轻蔑。文章之道被人看作迂腐之途，与背时无能无异。夫迂腐，妻霉烂，她也是被看轻的。

犬子自然是望父为“王”。王者雄踞于世，君天下，开风气，领风骚，拨人伦，乃地位、势力和影响的象征。先不说“龙生龙凤生凤，老鼠的儿子会打洞”所辐射在他身上的意义，乃父为“王”，他可以借势发展，减小人生成本，况他们“80后”这一代的价值取向，是香车、豪宅、美女，便需父辈的实力为支撑。所以，当他看到，他的父亲原来是个老派文人，自足之外，衍生不出足以雄踞的效能，便嗒然失色，说：“你能不能也学一学人家郭敬明？”“文格渐卑庸福近”，这个道理，我等明白而不屑，到了他那里，却成了济世救人的千金药方。

母亲、家婆、犬子，都是小人物，以生存与生活为本，所以，他们的意愿虽与写作者的操守相距甚远，也殊可悯。关键的是，他们的观念，是社会情态和价值取向的折射，便殊可悲。

我心苍凉，愤然曰：文章虽不是大道，但也是人走的，一如瘠薄的土地，也是能长庄稼的，勖勉所得，足可以给你等养老、温饱与依靠。

三

既见内心，也省时世，写作者就应该进入一种从容与豁达的清明之境。

首先，要勇于面对。

文章之道，就是小径，“自古圣贤皆寂寞”，历来如此。

但是，大道入街衢，淹没在红尘之中，小径则通幽，通到“虽艰深孤寂却同时更为博大的精神内部”，看到“人性深处之光”，因而能够享受到“那种只可意会不可言传的精神上的巨大快感”和“在写作中思维上天入地的自由，用语言缔造另一个神奇世界的隐秘乐趣。”所以，幽者，乃接近真理的路径，一如基督教所言的“窄门”。窄门过后，才是真正的生命乐土，在那里，褪去凡胎，灵魂登场，神游八极，向死而生。

就是说，文章之道，既然是时世之“小”，莫不如变成一种信仰，变成一种有意识的行动。正如奥修所说：“更有意识地行动，你将越来越接近一种只能够被称为‘神性’的品质——虽不是神，但也不是原来意义上的人，而是一种精神品格，一种生命芬芳。”

其二，索性就把文章之道，作为一种生活方式，不以物喜，不以己悲，乐在其中。

鲁迅研究家张梦阳先生说，文章之道是幸福的，因为它是“精神避风港”“心理平衡器”“价值体现处”“生命归宿地”。换言之，文章之道，可以让人“知己知人知世”，变得“通透”；可以让人“心中有丘壑，万物皆太平”，变得“淡定”；可以让人“思在远处，尽洗凡尘”，变得“高标”；可以让人“我心不奴，象由我生”变得“自信”。再换言之，文章之道可以简化生活，淡化物欲，净化心灵，纯化人事，清化环境，强化身体，优化目标。

张梦阳先生的“六化”之说，承袭于鲁迅精神，字简义繁，可为圭臬。

其三,一心向义，潜心为文，盗得天光，自照照人。

眼下的时世，最本质的特征，是两个字：物化；与物化相对的还是两个字：消费。人一被物化，一被消费，人就异化，人性就趋恶，世情就浇薄，人心无安妥。这一点，马克思《资本论》第六章的初稿里有深刻的阐释，卡夫卡的《变形记》有形象的再现，都是触目惊心的。

李国文先生特别欣赏《国语·鲁语下》中的一句话："沃土之民不材，淫也；瘠土之民向义，劳也。"此句为他所激赏，可作为文人不能太安逸的依据，或者说，文人被时世挤压，反而是大幸。民之不材，正是物化的结果——红尘滚滚，物欲横流，比竞消费，何堪向义？何堪精神？人性被湮灭，灵魂被放逐，乃自然之象也。

所以，奥修之"神性"说，梦阳先生之"六化"说，便不仅仅属于写作者，也作用于时世——文章之道，与抵御人的物化有关。具体说来，物化直接导致的是欲望的膨胀，而"欲望一定是非灵性的，不可能有任何灵性的欲望"（奥修语）。这正是文章之道的意义所在：文可移情，文可铸魂，一切与人的"灵性"有关。

所以，写作者的幽光独照，不仅照亮了自己，一如云隙中必有天光乍泄一样，也是可以照亮世道人心的。

2009年11月3日

不读之辩

一

我是个热诚的、没有偏见的读者。在当代作家（中国）普遍宣言——决不读当代作家（中国）的作品的时候，我却读，且默默地、用心地读。

原因很简单——

既然我们是生活在现实中的人，是人间烟火喂养的肉身，那么，当下生活才是“我们的生活”，它对我们的生命痛痒，以及心灵谱系的形成，是有着直接的、不可超越的作用和影响的。我们要活得健全，就必须立足于现实的土壤。

受个人眼界和阅历的限制，我们不可能阅尽社会生活的全貌，也不可能感受到个体生命体验之外的全部的“人间情感”。那么，要想窥得全貌，就要寻求、借助身外的“只眼”和“管道”。

既然文学家是时代生活的“书记员”，那么他的文字，便或多或少地传达着这个时代的人间生态、社会信息和心灵消息。那么“书记员”的记录，也就是别人的文本，对于自己来说，就是重要的，不可忽视的——它就是所说的“只眼”和“管道”，它能使个体生命的空间与感受得以延续、扩展、丰富、全面、深刻。

已身处网络时代了，即便是初出茅庐者，都懂得效率、效益原则，都知道用“点击”的方式，与整个世界进行“链接”，从而达到知识获取的最大化。

通过阅读当代作家的作品，用有限的人生成本，获得无限的生命感受，才是现代人应有的观念。所以，“决不读当代作家的作品”的做法，绝不是精神自立的品格，而是傲慢与冬烘。

我曾经这样认为，今后，无论如何，我还是这样认为。

二

然而，坦白地说，我的阅读热情，现在也是渐渐地削减了。每拿起一本当代作家的书的时候，即便一些权威的媒体有很诱人的宣传，一些著名的论者有很高度的评价，也是很有些迟疑的，以往那种不由分说的兴味已经不在了。

原因也是很简单的——作者状写的虽然是时代的物事，却不做入世的探寻，而是横空出世、随心所欲、凭空臆造，从想象到想象，从观念到观念，一切都与现世隔膜、与“实生活”疏离。提供的文本，事件脉络缥缈不定，人物性格含混可疑——记述的既不是对现实的观察与思考，描绘的也不是社会人生的原生样相——明明是农村人物，怀揣的却是城市人方有的习性和欲望；明明是小家碧玉，却放任着大家闺秀的奇思妙想；明明是当下人的情仇，却有着明清市井上的算计与面目——信息犹疑、消息不确，让人不敢相信。

作者抒写的虽然是杯水情怀，却不取娓娓道来、质朴道出的本我视角，而是无限放大、极力矫饰、标榜异质。为超凡脱俗而经营，为卓尔不群而做作，一切与人生本相相悖、与自然性情相左——明明是失意者的一汪清泪，却说“面对幸福我要隐忍”；明明是见到人家玉白珠翠而心生妒忌，却说“咱是好女人，而好女人不迷玉，只迷人”；明明是艳羡他人声名，却说“好文章忌讳俗人说好”。这样的文字，无异于病梅弄巧、贫人夸富、跛者弄舞，于涵养人生、健全心智何益之有？

作者所论的虽然是一种客观存在的现象，却不从研究对象自身的历史、现状和生成条件、发展规律出发，而是自立规则、削足适履、主观界定，为推陈出新而张扬，为惊世骇俗而罗织，一切与客观对象游离、与本质存在龃龉——明明是体制下的合理生成，却拼命做出反体制的姿态；明明是人性作用下的生命伦理，却偏要从政治概念上作“历史审判”；明明是民族性格的道义反应，却总是用西方的逻辑矮化出缺失。这样的立论，固然惊回首，把栏杆拍遍，却只能让人心惊肉跳，无所适从，因为那通篇的文字，见不到历史的理性、清晰的思维和良知的自足，而是一派偏见、悖论和妄断。

既然当代文学的文本，大多是与现世隔膜、与“实生活”疏离的小说，与人生本相相悖、与自然性情相左的散文，与客观对象游离、与本质存在龃龉的理论，而不能成为读者借以观察社会、认识现实、洞悉人生的“只眼”和“管道”，那么，干脆不读，便是必然的选择。

所不同的是，普通读者的不读，是一种无奈；而作家们的不读，却是一种自知。他们太清楚自己的来路和同行们的操守了——我等已不屑于做时代的“书记员”了，而只乐于当以技术、以奖项、以“不同凡响”而黄袍加身的“文学家”。社会责任多么虚妄，而一己功名又多么现实。

面对这么一群明明白白地欺哄了读者的“文学家”，人们还能说些什么？

1838年10月1日，镇压巴黎公社的刽子手梯也尔对雨果说：“不瞒您说，我是个带着胜利者姿态的失败者。”

梯也尔的话让我震惊，因为就是他这样的一个人，居然还有一点点历史眼光和一点点角色的自尊。

同时，我更加敬重雨果的伟大。因为如果面对的不是雨果，梯也尔肯定会说出另一番话。梯也尔再狂妄再昏蒙，他也知道雨果是个什么人物——这个人可不仅仅是个文人，他是时代的记录员和历史的良心。

可爱的作家同行们，难道，咱们竟不知道雨果吗？！

2005年12月4日一稿

2010年10月16日修订

文艺批评的“两个之外”

我不是搞文艺评论的人，只是喜欢阅读评论文章，在创作之余，也写一点类似批评的文章。这点兴趣，来自一个叫别林斯基的人，他的文艺批评，本身就是一种文艺作品，有思想、有文采、有趣味、有法眼，很是吸引人，甚至让人着迷。所以，我一直不把他当批评家看，而是把他看作一个很有个人特点的创作家。由于对批评作品的阅读兴趣，我对中国的文艺批评的状况，多少有些了解，直接的感觉是，在我们这个国度，像别林斯基这样的人物还一直还没有出现。

因为没有这样的人物，中国的文艺批评，话语的分量很轻。在作家那里，甚至在普通读者那里，买账的人很少。只记住了那些频频出现在各种专业、半专业或非专业报刊上的批评家的名字，至于他们说了什么，或有什么建树，就不知道了。

稍稍梳理了一下，根本的原因，我认为有两个：一个是，我们的批评家太功利主义；另一个是，我们的批评家太“高蹈”（高贵的“高”，手舞足蹈的“蹈”）。

说到功利，思想解放之前，颇有些政治功利主义。把文艺创作置于政治或主流意识形态的依附地位，往往用政治尺度评判创作。

二十世纪九十年代以降，是经济功利主义或市场功利主义。文艺批评跟着时尚、潮流和市场取向走，批评为出版和流行捧场。写出的文章，本质上不过是成色不同的广告文字而已。殊不知，市场趣味、市民趣味或流行趣味，呈现的是作品的市场价值，是物质属性，跟“纯粹的精神品质”无关。近年来，只见热闹非凡的出版和铺天盖地的读物，而不见“精品”，均跟这种批评有关。这种现象的形成，或许是因为我们的批评家心理素质太脆弱——他们怕“失语”，怕不能占领话语的“制高点”，怕卖不上市价，非得借势，非得“傍”点什么才好（这里的“傍”字，就是小女生“傍大款”的那个傍字）。所谓文格渐卑庸福近，批评文字不值钱，出场费却多了起来。批评家也是人，我们愿意给予足够的理解，所以我们不去指责，真诚地说一声，恭喜发财。

但是，这两种功利主义，使我们的文艺批评，丧失了独立人格和文格，对文艺创作的推动力就弱了。政治功利主义，由于历史的沉重、人心的疼痛和人文环境的宽松，使人们普遍形成了一种自警与自省，有了一种本能的提防。但市场经济与人们的现实利益紧紧相连，是一种甜蜜的蒙汗药，人们往往身不由己。所以，经济功利主义，对文艺批评的在客观上的伤害，或者陷害，往往会转化成一种内在的迷醉，这是我们最大的担忧。

说到批评家的“高蹈”，简单地说，也是有两种：一种是俯身向下，一种是仰身向上。

所谓“俯身向下”，是身份姿态。自认为批评高于创作，批评家是创作家的导师，因而以权威为护符，企图左右创作。这类批评家，趸来了一些西方或东方的所谓“先锋”理论、“硬通”理论，从概念出发，对作家的创作指手画脚，一旦不从，便不给你叫好，不给你评奖，颇有顺我者昌逆我者亡的气概。批评界虽然没有出现真正的大家，一些批评家却率先成了文坛新贵，或许就是这样形成的。在上个世纪初，梁实秋和周作人等人就指出，文艺批评的功用，在于客观地研究文艺作品的整个创作过程，分析总结得失，给创作提供借鉴和新的起点，而不是做高高在上的裁判员和司令员。我的理解是，评论与创作，是相互涵养、共同成长的关系——创作给批评提供素材，批评给创作贡献经验，共同构建完美的作品，而绝不是对抗的紧张关系。对抗一经形成，自然就是逆反与疏离，影响就被抵消了。许多作家说我不读评论，其实是出于一种被动的无奈。

所谓“仰身向上”，是批评状态。我们的批评家一般都是躲在书斋里，从文本到文本、从观念到观念搞评论，信奉技术至上主义。历来有个提法，叫作“作品要上去，作家要下去”，要求作家要注意体验生活，要贴近实际、贴近生活、贴近群众，而从来没人明确地提出批评家也要体验生活的问题，这就产生了偏差。作家的创作，是来源于生活的，是鲜活的，是呈现丰富的社会情绪的；而批评家的评论，却是出自概念的，是陈旧的，是表现狭隘的个人情趣的。在作家眼里，那些咄咄逼人的批评与现实极其隔膜，便很是可笑，近乎文字游戏。道理很简单，批评家长期远离现实生活，时代的脉搏、生活的变化和当下民间的情感便也远离批评家，便不会形成他的价值判断和批评观照，即便是鸿篇大论，也是“小”，形不成大的批评气象。

还有一种“仰身向上”，是批评家不贴近作家的文本，不做潜心的研究，甚至连通读的功夫都懒得下，草草看几眼，就用固有的理念去衡量，稍有不合，就指责“异端”“变态”，甚至邀众“围剿”。散文批评界对近年来崛起的“新散文”创作的态度便是一证。

“新散文”在文本上，所呈现出的最核心的特点，是它文本的“融通性”——它打通了直接经验和间接经验的界限，在创作者那里同构成自己的个体经验。它打通了现实世界与想象世界（包括下意识及梦幻）的界限，在创作者那里同构成自己的心灵世界。它打通了情感语言、抽象语言、机械语言、声像语言等各类语言的界限，在创作者那里都转化成感性语言。具体地，它不仅打通了与小说、诗歌、戏剧、美术、舞蹈和声像等各类艺术品类之间的界限，也打通了文史哲和自然学科的界限，一切都可以成为主观表达的感性材料和心灵语言。

“新散文”写作是“无界限”的写作，一切都是为了表达自己的主观体验或生命体验，努力考量出精神达到的极限高度及人的感受所能承受的极限空间。可以说，这是文体的进步，是对汉语文学的一种贡献。但是，我们的散文批评界的“权威人士”却颇不接纳，固执地用“写真情，写自我”的传统散文观打压它。这次鲁迅文学奖评选，几部“新散文”作品全被拿下。而被隆重推出的，差不多都是“匍匐于乡土，醉倒于村俗”的作品。给人的影响是，宁可文体退步，也绝不鼓励积极探索。对此，轻者说，是批评的滞后，严重一点，是抱残守缺，甚至是迂腐愚昧。

总的来说，我们的文艺批评，要想有效地推动文艺创作，应该注意“两个之外”——

一是功利之外。既要警惕政治功利主义，更要警惕经济功利主义，摆脱依附，形成独立的批评人格。

二是身份之外。要放弃自我优越的评论地位，也要走出去、走下去、读进去，即：要贴近现实，贴近创作者，更要贴近创作文本，建立一种关注社会，尊重创作，与创作相互涵养、共同成长的文艺批评生态。

这样的主张，其实是很小儿科的说法，旁人尚未理会，说者自己先就惭愧了。所以，不妥之处，请大家包容并指正！

2007年12月10日在第三届北京文艺论坛上发言

文学关乎世道人心

文学是一种“两维”的存在。一方面，文学是个人的，需要表达最真切的个人感受。另一方面，文学又是社会的，文学家在用自己的思想和情感影响社会。看起来它们是矛盾的，实则是统一的。优秀的文学，从个人独特的体验出发，超越个体，成为面对社会的思想者与发言者。文学是关乎世道人心的，它的每个表达，都会或多或少地影响受众。这是文学与生俱来的品质，改变不了。

文学和艺术，特别是优秀的文学和艺术，的确与主体的情感甚至欲望有关，但绝不能说与个人自我有关的文字、与主体情感或欲望有关的叙述都是文学。英国作家罗斯金举过一个例子，少女可以歌唱失去的爱情，而守财奴却不能歌唱失去的金钱。钱财的失去是一个私人事件，而美好的爱情故事却可以引起广泛的共鸣。所以，文学是一个社会性的“事件”，是一个有社会公共性的“审美对象”。

文学属于社会，这方面的道理，本来很明白，但这些年却变得不那么清晰了。在我看来，这是对西方现代派文学和艺术的简单化理解造成的。十九世纪后期以降的西方现代派文学艺术的确转向了个人化自我，转向生理性的欲望表达，学术上称之为“非理性主义思潮”，对此应该有正确的评价，而不是不加分析地简单模仿。文学和艺术都是在具体的社会和历史条件下产生的，简单的模仿不会创作出真正的文学和艺术，更谈不上伟大的作品。对现代派作品也要有分析和区别。卡夫卡、普鲁斯特、乔伊斯、莫奈、凡·高等伟大的文学家和艺术家，他们的作品绝不仅仅是个人化情感的直接表达，而是包含了十分深刻的对现代社会的思考，包含了丰富的文化隐喻和文化记忆，表达了他们在艰难和困顿中对生命、对人类社会所抱持的新希望。他们的作品所达到的精神和文化高度决不是简单的个人化自我和情感宣泄能够定义的。

“文学的公共性”是当代中国文化建设中的一个很重要的问题。中国正在迅速发展，社会生活的各个方面都在迈向现代化。在人的审美经验和文学表达中：一方面，由于社会在现代化过程中所造成的挤压，个体性的情感经验会进一步分化和个体化，这就造成了人与人之间隔膜感的加深和情感焦虑；另一方面，作为社会进步和发展的重要力量，文学应承担起个人与他人、个人与社会之间的凝结和认同的功能，这是在社会的现代化过程中文学最重要的价值，它是孤独的个人和各种类型的社会个体在情感上实现交流，在文化上和心理上相互认同的最重要的媒介。

关于文学，人们有很多形象的比喻，如“灯塔”“火炬”“诗意地栖居”等，但是从美学上说，文学和艺术其实是现代社会人们最需要的“共同文化”的基础部分。在现代化的过程中，利益的冲突容易导致我们经验的割裂和断裂，从而陷入孤独和焦虑。文学和艺术从历史的文化传统和现实的深刻反省中汲取诗情和动力，借由多彩的审美变形使我们的日常生活经验得到升华，呈现出新的意义。对于现实中的人们来说，通过对文学艺术的感受和体验，隔膜的人群获得新的认同，达到一种新的情感境界，生活因此充满希望。

而作家的个体劳动成果是要以“作品”的形式发表、出版、面世的。因此，归根结底，它是一种社会存在。这就决定了文学创作和文学家生命历程中本有的公共性。

十九世纪德国著名的艺术史家格罗塞曾说：“无论什么时候，无论什么民族，艺术都是一种社会的表现，假使我们简单地拿它当作个人现象，就立刻会不能了解它原来的性质和意义”。这启发我们，作家的自我意识中不可能没有公众意识，只是在用不同的方式和深度“包孕天下”。无论他是否愿意，或是否清醒地意识到这一点，只要他是一个真正的作家，他总是以代言人的身份在场。宏大者如“何处望神州？满眼风光北固楼。千古兴亡多少事？悠悠！不尽长江滚滚流”，细微者如“大儿锄豆溪东，中儿正织鸡笼。最喜小儿无赖，溪头卧剥莲蓬”，这些作品无不因为它们所呈现的深切的天下情怀和对底层平民生存状态的真诚关爱，而打动了无数人的心，成为千古绝唱。

更应该看到的是，当下中国正处在一个空前巨变的时代。毫不夸张地说，这场巨变将决定中国今后数百年的历史行程。而这场巨变的重要使命之一，还是鲁迅所说的“立人”的问题，即造就新型的现代化的中国人。唯有此举，中国方能扎扎实实地推进现代化进程。而要造就一代新型中国人，关键的一点，是促成灵魂深处的变革，社会风尚的变革，也就是世道人心的变革，这就需要文学的引导。而文学是可以也应该承载这种引导功能的。历史上的一些文学巨匠，他们通过自己的作品深刻影响着一个民族理念、性格的塑造和成长。同时，这也使得文学成为真正的文学，获取了旺盛的生命力。

所以，文学的社会性是作家自律的起点，作家的创作不能仅仅止于自己情感的“发泄”，要有益于世道人心。

2014 年 4 月 18 日

中正之论与矫枉过正

早起，读陈乐民《在中西之间》。从后往前读，读完日记和书信部分。

这个老头很好玩儿、很率真，他认为中国现在的第一要务，还是“启蒙”。哲学家他只喜欢康德，最喜读的作家是张岱（张宗子）。他反复读《琅嬛文集》，近乎痴迷。他最信服张岱对历史的看法，张认为中国的历史、特别是明以来的历史不足为训，国史失诬、家史失谀、野史失臆。

午睡前翻近日报章，多有对加西亚·马尔克斯去世的报道。马尔克斯于 2014 年 4 月 17 日逝世，而这一天正是我的生日。他死，我生，甚是得意，似乎是上帝赐赠的寓言，叫我充满自信地写。我对马尔克斯，敬重而不拜倒，鉴赏而不模仿，很理性地看。各报在报道的同时，都拉出莫言陪绑，好像莫言的诺奖全拜他所赐，真是扯淡。阎连科借题发挥，说：“好作家一定是其他作家的‘绊脚石’。”这话也有些不妥，我倒是觉得，好作家是他自己的“绊脚石”，意在不重复自己，始终超越自我，不降格以求、不滥写。

周晓枫“蔑视”荣誉，认为声名是创作者的陷阱。她说：“事实上，声誉这种东西就像套在狼脖子上的铃铛，行动时带来夸张的喧嚣，将使我们无法捕获到猎物。合格乃至优异的狩猎者，视线里只有猎物，为了完成有效的扑杀，它无惧于追随猎物进入绝对的黑暗之境。没有左顾右盼的胆怯，唯有坚决和坚持。写作者和他的题材之间，应该保持这种互为危险的生死关系。那些凶险面前的止步者，输于猎物的智慧，饿死途中。”

她说得非常好，让人看到杰出者之光。

但寻踪于她的创作实践，又让人看到好作家的反面，或者是局限。

周晓枫痴迷于对散文文体的“破坏或重建”，因为她认为在传统的写作中，“写作者习惯（于）通过文字不断矫饰，把自己美化到失真的高度，或者永远在塑造并巩固自己的无辜者形象。（他们的文字）充斥在我们的教科书、散文经典选本里已经很多年。让人想到被 PS 过的照片、蜜蜡制的水果、扭捏作态的情感”。因此她沉迷于“破损”，对一切完美的人事都保持怀疑。

她的矫枉过正的态度，使她反正常逻辑和正常“趣味”，执着于写破损、疼痛、暗疾、分裂、变异、阴私、险恶，在人性的“暧昧”地段精雕细刻，用她的话说，她“放弃选材上的洁癖，保存叶子上的泥”——好像不描写怪癖就不独特，好像不捕捉异动就不深刻。她因此而被认为“卓越”，成为获奖专业户，如果不是有人给有关部门写“告状信”，就连鲁奖也会花落囊中。我这里毫没有贬抑的用意，只是想说，她反“完美的平庸”的努力，既成就了她，使她脱颖而出，也给自己今后的写作设置了一块不容易移动的“绊脚石”。暧昧究竟是暧昧，它放不到阳光之下，须有持续的病态热情和趣味，否则就自断桥梁，或无路可走，或走向歧路。

所以，他人的“绊脚石”是不可怕的，不能超越，还可以绕过。真正可怕的，是自己给自己丢下的“绊脚石”，因为深陷其中、痴迷于玩味，即便是自己把自己绊倒，还很享受地给自己鼓掌。

2014 年 4 月 21 日

人趣先于文趣

汪朗兄跟乃父一样，是个真诚率性的人。

谈到父亲汪曾祺，他说自家老头好美文、好美食，自然也好美色。身边一旦有美女，就人来疯，主动给人家写字、画画，从来没有倦色。

有的美女就不厚道，从老头子那里骗去了许多字画。

许多研究者说汪曾祺是“最后一个士大夫”“学者文学的代表”，汪朗就颇不以为然，他说：“老头子杂七杂八的东西也知道一些，但是很不成体统，有杂而无学。”“老头子虽然是搞文学创作的，但是家里像样的文学书却很少。‘文革’之前，我们家里的书满打满算不到一书柜。别说什么孤本善本，就是人们熟知的文学名著、大师文集，都和他嘴里的牙一样，残缺不全。”

他说老头子只是一个杂家而已，看杂书，写杂文，吃杂食。

汪朗越是这么说，我们越是感到汪曾祺可爱、可敬，很是了不起。谁能把《饮膳正要》和吴其濬的《植物名实图考》及其长编读得那么津津有味，而且衍生了那么多谈吃、谈草木的美文？只有汪曾祺而已。

从他身上，我们不难看出，只有有趣的人，才能写出有趣的文。人趣先于文趣，是什么样的人，就会写出什么样的文。汪曾祺喜乐，文字总有温暖颜色；而孙犁悲苦，文字就总是离不开伤人伤逝的感叹。

由汪曾祺想到我自己。

我也是不喜欢装腔作势的文字，也不追求膏腴大餐。仅凭趣味购书，读得下就读，读不下就弃于他处。我不想做学问家，只不过是为写作汲取一些营养。但我对美食没感觉，有兴味的只是几样家常小菜，计有：蒜泥茄子、辣白菜、拍黄瓜、七成熟的炸花生米和肉皮冻、渍酸菜。

吃家常菜胜于大餐，因为在正经的席面上我吃不饱，所以我很农民、很俗。即便是读了许多洋书，骨子里也多是乡土情愫，颇有些食洋不化。

我也喜欢美女，喜欢高大丰腴的那种类型。胸臀必须饱满，大腿也要白花花的。文坛这样的女人少，所以在文坛我几乎没有红粉知己。这跟儿时少肉有关系，就盼着年关到来，因为除夕晚上，可以痛快地吃上一顿粉条炖肉。红肉红，白肉白，油腻腻的，有肉感。饱食之后即便是喝凉水，也不跑肚拉稀，口中的香味可以保持数日，深感日子充盈。

这就可以看出，我的饭口偏窄，杂不过汪老，所以他丰富，我寡淡。

杂吃杂写是大气象，偏食偏写格局就小。或许我的年龄不到，到了，可能也能杂得下去。

能够杂，说明少顾忌，我现在的顾忌太多，放不下身段，没有进入率性的境界，就缺少真趣。比如汪老看喜欢的美女，可以直视，也可以把这种喜欢写出来，比如他写铁凝的小腿儿，美得一塌糊涂。我正好相反，遇到喜欢的女人，本能地掩饰，用余光瞥，文字里也不敢据实而写，只是放纵于小说里。所以，人进入老境并不可怕，有了直面人生的勇气，真趣就不请自到，就能写出有意思的东西。

杂，或许也是一种处世阅世的方式。以前我与人交往，只选择能合得来的人，现在就不同，什么路数的人也能接近，总能找到契合的话题。以前我读书，总是正襟危坐地把一本书读完，否则就感到没有读，现在则可以把不同的书堆在床前，随意浏览一番，也能读出个子午卯酉，虽然哪一本也没有读破，也感到是读了。这种杂处和杂览，可能就是率性的开端，离汪氏的杂写就不远了。

杂，或许也是一种取舍之术。什么都可以进入，什么都可以淡出，不偏执于一事一物，就豁达了。这种豁达，或许也是一种能力，任性取舍，不以得为得，不以失为失。这样，来去自由，就有了旁观者的心态，能够欣赏自己的生活，无趣处有趣，无意义处有意义，收益反而多了。

2014 年 6 月 15 日

同与不同之思

一

铁凝喜欢新鲜锯末的香味，她在中篇小说《永远有多远》中形容笔下的人物单小六时写道：“她身上散发着新鲜锯末的暖洋洋的清甜。”

泰国诗琳通公主问她，你为什么要说一个美丽的女孩身上有锯末的味道呢？铁凝回答道：“我在乡下看农民做木工，他们用刨子刨木头、用手锯锯木头，刚刚刨下的刨花和锯下的锯末都喷射出一股新鲜的活生生的清甜味道，弥漫了整个院子，给我留下了难忘的印象。我喜欢那种香味，就用来形容我喜欢的女孩子。”

而我喜欢干草的味道，在许多部小说里，都用来形容可爱而美丽的女性，譬如在长篇小说《玉碎》里形容南晓燕：“她身上有一股好闻的干草味，隐隐的，暖暖的，质朴又清爽，让人凭空就觉得她美好。”

为什么我会用干草味儿形容美丽的女孩子？因为我出生在山地，到了秋天，有漫山遍野的干草，为了牛羊的冬用，农民就要倾家出动，奋不顾身地去打干草。我自然也在打干草的人群之中，累了，就索性躺在干草丛中。干草撩拨着我的脸颊，痒痒的，很惬意，干草散发出的味道，因为吸足了头上的阳光，暖暖的，又因为香味清淡，可以大口大口地吸进，便沁人心脾，让人陶醉地睡去。这种感觉留在了我记忆的深处，以至于我后来给自己找伴侣，也要找身上散发着质朴的干草香味的女子，与其他女性交往，也不喜脂粉味太浓的女子，总觉得这种女子不安分，多惑与祸。

问题是，我与铁凝所喜欢的香味，虽然都出自土地之上，却也有内在的不同：锯末靠锯，其香味的散发，是自然与人工的作用；干草自植于山地，其香味的散发，是自然而然的过程。这在人身上的影响，就有了大不同——铁凝率真，却也懂得经营人生，所以她走得远；我也率真，却一味地顺其自然，不存机心，便永远在近处徘徊。就不难看出，大地伦理只可让人沉实，社会伦理才导致人的进取，要想有非凡的人生气象，要把这二者所具有的哲学意蕴，融合起来运用。

二

民国著名的记者、作家曹聚仁看书，喜欢反复看，不到心领神会决不罢休。他晚年回忆说："真正引起我兴趣、百读不厌的倒是《儒林外史》，先先后后，一本正经地总共读了一百多遍。我看《红楼梦》，不如俞平伯师那么多，只读了七十多遍。《水浒传》呢，我只看了二十多遍。《三国演义》，我只看了二三遍。"他说得很谦虚，但足以使我等瞠目结舌，思之汗颜。

我等也读书，却一味贪数量之多，以邀得博览的虚名。所以几乎都是浏览，能够精读的书不多。所谓精读，也很少超过两遍，舍不得下苦功夫，认为那样做，很迂阔。因为我等的读书，有功利化的倾向，为的是写作之用，立足点是"拿来主义"。"用"过了就束之高阁，归于尘封。

曹聚仁是个罕见的书痴，他从来不借书看，喜欢的书都是买。他的妻子邓珂云回忆说：“在我们的箱子里，没有一件值钱的衣服，在银行里，没有一个钱的存款，我们每月的收入，要支出百分之三十的钱去购买书籍。书籍被一些人视为‘废纸’，在我们家却是宝贵的‘财产’。”“八一三”抗战爆发，他把所藏的珍本，装了三十麻袋，运回老家去，却毁于日军的战火，他心中大痛，发誓从此不再买书。但到了香港，虽然穷困潦倒，租不起宽敞的房子，只能住在一间阳台上，但还是拼命买书，把人淹没在无处不在的书海里。晚年生病，无钱医，只能向熟悉的书友转让自己的藏书，换几个医疗费。他逝世后，他的亲属赴港整理他的遗物，除了书之外，别无长物。都说曹聚仁是一个大藏书家，他之“大”，不在于藏书的数量，而在于他眼里只有书的精神状况，他好像只为书而生。

我等也藏书，但多是算计着藏书，以不影响生计为前提。即便是有一定的藏书数量，很大部分也是友人的赠书，或是从编辑部、图书馆、出版社等单位索要而来。自己买书时，在高额的书价面前，总是犹豫再三，全没有曹氏那种奋不顾身的态度。而且买书的行为，也总是先看家人的脸色，不能完全自己作主。同时，现代人的虚荣，以堂阔为傲，绝不忍让书籍挤占了居住空间。种种因素的作用，使我特别注重书籍的世俗回报：每买一本书，就写一篇读后文字，在报刊上发表，得到稿酬后，再买下一本。这一如市井商人，不做亏本买卖，文雅的背后，是俗鄙之象。

问题是，我等与曹聚仁虽都读书、都藏书，但境界的不同，人生格局和创作格局就有了大的不同：曹聚仁的反复阅读，使书的脉象烂熟于胸，便内化为自己的气韵，有了通透、通达的文化眼光，再下笔写作，就能直指描写对象的内在本质，揭示和批判，都能一语中的、点中穴位。而他的以书为生，不仅是坐拥书城，其本身就是一座文化长城，所以，他的文思不是苦思苦想出来的，而是自然流淌出来的，他的文字就汪洋恣肆、从容裕如。书香的涵养，使他上知天文下知地理，文史哲样样精通，腹笥充盈之下，什么题材都能写，而且写得像模像样。为什么他家居不定，饱经战乱，一生贫寒，却能写出几千万字的各种著作，使其成为集散文家、传记家、学者、名记者为一身的一代文化大师，原因就在于此。与他相比，我等之写作，由于学养之不殆，无融通、贯通能力，格局就小得可怜——所涉及的题材，不过是局限于自己所熟知的一个领域、自己所经历的一种生活；所写出的文字，不过是一些小情调、小聪明、小技巧、小灵感，即便也博得一些小的声名，也没底气任性招摇。最后的一点自知之明，使我们不得不谦卑起来。

2015 年 4 月 4 日

向与孤独为伴的人致敬

玛格丽特·杜拉斯说："我独自一人在房间里，花园里只有猫和鸟，寂静之下，我开始写作。写作的孤独是这样一种孤独，缺了它就无法写作。"

写作的人永远应该与周围的人分离，独自一人与写作为伴，就不分神，就能听到内心的声音，飘忽的灵感也能捕捉，再混乱的思绪也能理清，笔下就有了属于自己的文字。

杜拉斯之所说，是所有写作人的切身感受。就我的亲身体验和对周围同行的观察来看，写作者，几乎都远离正常的家庭生活，也不遵守惯常的生活秩序，如路遥所说，"早晨从中午开始"。因为太温馨的家庭生活，包括太甜蜜的爱情生活，会使写作者陷于温柔之乡，懒得思考，更懒得动笔。

路遥因为忽略家，忽略妻女，才能埋头写大作品。他与林达的婚姻不睦，怨不得林达，因为她实际上是个标准的贤妻良母，但也不能怨路遥，因为他是个真正的写作者。是写作对孤独的需要，离间了他们的感情。他们都是受害者。

周晓枫为了写作，决定终生不要孩子，而且与老公之间，也是聚少离多，几乎是自由出没的个人生活。祝勇也曾经说，友情、爱情和亲情固然重要，但它的边界，是不影响写作。所以，他把病母托付给保姆，与过于束缚他的前妻离异，即便是再婚，也让妻小在母家寄居。孙郁虽然居家有常，但他手写之后，夫人打印，他们是写作的共同体，就与一般的家庭生活有别。

至于我自己，因为父亲去世早，老母需养、兄弟需帮、家小需提携，家庭负担很重。又是在职小吏，须忙于事物，不得不履职。世俗因素的交相作用，使我无法与周围环境分离，便不能与写作专心为伴。这就造成了客串性质，很难沉下心来搞大作品。创作成绩就显得平庸，作品殊少杰出者。

我创作长篇小说《玄武》时，就经历了与环境“分离”的特殊过程。小说的选题在我的心里萦绕了多年，提纲也渐渐成型，遂升腾起一团不可熄灭的心火，若不写出，神经就会断裂。便告知领导，请赐时间。领导开明，允。

一旦下笔，文思汹涌，废寝忘食，像有神魔推动。这期间，不理家事，不问亲人痛痒，孩子高考也无暇相顾，即便是夫妻生活，也戒绝。还吸烟不断，房中一如着火，家婆嗔怨，也强词斥责，惹家庭不和。半年过去，终于草成，但母病、妻瘦、孩子高考落榜，自己也奄奄一息，兀生大悲伤，遂在文末写上一行文字：“艰难困苦，终玉汝于成，百感交集，掩面而泣。”

所以我痛感到，大作品的写作过程，不仅是在孤独中煎熬自己、消耗自己的过程，更是伤害家人、伤害正常生活的过程。而我，既无挣脱外扰的能力，又内心温柔、情感脆弱、不忍决绝。所以，《玄武》之后，不敢动大作品，只写散文随笔。还美其名曰：以文为贵，但更以生活为重。

现在看来，能与孤独相伴，与周围人分离，是个决绝的行动，背后需强大意志的支撑。

巅峰的写作、伟大的作品只属于决绝的人。将心比心，我觉得应该向《平凡的世界》那样的作品致敬，也应该向“模糊了你我”“不以为了不得”的身边友人致敬，譬如祝勇、孙郁、彭程、解玺璋、王开林、王久辛、邱华栋和周晓枫等。

2015 年 4 月 8 日

关于外国文学批评

近年来，我总是思考一个问题：在我国，是不是有真正的外国文学批评。

事实上，我们的批评家，更准确地说，我们的评论家，对外国文学的经典和现当代的代表性作品，能够直接进入其母语阅读的不多，大多是依据翻译的文本，依靠翻译家的哺育。这就是问题的所在：因为文学作品是语言的艺术，不似知识、科技的著作，只需达意即可，它有语调、声韵、色彩、旋律、氛围、趣味，更有言外之意和因境（语境）生发的部分。这部分往往不可翻译，所以，翻译的过程就是丢失、缺损和扭曲的过程。

博尔赫斯很不信任翻译，尽管他也说，伟大的作品能够穿透时空的遮蔽和蹩脚翻译的湮没，保留它固有的气运和灵魂，但每有评说，他都要读原文。

就翻译的丢失、缺损和扭曲，伍尔芙在《俄国人的观点》有一段很形象的论述——

> 使我们与俄国文学隔膜的，还有一个更加严重的障

碍——语言的差异。在过去二十年里欣赏托尔斯泰、陀思妥耶夫斯基和契诃夫作品的所有作者之中，能够阅读俄文原著的也许不超过一两个人。我们对于它们品质的估价，是由评论家们做出的，他们从未读过一个俄文字，或者到过俄国，或者听到过俄国人说俄语；他们不得不盲目地、绝对地依赖翻译作品。那么，我们等于是说，我们是丢开了它的风格来对整个俄国文学做出判断。当你把一个句子里的每一个字从俄文转换成英文，从而使它的意义有所改变，使它的声音、分量和彼此相关的文字重心有了完全的改变，也就是除了它的拙劣的意义、粗糙的译文外，什么也没有留下来。受到了这样的待遇，那些伟大的俄国作家好比经历了一场地震或铁路交通事故，他们不但丢失了他们所有的衣服，而且还失去了一些更加微妙、更加重要的东西——他们的风度，他们的性格特征。英国人以他们赞赏俄国文学的狂热性来证明，那些劫后余生留下来的东西，是十分有利的、感人至深的；然而，考虑到他们已经是残缺不全的，我们就不能肯定，究竟有多大把握可以相信我们自己没有非难、曲解这些作品，没有把一种虚假的重要性强加于它们。

伍尔芙所说，无异于是中国的评论家与外国文学实有关系的写真。他们建立在“残缺”文本上的价值判断，不仅让他们评论的“准确性”大打折扣，而且他们似是而非的误导，更使原著的本来价值在读者那里又有了进一步地“丢失”，这是何等不堪的过程。

简而言之，我们的评论家对外国作品的夸夸其谈，不仅是对其长处的言过其实，而且也是对其长处的视而不见。所以，因为来路的不足为据，所得结论，自然也是不足为据。那么，职业评论家的外国文学批评，可信任的不多。

真正的外国文学批评倒是来自那些“盗天火，煮自己的肉”的翻译家。因为他们能通晓作品所在国的母语，在亲临的语言环境中，能够知语调、知氛围、知特征、知风俗、知趣味、知韵律、知成色、知蕴含、知脉络、知由来，便有切身的感受和准确的把握，他们翻译之余的绪论、情动之下的述说，均出自身临其境的体会，便自成体例、自成系统，有很强的针对性。即便是三言两语的点评，也是一语破的，切中肯綮，有言简意深的风致。譬如傅雷、罗大冈之于法国文学，草婴之于托尔斯泰，汝龙之于契诃夫，朱生豪之于莎士比亚，杨武能之于歌德，叶君健之于安徒生，季羡林之于印度史诗，周作人之于日本文学，鲁迅之于“被压迫的文学”，等等。

但是，翻译家的批评，毕竟有“业之余”的味道，其于专业的批评还有相当的距离。那么，真正的外国文学批评的出现，还需要我们耐心的等待。不过，世界一体化的发展趋势，网络和多媒体的强力推动，语言的障碍在不断地被打破，“他国”的文学也渐渐地变成“吾国”的文学，无隔阂的外国文学批评终究会变成现实。对此，我有足够的乐观，面对未来，文学有大幸存焉。

2015 年 4 月 10 日

作家话题

商品社会对金钱的追逐，自然会把人引向物质的一面——谈论精神便显得很奢侈，且受“俗媚”的挤压。但精神是不会走向绝望的，因为精神涵盖着人的良心、德行、爱和品格。这些都是作为人之所以为人的物种特征的存在。人种若不走向灭亡，精神就不会沦为虚无，不过是精神价值的显现在社会之上的消长变化而已。

作家，便也不会被商人、官人等世俗的社会势力排挤掉。这里的世俗，并非贬义，系一个中性词，指人群的“趋势”，大众的现时取向。因为作家是精神的继承者、提炼者和创造者，是人类精神的缩影，代表着社会的良心、德行、爱和品格。

由于作家的存在，社会舞台之上便不乏精神的闪光。社会不会彻底陷入黑暗与蒙昧，历史会不断进步，社会的“善性含量”会越来越多。作家，便总有自己的位置和作为。

所以，作家没有必要担心自己位置的丢失。应该担心的是，在精神的家园中，作家的信念是否坚定，是否具有大眼界、大气魄、大才具和大德行。对于人，所谓高贵，便是对自己的社会角色有理性的确知，且努力扮好自己的角色，使自己的角色光彩照人。市井之上，不是在嘲笑理想和崇高吗？作家便要以对人文精神终极关怀的姿态，高扬理想和崇高，给人的灵魂以有力的反拨，让人们有同情心，有功德心，有羞耻感，有高尚情怀。市井之人，不是正在沉溺于现世的享乐么？作家便要为其打开一些远望的视角，给麻木的人心敲几下重锤，让人们关注一下生命的本质意义，并以宇宙意识、地球意识审视人类生活的历史、现在与未来。

如是，便显现出作家的高贵所在。

作家的这些“使命”，便要求作家必须努力把自己造就成一个人格卓越、眼界高拔、气质高华、悲天悯人的人。作家的每一支血脉之中，都应该有追求的细胞，这种追求远离一般人向往的名、利、权、欲，它完全超越个人之上，那是整个人类命运在他生命中的回响与激荡。

这是不好达到的一个境界，但是，如果我们已经选择了作家这一人生走向，我们就必须努力达到这个境界，否则，便沦为“文学的行乞者”。做“文学的行乞者”是一种大难堪，因为俗恶的人群一直在寻隙向“精神超拔者”泼去阴晦的污水，黯淡其光泽，使他们从“超凡”堕入“庸凡”，湮没于“众”的生活层面，为自己制造业已失落的心理平衡。作为“文学的行乞者”，便更无力与世俗的力量抗衡——不仅很快便被同化，还要遭到更残酷的戏弄与羞辱。文学不但做不了救命稻草，反而不得不去过一种“近不得高贵，远不得俗媚”的异化生活。其后果，既失去了个人的幸福，又给精神家园的艰苦创业者添了麻烦。此等情形，不堪回味。

于是，我们的作家要强化内在的质素，在一些基本方面，长期地保持一种高度的自省——

其一，要有坚定的“文学自信”。

时下，市井上最大的瘟疫，便是时尚与流行。一部分文人便也在时尚与流行的冲击下，为了使自己不被遗忘，“随行就市”，匆匆忙忙，将自己弄得支离破碎，若找不到家门的“行乞者”——你“性焦渴”么？我便给你写赤裸裸的性张扬；你“发烧友”“追星族”么？我便为你搜拾明星秘闻……城市的瘟疫，使他们学会了用鼻子思考与输出，用自己本身也染着的病灶，吞噬所剩不多的“善性”，让躁动的更躁动，让低劣的更低劣。可怜的作家啊！

但亦有傲然不“入流”者，面对时尚的挤压，不仅安享于“纯洁的精神”，而且以更高贵的情怀，在寂寞之中作更纯粹的人文精神的追求，如张承志，如韩少功等。这是作家的希望与代表，我们应该深深地向他们致敬，但更要培养自己的“贵族精神”：无论时尚如何变换，如何无信仰，如何躁动与迷乱，我们都要珍爱自己的心灵，以自己的思想和只眼“领会”眼前的世界，以不断的创造来征服迎面而来的苦难，以永远的乐观应付无情的现实；不要乞求别人对自己的理解与抚慰，而要在孤独的前行中不断地把关怀与抚慰献给历史与人类。要有这个大气度。说到底，便是作家的文学自信。文学自信，是作家的盾牌与长枪，一以生存，一以发展，万万不可失却。

其二，要自觉地清除内心的“小农意识”。

当代中国文学浸染着很浓的“小农意识”，是毋庸置疑的。“小农意识”从根本上制约着文学品位的提高和与市场体制的融合，更制约着文学走向世界。毛志成先生的文章《小农意识——中国文学的染色体》，就“小农意识”对中国文学发展的制约，论之透彻，论之淋漓，可堪品味（遗憾的是，文学界对之竟反应淡漠）。“小农意识”，使作家写作功利化、俗媚化，使作家眼界偏低、思维封闭、文学探索趋伪。这种“伪变”，其表现有——作品貌似写改革，实际上是勾画小农心目中的“美景佳境”；貌似写全新的爱情，其实是对“妻妾文化”的暗自垂涎；所谓“新移民文学”，实质上是“衣锦还乡”小农心理的现代版……这是个非常值得作家们自省的问题。

为什么我们的一些作家就那么轻易地向时尚投降呢？急功近利是“小农意识”最本质的特征之一。

为什么我们的作品土、俗、浅，文化含量那么低呢？反文化性亦是“小农意识”最本质的特征之一。

为什么我们的作家与作品那么缺少个性与风骨呢？对钱权显贵的攀附又是“小农意识”最本质的特征之一。

……

可以说，“小农意识”存在于每一位中国作家的潜意识中，是作家“思想进化”的一条尾巴，不是有无，只有长短。于是，作家对“小农意识”的自省，便有着极其重要的文学意义。

其三，要走出俗恶的“自我哀怜”。

这里所说的“自我哀怜”，非自卑意义上的那种可以同情和理解的自我珍惜自我怜护，而是“自我膨胀”与“自我玩味”。这两种情感是文人的历史通病，于今尤甚。这或许是对时尚挤压的一种自我抵御，但终究是一种病态。这里有极纷繁的病象——作家整日里沉浸在个人的小悲苦、小情感、小气氛、小圈子里，写不尽的身边事，道不尽的一己情，于是，便出现大量的自炫文、琐屑文、风月文……

文人的这种自我摩挲自我玩味，正是文学与社会隔膜、生命力萎顿的一大根源。在文坛上，弄出几本小书，赢得一点小声名，便以“名家”自居，写出的东西亦全是“名家”口气。文人之间，不立足于“整体攻坚”，酷爱争长道短，并且拉山头、占地盘、称尊、称大师，“匪气”弥漫。另，“霸手”之下必聚“庸众”，抬轿、吹捧，“奴性”昭彰。“匪性”“奴性”的杂合，使作家的文化人格“虚化”“水化”，“含金量”颇为寡薄。

种种形状，归根结底均是文人“自我哀怜”的变种：貌似自我珍惜，实为自轻自贱。“自我膨胀”“自我玩味”的深层背景，便是自我虚弱。

丧失了自信和力量的群落，还谈什么大意志、大境界和大建构？！文坛若不惊警，便是文学的大悲哀；作家若不自省，便是作家文学人生的大虚妄。

其四，便是不要漠视作家的“自我解放”。

武断地说，一个真正意义上的作家，要有自己的独立人格，有自己的思想架构，并且要有自己的文体操作。这就是独异性，因了这种独异性，才有其存在价值。所以，“自我解放”不是危言耸听，不是口号与标榜，而是作家的实际需求。

人格独立，才能不谄、不媚、不虚、不妄，这是精神创造者最本质的要求。任何形式的依附都妨碍你用良知发出公正的声音，都妨碍你超越个人利益作高贵的道德评判。以上行文中所说的四个方面，不都寄寓着对作家独立人格沉郁的呼声么！与其听那些“精神不纯洁”、不公正的文学声音，不如直接听取政治的和金钱的评判，尽管政治的评判残酷，金钱的评断势利，但真实。

文学史证明，没有自己思想架构的作家，是作家的赝品，时间会把他们合并，留下一个“模型”，其余统统淘汰。这是历史的无情，因为它只钟情于真品、极品或者异品，或者说是钟情于开创者、革新者或叛逆者，而不理睬因袭者、平庸者或附依者的哀哭。作家的思想架构，便是自己把自己造就成“异品”，自己给自己在时间深处点一柱红烛，光虽弱弱，亦独照幽幽。

至于文体的操作，实在不是小题大做。作家的个性很大程度依赖于作家的文体，其“思想解放”也期望着“文体的解放”。作家若选择了适合“运载”其思想的文体，其思想的阐述将更淋漓、更透彻、更生动、更有力。从某种意义上说，文体是作家的标识，文体就是作家本身。它使作家从茫茫文海中低呼一声“我来了”而从容地登上人文精神的岸头。所以，作家的“自我解放”，在操作上的第一步，便是“文体的解放”，从文体的因袭和“自我模式”的束缚中解脱出来，创造适合表现时代精神和“内心声音”的文体，使作家的文体与思想一样，同样有分量。

但我们的作家尚缺乏这样的自觉。日前，在一家读书报上，读到一封作家来信，对另一位作家给别人作的跋中，称著者为弟而非兄大加责难，认为这不符合序跋之道，为独辟“邪”径。不禁得到了周作人“五四”时期的那篇《思想革命》——针对当时文学革命的现状，周作人认为，要想使文学革命真正有效力，推行白话文，做文字的改革是第一步，思想改革是第二步，却比第一步更重要。但历史发展到了今天，连文字和文体的改革都这般不易，更遑论思想的改革？久久沉味，不禁心冷，我们的作家什么时候，才能真正从自以为是的因袭和封闭中“自我解放”出来啊。世道人心已进入商品世界，我们的作家却还在封建的过于古旧的人文精神氛围中沉迷不醒，悲哉！

关于作家，说也易，做亦难。其心，萦系于人类命运；其身，却羁束于市井柴米。是精神的天使，背时的苦人。说到底，作家亦是一个需要硬着头皮才可做的行当。做不下去，尽可走人，没有人会跟你过意不去；若做下去，便要做得“纯粹”些，硬派一些。同各种手艺人一样，这是“职业”的自尊。

1995年8月8日至9日

为大地道德的书写贡献中国经验

毋庸讳言，中国的乡土文学还是一个不很完善的文学品种，存在着问题。简单总结一下，中国乡土文学有几种模式：一种模式是思想启蒙模式，这是鲁迅以来的传统；一种是阶级斗争模式，以浩然先生为代表；一种是政策图解模式，以丁玲、周立波为代表；一种是田园牧歌模式，以刘绍棠先生代表；还有晚近以来的以贾平凹先生为代表的文人情趣模式。这些模式，都有观念先行、概念图解、凭空臆造的不足。我们应该采取的态度是，立足于土地上的阳光雨露和“原生态”的乡土情感，老老实实地抒写从大地的血管里流淌出来的、令人类感同身受的乡土经验，也就是说，要进入土地内部，对乡土世界进行本真的、全息式的描绘，揭示出乡土世界的丰富性和复杂性。或者说，要按照土地的“逻辑”写作，呈现大地自身的道德。而不是自以为是的主观评判，把自己的理由强加给生活。

乡土文学的根本出路就在于，以对大地道德的呈现与阐释为创作的立足点。

实际上大地上呈现的道德比人类道德要丰富优越得多。为什么康德虔敬地说，我心中最敬畏的是两样东西——天上的星辰和大地上的道德律？因为他在构建自己的哲学体系时，看到了大地之光。

所谓大地道德，是个大概念，它包含了人世间的道德、草木间的道德、山水间的道德和天地间的道德，是个极为丰富的存在。

大地道德的内涵很宏富，但其核心点，有三：

一、感恩

譬如土地，无论经历了多大的磨难，干旱、风沙、洪涝，只要你播下种子，它就给你拼命向上生长，给你结出丰硕的果实，以回报人类辛勤的劳动。譬如鸡婆，只要吃下籽粒和虫食，就会呱呱地给你生蛋，生蛋的频率之繁，甚至蛋体上还沾染着血丝。譬如家狗，只要接受了你的喂养，就会忠诚地给你看家护院，甚至不惜献出自己的生命。正如古罗马大哲学家西塞罗所说，土地最大的美德，是它懂得回报，因为它给人类提供的要远远多于它所接受的，所以，人类受人善行之后，首要的义务是要回报，回报便是要效仿土地的姿态。

二、和谐

大地上的物事，都是相伴而生、互为依托、相互涵养、共生共荣的。譬如河流之上，有鱼虾，就有水草，鱼虾游弋、水草扶摇，互相映衬，怡然自得，是很和谐美好的一幅生命画卷。譬如山川之上，有花朵，就有蜂蝶，蜂蝶采蜜做媒，花朵受孕结果，共生共荣。所谓百花齐放、白鸟争鸣的大美胜境，只有在大地上才能找到。至于人间，特别是物欲横流的今天，人与人之间互相猜忌、互相倾轧、互相争竞、互相残杀，让人痛惜不止。

三、自足

自足有三个层面，第一个层面是本分。譬如京西深山的阴处有一种植物，叫山海棠。即便是生在僻处，无人观赏，可它依旧是一丝不苟地向上挺拔了枝叶，开出鲜艳欲滴的花朵。我很是不解，曾对祖父说，它真是不懂人间世故，既然开在深山无人识，便大可以养养精神、偷偷懒，没必要下多余的功夫。祖父瞪了我一眼，说，你究竟是太年轻，看重功名，内心浮躁，不知生命真相。在山海棠那里，它只按自己的心性而活，生为花朵，就要往好里开，尽开的本分，至于能不能被人看见、被人夸奖，它是从来都不会去想的。这种海棠精神，启迪了我家乡的人们，那时的光景不堪回首，要春种的时候，天上连一片云絮都没有，土地龟裂，举步蒙尘。此番情景，种子下到地里，就意味着一个“死”字。然而村里人依旧把种子播进土里，起早贪黑、汗流浃背，无怨无悔。面对这种近乎徒劳的勤勉，我等后生啧有烦言，深以为蠢。做支书的父亲说，这是祖宗留下的规矩，下不下雨是老天的事，撒不撒种是人的事——命运如何，在天，尽不尽本分，在人。只要人尽了本分，不管结局如何，人都可以问心无愧了。

第二个层面就是生命的尊严。譬如小草被压在巨石下，它都会曲曲折折地从石缝中拱出地面，长到阳光下来。被父亲的地夹夹断了腿的狐狸，会在父亲走近时毅然决然地咬断自己被夹住的腿，逃上山林。在大地上，动物们最懂得以生命为本的生活伦理，他们让重功利而轻视生命的人类汗颜。

第三个层面是光明品性。譬如天地——人一不如意就骂天，但老天从不怪罪，阳光依旧照进那家的庭院，雨露依旧滋润那家的田园；人一乱性就咒地，但大地从不计较，即便瘠瘦与旱涝加身，只要你播下种子，也没心没肺地生长，贡奉出果实。蓝天如洗，不计一己恩怨，大地厚德，不计一己得失，人们之所以敬天敬地，其道理就在这里了。

所以，大地道德的本质精神就是，每束阳光都有照耀的理由，每个生命都有存在的权利，大自然是人类之师，是人性之母。通俗地说，山峦之上，到处都生长着道理，江河之中到处都闪耀着哲学。与其读书本，不如读天地，大地伦理能让我们知道怎么做人。所以说，大地道德，是最大的写作命题，足可以给我们带来写作上的辉煌。

可以说，当代中国作家的一个重大责任就是给大地道德贡献中国经验。

在世界文学中，对大地道德的呈现与阐释已有了许多经典作家和经典文本，如梭罗的《瓦尔登湖》、李奥帕德的《沙郡年记》、列那尔的《胡萝卜须》、普里什文《大地的眼睛》、德富芦花的《自然与人生》、屠格涅夫的《猎人笔记》、纪德的《人间食粮》等。但在中国文学中却一直没有像样的作家和作品。就我的视力范围之内，苇岸是值得我们致敬的作家，他的《大地上的事情》对大地道德建构有很珍贵的贡献，但是他也留下了遗憾，因为他更多的是从经典文本中提取、归纳，衍生出对大地道德的阐释，本土经验和原创成分少了些。所以在大地道德的书写上提供中国经验的工作才刚刚起步，还需要我们当代作家，以高度的自觉，做切实的努力。

同时，中国经验的提供，要着眼于共同价值，“在场”的书写中要有理性审视的眼光。

要提供中国经验，就要依托作者的“实感体验”，而作者的实感体验的依托，就是自己的故乡。因为在属于自己的思维领地，生命有“在场”的状态，可以准确地把握和判断，因而可以准确地表达与描述，就感到特别地有力量。用帕斯捷尔纳克的话来说，对准确性的背叛，就是对文学的背叛，现实主义之所以伟大，就是因为它体现了文学的最高准则，即：准确性。

但是，我也还发现，乡土是个温情厚地，从那里走出的人，容易产生本能的眷念，甚至陶醉其中，处处以为好。这种“催眠”作用，反而遮蔽了发掘“准确性”所应必备的眼光。纵观当代的乡土文学创作，为什么品格上整体趋于低，就是因为写作者“匍匐于乡土，醉倒于村俗”，感性泛滥、理性缺失。

而鲁迅乡土文学，为什么有那么丰沛的理性和那么宏富的内涵，是因为他着眼于“立人”，从民族历史和国民性的层面上“审视”乡土，获取乡土之外的意义。所以，处理童年经历，绝不能一味缅怀，写乡土物事，也绝不能一味沉醉，要有成人襟怀、现代眼光和城市经验的关怀和关照，一如蚂蚁爬行得再努力、掘进得再深入，总是向下的，头顶上的风光它是看不见的。如果插上一双小小的翅膀，飞上一个小小的高度，看世界的纬度就会发生根本性的变化，就会从线性思维、平面思维、传统思维，上升到理性思维、立体思维和现代思维，如此一来，写作的“准确性”，就会有更高程度的到达。虽然屠格涅夫很动情地说，我只有在俄罗斯的大地上才能写得好，但那是他在欧法羁居得太久之后的一种文化乡愁。至于我们个人，如果只盘踞在京西这块小小的乡土，而不跳出“三界”之外，站在北京城的制高点上回望京西，肯定写不好。因为批判、审视和反观眼光的缺失，只会让我们写出起点过低的乡村挽歌。

所以，我们的乡土文学写作，要融入高度的文化自觉，它虽然立足于童年、过去和乡土，面对的却是成人、现在和城市，要揭示人与土地的关系、人性生成的路径和文明进化的得失——让不同的文明状态，从对抗走向更有机的相互融合，让不同的生存方式，从隔膜走向更内在的相互涵养。简而言之，它应该是写给成年人的现代童话，是写给城市文明的乡村寓言。

2012 年 10 月 6 日